BuddhAll

All is Buddha.

BuddhAll.

BuddhAll

小百科 21

佛教 Encyclopedia of Buddhism

暢銷二十年，當代自學梵字權威書！

本書以〈基礎篇〉的 51 字母為基礎，進階介紹梵字的組成變化與發音原則，並以佛教諸尊種子字、真言咒語為範例解析，輔以正確發音教學，是完整的梵字自學系統，讓讀者皆能無師自通！

# 簡易學梵字

## 進階篇

作者 林光明

主編 洪啓嵩

h r ī ḥ

[hrīḥ]

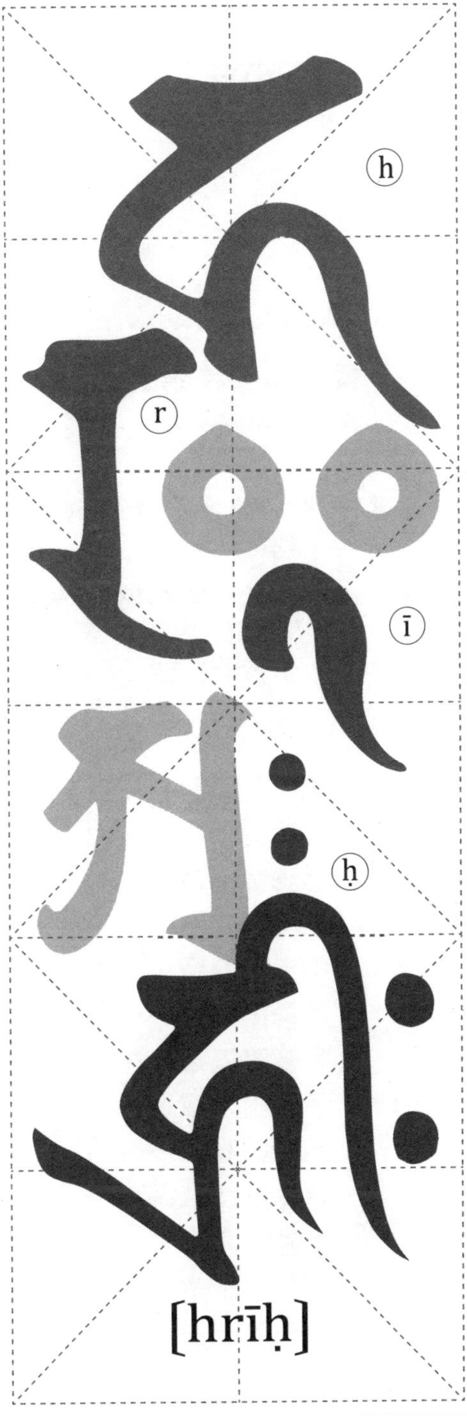

# 目　錄

# 出版緣起

佛法的深妙智慧，是人類生命中最閃亮的明燈，不只在我們困頓、苦難時，能撫慰我們的傷痛；更在我們幽暗、徘徊不決時，導引我們走向幸福、光明與喜樂。

佛法不只帶給我們心靈中最深層的安定穩實，更增長我們無盡的智慧，來覺悟生命的實相，達到究竟圓滿的正覺解脫。而在緊張忙碌、壓力漸大的現代世界中，讓我們的心靈，更加地寬柔、敦厚而有力，使我們具有著無比溫柔的悲憫。

在進入二十一世紀的前夕，我們需要讓身心具有更雄渾廣大的力量，來接受未來的衝擊，並體受更多彩的人生。而面對如此快速遷化且多元無常的世間，我們也必須擁有十倍速乃至百倍速的決斷力及智慧，才能洞察實相。

同時，在人際關係與界面日趨虛擬化與電子化過程當中，我們更必須擁有更廣大的心靈空間，來使我們的生命不被物質化、虛擬化、電子化。因此，在大步邁向新世紀之時，如何讓自己的心靈具有強大的覺性、自在寬坦，並擁有更深廣的慈悲能力，將是人類重要的課題。

生命是如此珍貴而難得，由於我們的存在，所以能夠具足喜樂、幸福，因自覺解脫而能離苦得樂，更能如同佛陀一般，擁有無上的智慧與慈悲。這種菩提種子的苗芽，是生命走向圓滿的原力，在邁入二十一世紀時，我們必須更加的充實。

因此，如何增長大眾無上菩提的原力，是〈全佛〉出版佛書的根本思惟。所以，我們一直擘畫最切合大眾及時代因緣的出版品，期盼讓所有人得到真正的菩提利益，以完成〈全佛〉（一切眾生圓滿成佛）的究竟心願。

《佛教小百科》就是在這樣的心願中，所規劃提出的一套叢書，我們希望透過這一套書，能讓大眾正確的理解佛法、歡喜佛法、修行佛法、圓滿佛法，讓所有的人透過正確的觀察體悟，使生命更加的光明幸福，並圓滿無上的菩提。

因此，《佛教小百科》是想要完成介紹佛法全貌的拚圖，透過系統性的分門別類，把一般人最有興趣、最重要的佛法課題，完整的編纂出來。我們希望讓《佛教小百科》成為人手一冊的隨身參考書，正確而完整的描繪出佛法智慧的全相，並提煉出無上菩提的願景。

佛法的名相眾多，而意義又深微奧密。因此，佛法雖然擁有無盡的智慧寶藏，對人生深具啟發與妙用，但許多人往往困於佛教的名相與博大的系統，而難以受用其中的珍寶。

其實，所有對佛教有興趣的人，都時常碰到上述的這些問題，而我們在學佛的過程中，也不例外。因此，我們希望《佛教小百科》，不僅能幫助大眾了解佛法的名詞及要義，並且能夠隨讀隨用。

《佛教小百科》這一系列的書籍，期望能讓大眾輕鬆自在並有系統的掌握佛教的知識及要義。透過《佛教小百科》，我們如同掌握到進入佛法門徑鑰匙，得以一窺佛法廣大的深奧。

《佛教小百科》系列將導引大家，去了解佛菩薩的世界，探索佛菩薩的外相、內義，佛教曼荼羅的奧祕，佛菩薩的真言、手印、持物，佛教的法具、宇宙觀……等等，這一切與佛教相關的命題，都是我們依次編纂的主題。透過每一個主題，我們將宛如打開一個個窗口一般，可以探索佛教的真相及妙義。

而這些重要、有趣的主題，將依次清楚、正確的編纂而出，讓大家能輕鬆的了解其意義。

在佛菩薩的智慧導引下，全佛編輯部將全心全力的編纂這一套《佛教小百科》系列叢書，讓這套叢書能成為大家身邊最有效的佛教實用參考手冊，幫助大家深入佛法的深層智慧，歡喜活用生命的寶藏。

# 推 薦 文

賴世培教授

當今地球的通訊語言是英語，現代科技資訊的語言均是電腦；在中國講的是國語，至於佛教密宗的（宇宙）語言均是悉曇梵語（Siddham）。換句話說：現代的學佛者，不管是在家或出家眾，有關英語、電腦、國語、悉曇梵語是學習與修行的必備工具。

本人於十五年前曾出版「古梵音大悲咒、安樂妙寶諸咒、楞嚴咒範本」為台灣開啟了以古梵音誦咒的一條路（有別以台語、國語或者以藏語誦咒方式），十五年來，以古梵音誦咒者的人數持續正增加中。

有趣的是，十五年後，台灣竟然出現了一位林光明先生，他以學術性研究的方式參考了日本佛教學術界的資料，出版了《大悲咒研究》、《往生咒研究》，令我十分欽佩。

最近，林光明先生又出版了一本《梵字悉曇入門》，我靜心仔細研讀， 愛不釋手，知悉林光明先生對於梵字悉曇了解實通的程度已超了我本人，同時也超越了當前日本佛教界研究梵字悉曇的學者。因為本書不僅累積了日本梵字悉曇學者研究的結晶，更貫穿了藏文音譯梵語，蘭札體梵字、天城體梵字，還包含羅馬拼音梵語、漢文音譯梵語整個梵文體系，顯現本書作者，林光明先生是一位不可多得的語言天才。

看完了這本書，將會讓您如同擁有一把鑰鎖，可以解開諸佛陀羅尼法門，打開宇宙語（真言）玄妙之門，而能夠自由自在的解讀大藏經的任何咒語。這也就是目前這個世界上，包含台灣的任何學佛者或修行者，不管是高僧大德或者佛教學者，所最欠缺的。

因此，本書對於專業的出家眾或者佛學院的學生，均將極有助益，如人手一冊，必能幫助了解大藏經中的悉曇梵字的內容，而對於學習現代梵語（天城體）的學者或者藏文學者，藉此也才能真正讀誦佛教梵咒。同時，對於修行者亦能依此，更進一步持誦梵咒的真正發音，達到真正的三密相應。

總之，本書是一本具有世界級水準的佛教著作，可作為佛教大學或佛學院，開設三學分課程的教科書，所以我在此鄭重推薦此書，希望（專業）學佛者或修行者，人手一冊，由而獲得百千陀羅尼法門，而與諸佛者十方法界（同遊），無二無別。

# 簡易學梵字・進階篇──序

會閱讀本書的讀者，應該都已經念過《簡易學梵字・基礎篇》。本書與該書，皆是設計成無師自通自學型，只要依序逐頁念完此二書，所有悉曇字的閱讀與書寫大概都不成問題。

依我過去多年學過多種語文的驗，我覺得學習的原則主要不外乎反覆的刺激，以及與既存系統的連接。對大腦反覆的刺激有助於記憶，而與腦內既存系統的連接則有助於理解。本書就是使用這種方法，讓讀者在自己逐頁循序閱讀的過程中，無師自通的學會悉曇字。

所謂與既存的系統連接，一個例子如悉曇十八章中的子音接續：對一位只認得現代漢文而未具備拼音字母的外文知識的讀者來說，實在很難告訴他悉曇字怎會有這種接續；但對讀過英文的讀者來說，只要讓他知道如英文 trust 中就有 tr 與 st 兩個子音接續之例，就能輕易瞭解何以會有子音接續的存在。這就是藉與腦內既存知識連接而有助瞭解的實例，接下來若再閱讀書內的說明，就可完全學會悉曇的接續法。

本書內容：

第一章是悉曇字組合方式的說明；第二章裏，為了讓讀者能無師自通，悉曇十八章中每一章一開頭皆增加了組成方式的詳細說明，讀者只要自己細心閱讀文章內的說明，就能完全瞭解每個字是如何組成的；第三章是一些常見咒語例；第四章是諸尊種子字例；

第五章則是諸尊種子字手帖，內有詳細梵文種子字筆順說明，藉此實用字例來加深讀者的學習興趣與記憶。附錄中收有「引、二合」等的說明，讓讀者日後再見到漢譯經咒中的「引、二合」等腳註時，可瞭解它原來是怎一回事，有助於正確的發音以便更有效地持誦咒語。

本序文之前的「賴世培教授薦文」，原本是他在讀過拙著《梵字悉曇入門》後所寫，曾刊在《菩提長青》月刊及《慧炬》雜誌上，因為本書可說是依據該書為了更容易讓無師自通的學習者使用，且我覺得該文的內容也適合用於本書，因此特別徵詢他能否讓我們使用該文於本書。在此謝謝他的欣然同意。

本書能完成首先要感謝徐立強先生、林祺安小姐及嘉豐出版社同仁的幫忙，完成《梵字悉曇入門》原著，接著要謝謝全佛文化事業有限公司的積極配合與催生，編輯部同仁幫忙編排及整理這本新增編入的資料。

林光明

**梵字悉曇十八章正確發音**

手機掃描二維碼 (QR Code)，或搜尋「簡易學梵字」，點閱全佛文化 YouTube 頻道，搭配音檔，簡易輕鬆學梵字！（詳見附錄三音檔說明）

# 第一章
# 梵字悉曇字母的組合變化

# 一、緒　言

在《簡易學梵字・基礎篇》中，我們已完整地介紹完梵字悉曇基本 51 字母的寫法與發音，其餘所有梵字即是由此 51 字母爲基礎，互相加以組合變化而成。因此，在本書〈進階篇〉中，我們將要進一步說明這 51 字母相互之間組合變化的規則，及實際的運用。

談到梵字的組合變化，就不能不提到「悉曇章」，這是印度古來教授梵字悉曇字母之間相互組合 (連音法) 規則的範本。歷來，隨著大乘佛法及密法的傳佈，「悉曇章」自然也成爲各地有心學習梵字悉曇者，必修的功課之一。

「悉曇章」早在唐代，就已有十二章、十八章等不同版本，隨著佛法的傳譯在中國流傳，但後來十八章成爲主流，《悉曇十八章》也就爲各家所常引用了。據唐・義淨所述，悉曇本有四十九字，互相乘傳說 (拼切) 成十八章，合有一萬多字，約有三百餘頌。

因此，在本書中，不但將介紹《悉曇十八章》各章的內容，更列舉各章中的字例爲例，詳細說明該梵字是由那些子音及母音符號所組成，使讀者能迅速學會十八章的內容，掌握梵字組成及發音的軌則。

此外，爲加深讀者學習效果，特別以常見的諸尊種子字及真言咒語爲範例，對悉曇梵字作更深入的解析，期使有心研讀《大正藏》中梵字真言咒語者，能更貼近咒語的原音，並幫助密法修習者更正確掌握諸尊心要。

一切如來心秘密全身舍利寶篋印陀羅尼

寶篋印陀羅尼

阿彌陀根本陀羅尼（日本江戶時期木刻版）

學習任何一種新的語言，正確的方法與反覆的練習，是不二的法門，而將所學在生活中實際運用，則是一條有趣又快速的捷徑。因此，在本書中，我們將大量、反覆運用實例，來加深讀者的印象、提高讀者的學習興趣，讓讀者自然學會梵字的組合方法，並能在實際的修法中，自在運用所學來幫助自身的修行。

# 二、梵字悉曇組成的基本觀念

如前緒言所說，所有的梵字，都是由基本的 51 字母互相加以組合變化而成。現代人由於教育的普及，不論是學國語注音符號、羅馬拼音或是只會英文，大概都具有子音（聲母）及母音（韻母）拼音的概念。利用這種知識與概念，很容易瞭解梵文悉曇字的組成。

在正式學習梵字的組合之前，首先，我們需要先了解悉曇字組合的幾個重要的觀念及術語，將可幫助我們更快學會梵字悉曇。

(1) 摩多(母音)

「摩多」是梵語 mātā 的音譯，該字相當於英文的 mother，本義為母親，引申為 vowel，用現代名詞來說即母音或韻母。在此即是指梵字悉曇母音字母第 1-16 個字母 (由𑖀至𑖀𑖾) 的十六個母音。

如：𑖀(a)、𑖂(i)、𑖄(u)、𑖊(e)、𑖌(o)、𑖀𑖾(aḥ) 等字母即是「摩多」(母音)。

(2) 體文(子音)

「體文」的梵語是 vyañjana，英文原意是 figurative expression，引申為 consonant，用現代的名詞來說即子音或聲母。

梵語 vyañjana 意譯成「體文」，對當時無拼音觀念的中國人來說，應是個極佳的漢譯，因為 vyañjana 有「造形的或構造體的（figurative）表現（expression）」之意，剛好很傳神地闡述了悉曇字的結構方式。日本學者田久保周譽認爲 vyañjana 有肢體之意，因此譯爲體文。

事實上除了純母音以外，悉曇字的書寫，是以子音（即體文）再加上各種「摩多點畫」(也就是母音符號)而成。也就是以子音做「本體」，加上母音（摩多）的點畫（符號）而成，這可能就是稱之爲「體文」的原因。

如以𑖪𑖹(vai)這個字爲例，是由子音𑖪(va)再加上母音𑖊(ai)的「摩多點畫□」(亦即母音符號)所組成，而子音𑖪(va)就是「體文」。(□代表體文)

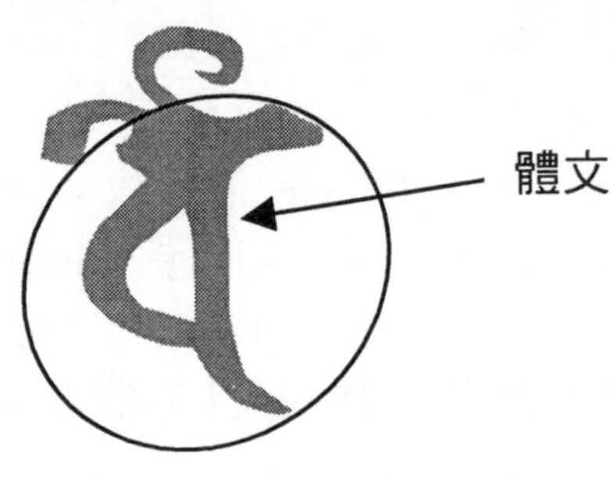


(3) 摩多點畫

「摩多點畫」簡單說就是「母音符號」。梵字悉曇的十六個母音，在與子音相結合時，是以簡略式的「母音符號」，來表示該字的母音。此母音符號，也就是一般通稱的「摩多點畫」。

「摩多點畫」一詞是日本學者所用的術語：「摩多」是 mātā 的音譯，意思是母音字母，而「點畫」是日本人稱呼漢字書寫的筆法。

這種母音「符號」之所以稱為「點畫」，可能是因其形體、或書寫法類似書寫漢文時的「點畫」。日本學者中村元教授稱點畫為「略形」，即是「簡略了的母音的形狀」的意思。

如：母音𑖁(ā)的「摩多點畫」是 □ˋ、母音𑖂(ī)的「摩多點畫」是□\。(□代表體文)

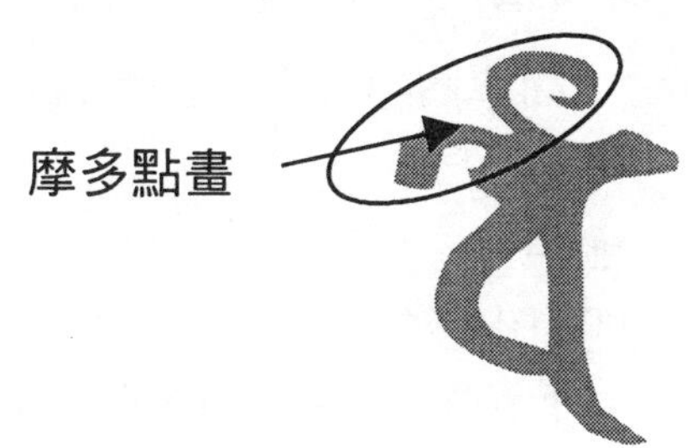


(4) 接續半體

「接續半體」是子音字母與子音字母結合時的簡化形式，可分為上部與下部兩種，一般日本悉曇書都稱之為「切繼半體」。

簡單的說，接續半體就是子音字母接續子音字母時的子音符號，因為它不是完整的字型，而且多半只有約半個體文（子音），因此稱之為半體。

至於「接續」一詞，則是由於日文「切繼半體」中的「切繼」對中國人而言，比較不容易理解，所以筆者改採「接續半體」的說法。

日文所謂「切繼」，可理解成將子音「切」開，以與另一子音接「續」（繼者，續也。）；而「半體」是指「半」個「體文」（體文即子音）。「切繼半體」

就是指子音字母相互接續時的簡化子音字型。

如：這個字是由的「接續半體」加上的「接續半體」所組成。

(5) 接續

延用上述「接續半體」中「接續」一詞，將梵字悉曇字母間互相的結合，稱爲「接續」。

綜合以上所說，簡單將這幾個名詞釋義如下：

1.摩　　多：即母音。
2.體　　文：即子音。
3.摩多點畫：即簡化後的母音書寫符號。
4.接續半體：即子音字母相互接續時的簡化子音字型。
5.接　　續：即字母及母音符號間的互相結合。

在認識了上述悉曇字組成的幾個基本觀念後，接下來我們將分母音與子音兩個部份，來說明悉曇字母的接續。在開始之前，我們先列出悉曇梵字 51 字母 (16 個母音及 35 個子音) 於次頁，方便讀者複習。

## 梵字悉曇 51 字母表

| 16 個母音 | | | 35 個子音 | | | | | |
|---|---|---|---|---|---|---|---|---|
| 編號 | 羅馬拼音 | 悉曇文字 | 編號 | 羅馬拼音 | 悉曇文字 | 編號 | 羅馬拼音 | 悉曇文字 |
| 1 | a | 𑖀 | 1 | ka | 𑖎 | 19 | dha | 𑖠 |
| 2 | ā | 𑖁 | 2 | kha | 𑖏 | 20 | na | 𑖡 |
| 3 | i | 𑖂 | 3 | ga | 𑖐 | 21 | pa | 𑖢 |
| 4 | ī | 𑖃 | 4 | gha | 𑖑 | 22 | pha | 𑖣 |
| 5 | u | 𑖄 | 5 | ṅa | 𑖒 | 23 | ba | 𑖤 |
| 6 | ū | 𑖅 | 6 | ca | 𑖓 | 24 | bha | 𑖥 |
| 7 | ṛ | 𑖆 | 7 | cha | 𑖔 | 25 | ma | 𑖦 |
| 8 | ṝ | 𑖇 | 8 | ja | 𑖕 | 26 | ya | 𑖧 |
| 9 | ḷ | 𑖈 | 9 | jha | 𑖖 | 27 | ra | 𑖨 |
| 10 | ḹ | 𑖉 | 10 | ña | 𑖗 | 28 | la | 𑖩 |
| 11 | e | 𑖊 | 11 | ṭa | 𑖘 | 29 | va | 𑖪 |
| 12 | ai | 𑖋 | 12 | ṭha | 𑖙 | 30 | śa | 𑖫 |
| 13 | o | 𑖌 | 13 | ḍa | 𑖚 | 31 | ṣa | 𑖬 |
| 14 | au | 𑖍 | 14 | ḍha | 𑖛 | 32 | sa | 𑖭 |
| 15 | aṃ | 𑖀𑖽 | 15 | ṇa | 𑖜 | 33 | ha | 𑖮 |
| 16 | aḥ | 𑖀𑖾 | 16 | ta | 𑖝 | 複合子音 | | |
| | | | 17 | tha | 𑖞 | 34 | llaṃ | 𑖩𑖿𑖩𑖽 |
| | | | 18 | da | 𑖟 | 35 | kṣa | 𑖎𑖿𑖬 |

# 三、母音的接續 —— 摩多點畫 (母音符號)

悉曇子音在不加上任何摩多點畫（母音符號）時，發該子音加上𑖀（a）的音；若加上摩多點畫（母音符號）則發所加之音，如𑖎（ka）念 ka，𑖎（ka）+𑖰□（i）念成 ki 等即是。

「摩多點畫」的書寫筆順，是在體文書寫完畢後，最後再加上。

首先列出悉曇字母的 16 個母音與其「母音符號」（摩多點畫）對照表如下：

**悉曇母音接續符號 (母音符號)表**

| 編號 | 羅馬拼音 | 悉曇文字 | 摩多點畫（母音符號） | 編號 | 羅馬拼音 | 悉曇文字 | 摩多點畫（母音符號） |
|---|---|---|---|---|---|---|---|
| 1 | a | 𑖀 | □（即起筆點） | 9 | ḷ | 𑖈 | |
| 2 | ā | 𑖁 | □𑖯 | 10 | ḹ | 𑖉 | |
| 3 | i | 𑖂 | 𑖰□ | 11 | e | 𑖊 | □𑖸 |
| 4 | ī | 𑖃 | □𑖱 | 12 | ai | 𑖋 | □𑖹 |
| 5 | u | 𑖄 | □𑖲 □𑖲 □𑖲 | 13 | o | 𑖌 | □𑖺 |
| 6 | ū | 𑖅 | □𑖳 □𑖳 □𑖳 □𑖳 □𑖳 | 14 | au | 𑖍 | □𑖻 |
| 7 | ṛ | 𑖆 | □𑖴 | 15 | aṃ | 𑖀𑖽 | □𑖽 (空點)<br>□𑖼 (仰月點) |
| 8 | ṝ | 𑖇 | □𑖵 | 16 | aḥ | 𑖀𑖾 | □𑖾(涅槃點) |

(上表中的□代表子音「體文」)。

# 母音接續詳解

如同英文子音的 k 接上 a 念 ka，接上 i 念 ki，悉曇的子音接母音情況相同。就理論上說，任何一個悉曇子音都可接 15 種母音(上表第 2 至第 16 號)，而未接任何摩多點畫時發 a 音。

在梵字悉曇 16 個母音字母中，第 9,10 號的 ḷ 及 ḹ 因爲非常少用，一般悉曇摩多點畫中都沒有這兩個（但蘭札字體中有）。以下即依序詳細介紹 9,10 以外的其他 14 個母音的「摩多點畫」（母音符號）的接續方法、發音、筆順等詳細解說；每個母音符號，並舉與子音接續的實例作說明。

## 1. ◻ —短音 𑖀（a）的摩多點畫

筆順實例

悉曇子音不接續母音符號（摩多點畫）時都念 a 音[1]。例如 𑖎 不接任何母音符號時念 ka，而 𑖎 加上摩多點畫（母音符號）◻（i 的摩多點畫）時變成 𑖎𑖰，念做 ki。

部份日本學者可能爲了理論的完整，因此將第一筆起始的第一點 ◻ 當做是 a 的母音符號(摩多點畫)。

---

註解：

1 就悉曇子音無摩多點畫時發 a 音的特點來看，嚴格說它與英文的拼音字母的觀念並不符合，所以有人反對將悉曇字母分成母音與子音。但爲了方便學習，本書仍將 51 字母分成 16 母音與 35 子音。

## 2. ◌𑖯 —長音𑖁（ā）的摩多點畫

筆順實例

其接續方式是在子音右上角加一撇，如：

𑖎(ka)→𑖎𑖯(kā)、𑖏(kha)→𑖏𑖯(khā)、

𑖎𑖿𑖬(kṣa)→𑖎𑖿𑖬𑖯(kṣā)

特別須注意的是，35 個子音中的𑖒(ṅa)、𑖕(ja)、𑖘(ṭa)、𑖖(jha)、𑖗(ña)這五個子音，其 ā 長音寫法有些特殊。因為這些字形中，有一筆寫法與長音 ā 的摩多點畫◌𑖯位置與形狀接近，所以接續變化是在最後一撇時，順勢往右邊或上或下拉，以下即是這五個字母加上 ā 之後的變化情形：

𑖒(ṅa) → 𑖒𑖯(ṅā) 往右上
𑖕(ja) → 𑖕𑖯(jā) 往右上
𑖘(ṭa) → 𑖘𑖯(ṭā) 往右上
𑖖(jha) → 𑖖𑖯(jhā) 往右下
𑖗(ña) → 𑖗𑖯(ñā) 往右下

## 3. ◌𑖰 —短音𑖂 i 的摩多點畫

筆順實例

其接續方式是在子音左半部加一髣髴形，如：

𑖎(ka)→𑖎𑖰(ki)、𑖏(kha)→𑖏𑖰(khi) 、

𑖎𑖿𑖬(kṣa)→𑖎𑖿𑖬𑖰(kṣi)

## 4. □𑖱 —長音𑖂 ī 的摩多點畫

筆順實例

其接續方式是在子音右半部加一髯鬚形，如：

𑖎(ka)→𑖎𑖱(kī)、𑖏(kha)→𑖏𑖱(khī)、𑖎𑖿𑖬(kṣa)→𑖎𑖿𑖬𑖱(kṣī)

## 5. □𑖲、□𑖲、□𑖲 —短音𑖄 u 的摩多點畫

筆順實例

短音 u 的摩多點畫，依所接續子音的不同，有三種寫法：□𑖲、□𑖲、□𑖲。

其接續方式大多是在子音的下方加上一隻腳(□𑖲)或一個躺臥的耳朵形(□𑖲)，如：

(1) □𑖲：𑖎(ka)→𑖎𑖲(ku)

𑖏(kha)→𑖏𑖲(khu)

筆順實例

(2) □𑖲：𑖘(ṭa)→ 𑖘𑖲 (ṭu)

𑖎𑖿𑖬(kṣa)→𑖎𑖿𑖬𑖲(kṣu)

有少數的子音加 u 的呈現方式是在右邊加上一點(□𑖲)，如：

筆順實例

(3) □𑖲：𑖨(ra)→𑖨𑖲(ru)

𑖏𑖿𑖨(khra)→𑖏𑖿𑖨𑖲(khru)

𑖎𑖿𑖨(kra)→𑖎𑖿𑖨𑖲(kru)

## 6. 、、、、—長音 ū 的摩多點畫

長音 ū 的摩多點畫有、、、、等五種。其接續方式大致與 u 類似，但必須多加上一點，以表示其爲長音，如：

(1) ：(ka)→(kū)、(kha)→(khū)

(2) ：(ṭa)→(ṭū)、(ṭha)→(ṭhū)

(3) ：(ra)→(rū)、(ṭhra)→(ṭhrū)

(4) ：(hūṃ)→(ha)+ + (aṃ)

筆順實例

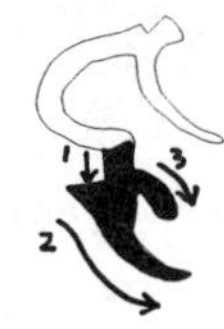

筆順實例

筆順實例

筆順實例

## 7. —短音 ṛ 的摩多點畫

其接續方式是在子音下方加上一向左彎的鉤，如中文注音ㄛ去掉上面一劃：

(ka)→ (kṛ)、(kha)→ (khṛ)、

(kṣa)→ (kṣṛ)

筆順實例

## 8. —長音 ṝ 的摩多點畫

其接續方式是在子音下方加上一鉤，以及右上方加一撇。也就是短音 ṛ 的摩多點畫與長音 ā 的摩多點畫所合

筆順實例

成，如：

ক(ka)→কৄ(kṝ)、খ(kha)→ খৄ(khṝ)、

ক্ষ(kṣa)→ক্ষৄ(kṣṝ)

## 9. ◌ —長音 e 的摩多點畫

筆順實例

其接續方式是在子音的左上方加上一鉤◌，如：

(ka)→(ke)、(kha)→(khe)、

(kṣa)→(kṣe)

## 10. ◌ —長音 ai 的摩多點畫

筆順實例

其接續方式是在子音的左上方和正上方中央處，各加上一鉤，這兩鉤的形狀不大相同，左方的與 e 的摩多點畫◌相同，正上方的像個衣架鉤子，如：

(ka)→(kai)、(kha)→(khai)、

(kṣa)→(kṣai)

## 11. ◌ —長音 o 的摩多點畫

筆順實例

其接續方式是在子音的左上方加上一鉤，以及右上方加上一撇。也就是 e 的摩多點畫◌與長音 ā 的摩多點畫◌所合成，如：

(ka)→(ko)、(kha)→(kho)、

(kṣa)→(kṣo)

## 12. —長音 au 的摩多點畫

筆順實例

其接續方式是分別在子音的左上方、正上方和右上方，加上一鉤、一衣架鉤和一撇。也就是長音 ai 的摩多點畫與長音 ā 的摩多點畫所合成，如：

(ka)→(kau)、(kha)→(khau)、(kṣa)→(kṣau)

## 13. 、 —短音 aṃ 的摩多點畫

短音 aṃ 的摩多點畫有兩種：

(1) （空點）：

筆順實例

其接續方式是在子音的上方中央處加上一點，如：

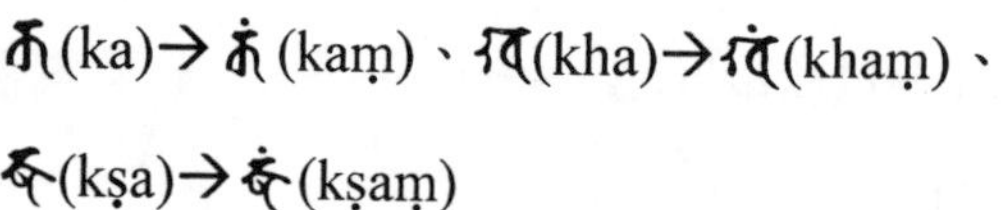

(ka)→(kaṃ)、(kha)→(khaṃ)、

(kṣa)→(kṣaṃ)

(2) （仰月點）：

筆順實例

咒語常見的起始語 oṁ 可寫成，但有時爲了美觀，會寫成。其類似一個仰月上加一點，因此被稱爲仰月點。

## 14. □: —長音𑖀𑖾 aḥ 的摩多點畫

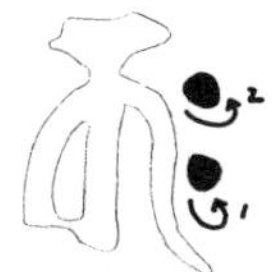

筆順實例

□:又稱爲「涅槃點」。其接續方式是在子音右邊平均地加上兩點，如：

𑖎(ka)→𑖎𑖾(kaḥ)、𑖏(kha)→𑖏𑖾(khaḥ)、𑖎𑖿𑖬(kṣa)→𑖎𑖿𑖬𑖾(kṣaḥ)

上述母音接續的部份，相當於第二章《悉曇十八章》的「悉曇第一章」（三十四個子音配上十二個母音）與「悉曇第十六章」（三十四個子音接續 ṛ, ṝ, ṛṃ, ṛḥ）的內容。事實上，學會這兩章或只學會第一章約可認出近八成的梵文悉曇資料。以《百字明》爲例，在一百個悉曇字中有七十八個屬於「母音接續法」（單純的只有一個子音接續母音），在《往生咒》的五十一個悉曇字中，有三十八個屬於此母音接續法。也由此可見《悉曇十八章》中「悉曇第一章」的字使用頻率最高。

# 四、子音的接續—— 接續半體

梵字悉曇字母在相互結合時，不但母音字母部份有簡略的母音符號—摩多點畫；其子音字母與子音字母相接續結合時，也是用簡化的「接續半體」來相結合。

子音字母的「接續半體」，以其通常不是完整的字型，而且多半只有原字母的一半，因而名爲「半體」。

每個子音字母的接續半體，依該子音字母與其他子音字母接續時，書寫先後順序不同，約可分爲上半部接續半體（先寫）與下半部接續半體（後寫）兩種。而每個子音字母的上部與下部接續半體的字型，並不一定只有一種，往往依上接或下接的子音的不同，字型便會有所變化。

以下就梵字悉曇 35 個子音的接續半體（分上部與下部），作一詳細對照表，以方便書寫時參考。其書寫筆順與原字母筆順相同 (梵字 51 字母詳細筆順，請參考《簡易學梵字・基礎篇》)。

## 悉曇子音接續符號表

| 編號 | 羅馬拼音 | 悉曇文字 | 接續半體 上部 | 接續半體 下部 | 編號 | 羅馬拼音 | 悉曇文字 | 接續半體 上部 | 接續半體 下部 |
|---|---|---|---|---|---|---|---|---|---|
| 1 | ka | | | | 19 | dha | | | |
| 2 | kha | | | | 20 | na | | | |
| 3 | ga | | | | 21 | pa | | | |
| 4 | gha | | | | 22 | pha | | | |
| 5 | ṅa | | | | 23 | ba | | | |
| 6 | ca | | | | 24 | bha | | | |
| 7 | cha | | | | 25 | ma | | | |
| 8 | ja | | | | 26 | ya | | | |
| 9 | jha | | | | 27 | ra | | | |
| 10 | ña | | | | 28 | la | | | |
| 11 | ṭa | | | | 29 | va | | | |
| 12 | ṭha | | | | 30 | śa | | | |
| 13 | ḍa | | | | 31 | ṣa | | | |
| 14 | ḍha | | | | 32 | sa | | | |
| 15 | ṇa | | | | 33 | ha | | | |
| 16 | ta | | | | 複合子音 | | | | |
| 17 | tha | | | | 34 | llaṃ | | | |
| 18 | da | | | | 35 | kṣa | | | |

# 子音接續詳解

只懂漢文的人可能無法想像，爲何會有子音接續的問題，但學過英文的人就能瞭解。如英文的 black，前面是 bl，後面是 ck，皆是子音接子音；又如 strike，前面是 str 三個子音連在一起。

梵文類似英文，如菩提薩埵（bodhi-sattva）的 ttv 就是子音接續的例子，別忘了 dh 不是子音接續，而是單獨的一個獨立子音，悉曇寫成(dha)（第 19 字）。

由上表可見，35 個悉曇子音中大多有接續半體；只有第 34 字 (llaṃ) 因爲是第 28 字(la) 的接續半體所組成的重字，所以並無接續半體。

子音第 35 字的(kṣa)是(ka)的上半部加上(ṣa)的下半部而成。kṣa 是複合子音，在字母表裡被單獨寫出來，但從其來源看，也可將它當成是 k+ṣ 的子音接續。

接續半體分爲「上半部」與「下半部」，差別是該子音與其他子音組合時的先後關係。如英文 *bl*ack 的 *bl* 是 *b* 先 *l* 後，所以 *b* 相當於「上半部」，*l* 相當於「下半部」。不過，悉曇子音的接續，是以字母書寫時的上下排列表現其先後關係，位置在上面的稱爲上部接續，位置在下面的稱爲下部接續。每個子音（除了 llaṃ 字之外）都有上部接續半體和下部接續半體。

「接續半體」之名爲「半體」而非「全體」，說明了接續時所保留的字型爲原字型的一半：作爲上部接續半體時，就少了原字型的下半部；作爲下部接續半體時，就少了原字型的上半部。因此每個接續半體都可能稍不同於原來的字型。

但也有幾個例外，如(ṭa)、(ṭha)、(śa)、(ṇa)這些字母無論作上部接續或下部接續，字型都沒有變化，只是小了一些。另外(kha)、(ga)、(jha)、(ña)、(dha)、(ṇa)作為下部接續時，字型也沒有變化，也只是小了一些。還有(gha)、(ṅa)、(ca)、(ja)、(ḍa)、(ḍha)、(pa)、(ta)、(ha)這些字母，作為上部接續時也無太大變化。

子音(ka)的接續有些特別，其「上部」接續半體是，與原字型的上半部略有差異；「下部」接續半體是，與原字的下半部就相同。(ka)的上半部接續情況一般如前述的(kṣa)，但(ka)的上半部接續還有另兩種「∧」與「↑」字形，例如(skū)、(tkva)。此種用法也許可稱為「中部」接續半體，因其接續或書寫的位置在中間。(ka)的下半部接續情況之例如(ṅka)，此字是(ṅa)的上半部加上(ka)的下半部而成。

其他子音的接續與上述(ka)的例子類似，而且多半形狀變化不太大，故更為簡單，讀者只要能多看並記熟各子音的接續形狀，就不難辨識了。

下面是一些比較不易辨識的接續情況，讀者在此宜稍加留心。

(pa)的下部接續半體是。須注意它與有些字母配合時，形狀會稍扁而偏右。例如(mpa)、(spa)。

(ra)的上部接續半體是，它與有些字母配合時，位置會稍微偏左。例如(rgha)。值得一提的是，當(ra)作為上部接續半體時，其下部接續的子音，通常字型不變，例如(rka)、(rṅa)、(rga)、(rgha)、(rtla)、(rghra)等等。

(na)的下部接續半體是，在遇到下面有母音符號(u)接於其下時，會變成尾巴直下且不朝右，例如(ghnu)、(rknu)。

(ma)的下部接續半體是，它與有些字母配合時，位置一般在正中，但也有稍微偏右，或形狀稍扁而長。例如(kma)的 ma 在正中，而(khma)的 ma 位置偏右，(tma)的 ma 形狀扁而長。

(la)的下部接續半體是，在遇到下面有母音符號(u)時，最後一筆會提早收尾以接續(u)，例如(ḍlu)、(ḍhlu)。

看完本節，建議讀者可以先跳到第三章第二節〈往生咒〉(本書的第 172 頁)，以實例學習悉曇字接續法。51 個悉曇字的〈往生咒〉，扣除重複字，共由 30 個悉曇字組成，該文中詳細說明了此 30 字是如何組成的。

讀者瞭解了梵字基本接續原則後，可參考本書第四章中各梵字真言咒語的詳解，實際演練各種接續情況後，就能對悉曇字和羅馬拼音有所掌握了。如果想進一步瞭解梵文原意，再據此查閱《梵英字典》或《梵和字典》，就能瞭解梵文在講什麼。(如前荻原雲來所編的《梵和字典》雖以日文為主，不過也附有漢譯，目前似乎尚外未見到較完整的《梵漢字典》。)

# 五、梵字的書寫與發音原則

## 梵字悉曇的書寫原則

梵字悉曇的字型結構，雖然在外形上與漢字有相當大的差異，然而其書寫的筆順，除了一些較特殊的筆劃外，大抵上還是與漢字的書寫方式一樣，遵循著由左至右、由上而下的原則。因此，只要熟悉基本的 51 字母寫法，再注意以下舉列的幾點書寫原則，配合後幾章的實例多加練習，很容易就能掌握梵字的書寫和辯識要領。

以下就歸納整理幾點梵字書寫筆順的通則，供讀者參考。

(1) 由上而下，從左至右。如：

上

左　1　2　3　右

下

(2) 先寫體文(子音)，再寫摩多點畫(母音符號)。如：

(ki)要先寫體文(ka)再寫母音(i)的摩多點畫。

(to)要先寫體文(ta)再寫母音(o)的摩多點畫。

(3) 體文由兩個以上子音組成時，也是從上而下順次書寫，最後再畫上摩多點畫。如：

ski 字的體文是由 sa 的上半部接續半體 及 ka 的下半部接續半體 所組成，所以書寫時的筆順，要先寫 再寫 ，最後再寫上 ī 的摩多點畫 。

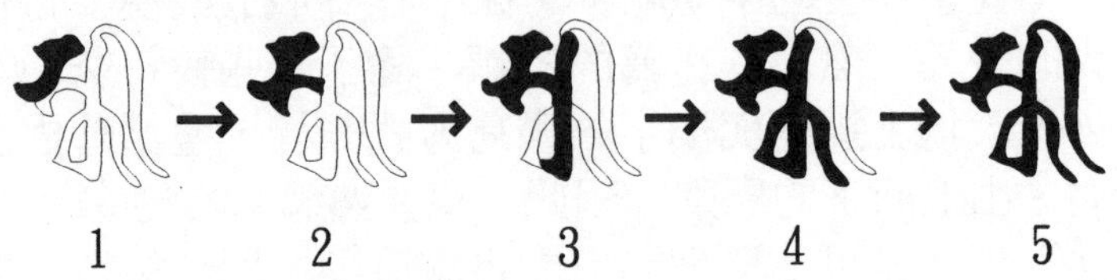

1　2　3　4　5

(4) 摩多點畫書寫的筆順：

① 先左後右，如：

母音 o 的摩多點畫 ，要先寫 再寫 。

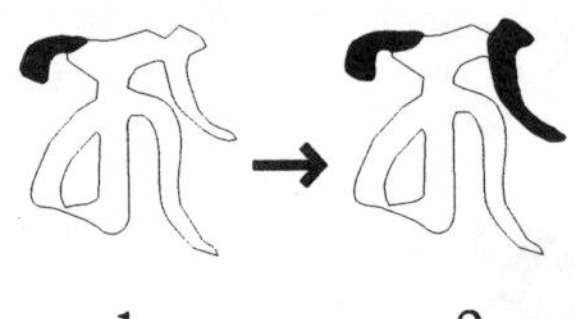

1　2

母音 au 的摩多點畫 ，要先寫 再寫 。

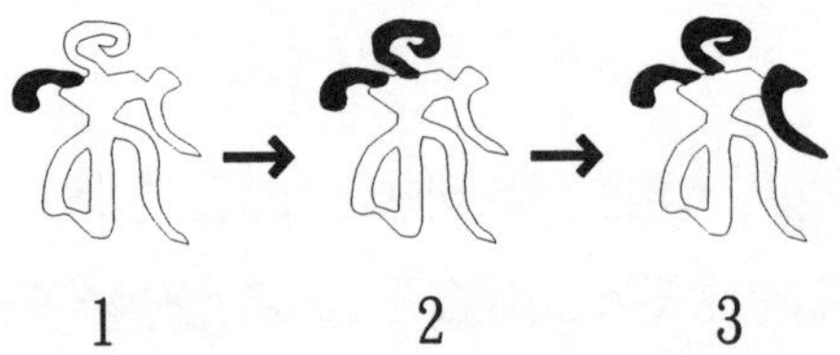

1　2　3

② 摩多點畫(母音符號)的書寫順序，除 u、ū、ṛ、ṝ 因多半接在體文下方所以先寫外，其餘則按編號順序依次書寫。如：

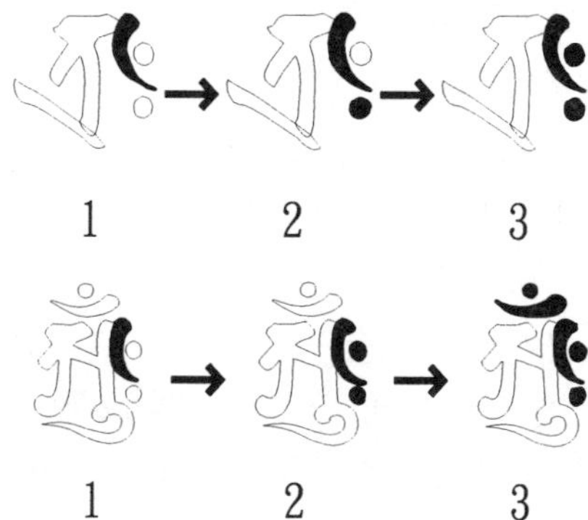


③ 特別須注意的是 aḥ 的摩多點畫□:，要先點下面一點再點上面的一點。

雖然，梵字書寫的筆順，在不同流派傳承間，多少有些小差異；而有時因書寫工具的不同，也往往會略作些微調整，但只要掌握上述先體文後母音符號、從上而下、先左後右的原則，大體上便能正確地書寫梵字了。

## 梵字悉曇的拼音原則

(1) 子音不加任何母音符號(摩多點畫)時，皆自動加上母音 a。如：唸作 ka、唸作 kra。

(2) 、為去母音符號，加上此符號時，只發子音。此符號使用時，是寫在子音的下方，而該字加上去母音符號後，即成為所謂的半音，即不附母音的子音。此符號與摩多點畫(母音符號)(ū)或另一種寫法的(ū)相似，所以容易被誤認為 u。如：即唸作 ṭ。

(3) 由多個子音及母音符號接續組合而成的梵字，其拼音方法，乃依子音書寫的前後順序發音，最後再依母音符號書寫順序，發母音符號所標註的母音，若無母音符號，則同樣發 a 音。如：

①是由三個子音 s(a)加 t(a)加 v(a)的接續半體組成體文，最後再加上母音 **aṃ** 的母音符號(摩多點畫) 所組成，所以其拼音方式爲 s+t+v+a+ṃ 唸作 stvaṃ。

②是由子音 **h**(a)，加上母音 **u** 的母音符號 (摩多點畫) 及 aṃ 的母音符號 (摩多點畫) 所組成，所以其拼音方式爲 h+u+ṃ 唸作 huṃ。

(4) 母音 aṃ 及 aḥ 與其他母音在一起時，最後唸，且只發尾音 (a 不發音)。如上(3)之②例及：

是由二個子音 **h**(a)及 **r**(a)的接續半體組成體文，加上母音 **ī** 的母音符號 (摩多點畫)，及(a)**ḥ** 的母音符號 (摩多點畫) 所組成，所以其拼音方式爲 h+r+ī+ḥ 唸作 hrīḥ。

# 第二章
# 《悉曇十八章》解析

# 《悉曇十八章》簡介

「悉曇章」是古代學習梵文悉曇字母接續的範本。「悉曇章」在唐代就有「十二章」與「十八章」兩種，如玄奘法師《大唐西域記》中提到「十二章」的用例，義淨的《南海寄歸內法傳》中則提到了「十八章」的用例，並說：「創學悉曇章，亦名悉地羅窣睹。斯乃小學標章之稱，俱以成就吉祥爲目，本有四十九字共相乘轉成『一十八章』。」

後來「十八章」逐漸成爲「悉曇章」的主流，釋智廣的《悉曇字記》一書尤具影響力。該書的內容主要是說明梵字的由來、音義、字形及十八章的建立等，自古以來就一直被視爲悉曇學的重要寶典。至今，提到「悉曇十八章」就不能不提到《悉曇字記》，所以本章內容即以《悉曇字記》爲基礎，並參考《梵字大鑑》等資料整理而成。

《悉曇十八章》的內容主要是以悉曇子音加上十二個母音(不含 ṛ, ṝ, ḷ, ḹ 四字，但在第十六章談到 ṛ 與 ṝ)爲基礎，再配合𑖧(ya)、𑖨(ra)、𑖩(la)、𑖪(va)、𑖡(na)、𑖦(ma)等子音接續，分成十八個章次。

至於十八章各章的名稱由來，大抵都是取每章的第一、第二字爲該章名稱，或是以其內容特色、位置等來命名，如，第一章名爲「初章」，或名「單章」，又名「迦迦引章」。在這三個章名中，即包含了上述三種命名原則：

(1) 以內容特色命名：如「單章」是指 34 個子音單獨配合 12 個母音，沒有與其它子音接續，所以稱之爲「『單』章」。此即是以其內容特色而名之。

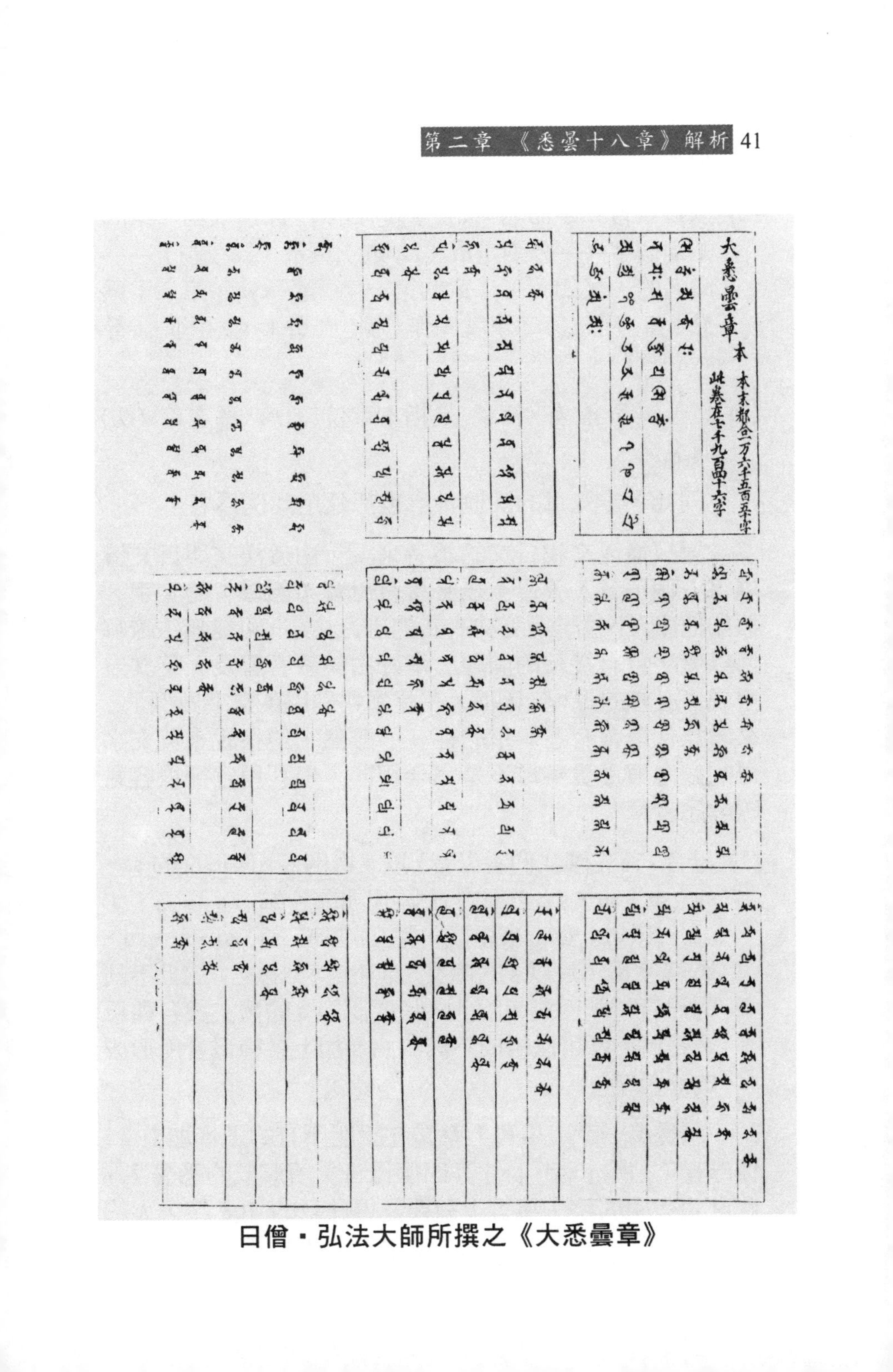

大悉曇章 本 本末都合一万六千五百五十字
此卷在七千九百四十六字

日僧・弘法大師所撰之《大悉曇章》

(2) 以每章首二字命名：如「迦迦引章」，即是取第一章的頭兩個字——分別是𑖎（ka-迦）與𑖎𑖯（ka-迦引）——命名的。又如，第二章的第一字爲𑖎𑖿𑖧 kya、第二字爲𑖎𑖿𑖧𑖯 kyā，所以第二章就叫作「枳也（𑖎𑖿𑖧 kya）枳耶引（𑖎𑖿𑖧𑖯 kyā）章」。

(3) 以位置命名：如「初章」是指本章位於十八章之首 (初) 而名之。

同此，十八章的其他各章也都延用此例爲名。

對只懂漢文和日文的讀者來說，由於漢文與日文皆屬每一個子音（聲母）後必接有母音（韻母）的文字，假如他(她)不曾學過英文或其他拼音文字，可能無法瞭解何以梵字會有接續的問題。幸好由於教育普及，英文幾乎成了必修的課程，因而，在此讓我們用英文字做例子，來看爲什麼會有悉曇章的存在。雖然，嚴格說來英文字母的觀念與悉曇字母不是完全相同，但利用它卻很容易瞭解悉曇章。

(1) 母音：首先讓我們看母音，以 s 爲例，不像日文的 sa、si、su、se、so 必須由五個不同的字さ(sa)、し(si)、す(su)、そ(se)、せ(so)來組成，梵文的 sa、sā、si、sī、su、sū 等字母，是以 s 的體文（說明見本章後文）加上不同的母音符號而成。因此，只要認識 s 的體文與各種母音符號，就可以組成不同的由 s 加上各種母音所形成的悉曇字。

悉曇第一章，事實上就是在說明所有的子音加上 12 種母音（扣除 ṛ、ṝ、ḷ、ḹ 等四個母音）所形成的悉曇字。此章共有 408 字，事實上只要認得此章的 408 字，大約所有的悉曇資料皆可讀出八成以上，因爲絕大多數的悉曇梵字經咒內容，皆由本章的字來組成。

(2) 子音：其次，我們來看子音，從一些常見的簡單英文單字，如 strike 與 trust，我們知道英文裡有 str、tr 及 st 等等的子音接子音的問題。悉曇字在解決這種子音連接的問題時，是用接續體（詳細說明如後文），即 st 是由 s 的上半部接續半體，加上 t 的下半部接續半體而成； tr 則是由 t 的上半部接續半體，加上 r 的下半部接續半體而成；而 str 則是由 s 的上半部接續半體，加上 t 的下半部接續半體，再加上 r 的下半部接續半體所組成。其後若在加上各種母音符號，則又可組成種種不同的新悉曇字。

基本上，悉曇第二章以後的各章，主要即是這種組合例的說明。

次頁即簡要歸納表列出悉曇十八章各章的章名、字數、組成重點及字例，供讀者總攝十八章重點。

## ▼ 十八章各章名稱、字數及重點：

| 章別 | 章名 | 字數 | 組成重點<br>說明、字例 |
|---|---|---|---|
| 1 | 迦迦引章<br>初章、單章 | 408 | 子音+12 個母音的摩多點畫<br>(kā) (ki) (kī) (ku) (kū) (ke) |
| 2 | 枳耶枳耶引章<br>餘單章 | 384 | 子音+ (y)+母音的摩多點畫<br>(kya) (kyā) (kyi) (kyī) (kyu) |
| 3 | 迦略迦略引章<br>餘單章 | 396 | 子音+ (r)+母音的摩多點畫<br>(kra) (krā) (kri) (krī) (kru) |
| 4 | 迦囉迦囉引章<br>重章 | 384 | 子音+ (l)+母音的摩多點畫<br>(kla) (klā) (kli) (klī) (klu) (klū) |
| 5 | 迦縛迦縛引章<br>重章 | 384 | 子音+ (v)+母音的摩多點畫<br>(kva) (kvā) (kvi) (kvī) (kvu) |
| 6 | 迦磨迦磨引章<br>重章 | 384 | 子音+ (m)+母音的摩多點畫<br>(kma) (kmā) (kmi) (kmī) (ku) |
| 7 | 迦那迦那引章<br>重章 | 384 | 子音+ (n)+母音的摩多點畫<br>(kna) (knā) (kni) (knī) (knu) |
| 8 | 阿勒迦章<br>餘單章 | 396 | (r) +子音+母音的摩多點畫<br>此章是把 r加在第 1 章各字之前而成。如：<br>(rka) (rkā) (rki) (rkī) (rku) (rkū) |
| 9 | 阿勒枳耶章<br>餘單章 | 384 | (r) +子音+ (y)+母音的摩多點畫<br>此章是把 r加在第 2 章各字之前而成。如：<br>(rkya) (rkyā) (rkyi) (rkyī) (rkyu) |
| 10 | 阿勒迦略章<br>餘單章 | 396 | (r) +子音+ (r)+母音的摩多點畫<br>此章是把 r加在第 3 章各字之前而成。如：<br>(rkra) (rkrā) (rkri) (rkrī) (rkru) |

(續前表)

| 章別 | 章名 | 字數 | 組成重點<br>說明、字例 |
|---|---|---|---|
| 11 | 阿勒迦囉章<br>重章 | 384 | (r) +子音+ (l)+母音的摩多點畫<br>此章是把 r加在第 4 章各字之前而成。如：(rkla) (rklā) (rkli) (rklī) (rklu) |
| 12 | 阿勒迦嚩章<br>重章 | 384 | (r) +子音+ (v)+母音的摩多點畫<br>此章是把 r加在第 5 章各字之前而成。<br>如：(rkva) (rkvā) (rkvi) (rkvī) |
| 13 | 阿勒迦磨章<br>重章 | 384 | (r) +子音+ (m)+母音的摩多點畫<br>此章是把 r加在第 6 章各字之前而成。<br>如：(rkma) (rkmā) (rkmi) (rkmī) |
| 14 | 阿勒迦那章<br>重章 | 384 | (r) +子音+ (n)+母音的摩多點畫<br>此章是把 r加在第 7 章各字之前而成。<br>如：(rkna) (rknā) (rkni) (rknī) |
| 15 | 阿盎迦章<br>異章 | 348 | 鼻音(ṅ,ñ,ṇ,n,m) +子音+母音的摩多點畫<br>(ṅka) (ñca) (ṇṭa) (nta) (mpa) |
| 16 | 紇哩章 | 136 | 子音+ (ṛ), (ṝ)+母音 (ṃ), :(ḥ)<br>(kṛ) (kṝ) (kṛṃ) (kṛḥ) (gṛ) (gṝ ) |
| 17 | 阿索迦章<br>難覺章 | 396 | 某些子音+34 個子音+母音的摩多點畫<br>雖無一定規則，但接續原則與其他章相同。如：(ska) (dga) (vcha) (lto) |
| 18 | 阿跛多章<br>無盡章、孤合章 | 124 | 各種接續綜合練習<br>(pta) (ṭka) (dsva) (nna) (bhrūṃ) |

在此建議讀者，在學習悉曇十八章時，可遵循以下原則，當能加快學習腳步：

(1) 十八章大部份的排列架構爲：直向的行多依 35 個子音字母的順序排列；橫向的列，則爲各行子音分別配上 12 個母音。以第一章前兩行爲例：

子音配上 12 個母音符號 →

| | a | ā | i | ī | u | ū | e | ai | o | au | aṃ | aḥ |
|---|---|---|---|---|---|---|---|---|---|---|---|---|
| 35個子音依序排列 ↓ | ka | kā | ki | kī | ku | kū | ke | kai | ko | kau | kaṃ | kaḥ |
| | kha | khā | khi | khī | khu | khū | khe | khai | kho | khau | khaṃ | khaḥ |

(2) 熟記第一章。

(3) 第 2 至 14 章只要記第一行，其他字依原則類推。

(4) 其中第 8 至 14 章爲第 2 至 7 章的字上加 r，非常類似，所以只要先熟悉 2-7 章，則第 8-14 章自然就不難記憶了。這 14 章的對應關係如下表：

| 章別 | 練習重點 | 對應 | 章別 | 練習重點 |
|---|---|---|---|---|
| 1 | 子音+12 個母音 | ⟷ | 8 | (ra) +子音+母音 |
| 2 | 子音+(ya)+母音 | ⟷ | 9 | (ra) +子音+(ya)+母音 |
| 3 | 子音+(ra)+母音 | ⟷ | 10 | (ra) +子音+(ra)+母音 |
| 4 | 子音+(la)+母音 | ⟷ | 11 | (ra) +子音+(la)+母音 |
| 5 | 子音+(va)+母音 | ⟷ | 12 | (ra) +子音+(va)+母音 |
| 6 | 子音+(ma)+母音 | ⟷ | 13 | (ra) +子音+(ma)+母音 |
| 7 | 子音+(na)+母音 | ⟷ | 14 | (ra) +子音+(na)+母音 |

(5) 第 15、16、17、18 四章，只要熟記其原則即可。

在以下各節，除詳加介紹悉曇十八章各章內容、接續組合之重點及全部字例外，在每章的「梵字組合分析」項中，尙分別一一列舉各章的部份字例爲例，詳細解說該梵字由那些子音與母音符號所組成，以幫助學者迅速掌握梵字的組合變化及發音。

# 《悉曇十八章・第一章》

## 初章、單章 (408 字)

**本章重點：**子音+12 個母音的摩多點畫的練習

第一章是由三十五個子音中，除去𑖩𑖿𑖩𑖽(llaṃ)，再配上十二個母音（a, ā, i, ī, u, ū, e, ai, o, au, aṃ, aḥ）的摩多點畫所構成。

例如：𑖎(ka)，配上 12 個母音而成：𑖎(ka)、𑖎𑖯(kā)、𑖎𑖰(ki)、𑖎𑖱(kī)、𑖎𑖲(ku)、𑖎𑖳(kū)、𑖎𑖸(ke)、𑖎𑖹(kai)、𑖎𑖺(ko)、𑖎𑖻(kau)、𑖎𑖽(kaṃ)、𑖎𑖾(kaḥ)。

此章由三十四子音配上十二母音，相乘而成四百零八字。此外，十八章中本章的子音是唯一沒有與其他子音接續的，全章四百零八字都是單獨的子音加上母音的變化，所以常被稱爲「單章」。

在此順便要指出：有些日本的悉曇著作中，將𑖔(cha)行的變化寫成𑖓𑖿𑖔(ccha)，如《梵字大鑑》及靜慈圓的《梵字悉曇》即是，但《梵字事典》及安然《悉曇藏》卷八所錄《悉曇十八章》中則仍然寫成𑖔(cha)，筆者認爲第一章又名爲「單章」，即是指此章並無接續的子音，同時安然的時代接近唐代智廣，所以𑖔(cha)的用法應該才是正確的。

如前所述，學會本章約可看懂八成左右咒語內容。其章名又稱爲迦迦引章，是取本章的最初二字「迦」𑖎(ka)與「迦引」𑖎𑖯(kā) 命名的。同時，本章爲十八章之首，所以也稱爲初章。

## ▼ 本章梵字組成分析 (以下列舉第一行𑖎(ka)爲例)

𑖎𑖯(kā) =𑖎(ka) +◌𑖯(ā)

*𑖎𑖯(kā)是由𑖎(ka)加上長母音𑖁(ā)的摩多點畫◌𑖯所組成。

𑖎𑖰(ki) =𑖎(ka) +◌𑖰(i)

*𑖎𑖰(ki)是由𑖎(ka)加上短母音𑖂(i)的摩多點畫◌𑖰所組成。

𑖎𑖱(kī) =𑖎(ka) +◌𑖱(ī)

*𑖎𑖱(kī)是由𑖎(ka)加上長母音𑖃(ī)的摩多點畫◌𑖱所組成。

𑖎𑖲(ku) =𑖎(ka) +◌𑖲(u)

*𑖎𑖲(ku)是由𑖎(ka)的上半部接續半體𑖎，加上短母音𑖄(u)的摩多點畫◌𑖲所組成。

𑖎𑖳(kū) =𑖎(ka) +◌𑖳(ū)

*𑖎𑖳(kū)是由𑖎(ka)的上半部接續半體𑖎，加上長母音𑖅(ū)的摩多點畫◌𑖳所組成。

𑖎𑖸(ke) =𑖎(ka) +◌𑖸(e)

*𑖎𑖸(ke)是由𑖎(ka)加上長母音𑖊(e)的摩多點畫◌𑖸所組成。

𑖎𑖹(kai) =𑖎(ka) +◌𑖹(ai)

*𑖎𑖹(kai)是由𑖎(ka)加上長母音𑖋(ai)的摩多點畫◌𑖹所組成。

𑖎𑖺(ko) =𑖎(ka) +◌𑖺(o)

*(ko)是由(ka)加上長母音(o)的摩多點畫□所組成。

(kau) =(ka) +□(au)

*(kau)是由(ka)加上長母音(au)的摩多點畫□所組成。

(kaṃ) =(ka) +□(aṃ)

*(kaṃ)是由(ka)的上半部接續半體，加上短母音(aṃ) 的摩多點畫□所組成。

(kaḥ) =(ka) +□:(aḥ)

*(kaḥ)是由(ka)加上長母音(aḥ)的摩多點畫□:所組成。

## ▼ 第一章 408 字

| | | | | | | | | | | | |
|---|---|---|---|---|---|---|---|---|---|---|---|
| ka | kā | ki | kī | ku | kū | ke | kai | ko | kau | kaṃ | kaḥ |
| kha | khā | khi | khī | khu | khū | khe | khai | kho | khau | khaṃ | khaḥ |
| ga | gā | gi | gī | gu | gū | ge | gai | go | gau | gaṃ | gaḥ |
| gha | ghā | ghi | ghī | ghu | ghū | ghe | ghai | gho | ghau | ghaṃ | ghaḥ |
| ṅa | ṅā | ṅi | ṅī | ṅu | ṅū | ṅe | ṅai | ṅo | ṅau | ṅaṃ | ṅaḥ |

| | | | | | | | | | | | |
|---|---|---|---|---|---|---|---|---|---|---|---|
| 𑖓 | 𑖓𑖯 | 𑖓𑖰 | 𑖓𑖱 | 𑖓𑖲 | 𑖓𑖳 | 𑖓𑖸 | 𑖓𑖹 | 𑖓𑖺 | 𑖓𑖻 | 𑖓𑖽 | 𑖓𑖾 |
| ca | cā | ci | cī | cu | cū | ce | cai | co | cau | caṃ | caḥ |
| 𑖔 | 𑖔𑖯 | 𑖔𑖰 | 𑖔𑖱 | 𑖔𑖲 | 𑖔𑖳 | 𑖔𑖸 | 𑖔𑖹 | 𑖔𑖺 | 𑖔𑖻 | 𑖔𑖽 | 𑖔𑖾 |
| cha | chā | chi | chī | chu | chū | che | chai | cho | chau | chaṃ | chaḥ |
| 𑖕 | 𑖕𑖯 | 𑖕𑖰 | 𑖕𑖱 | 𑖕𑖲 | 𑖕𑖳 | 𑖕𑖸 | 𑖕𑖹 | 𑖕𑖺 | 𑖕𑖻 | 𑖕𑖽 | 𑖕𑖾 |
| ja | jā | ji | jī | ju | jū | je | jai | jo | jau | jaṃ | jaḥ |
| 𑖖 | 𑖖𑖯 | 𑖖𑖰 | 𑖖𑖱 | 𑖖𑖲 | 𑖖𑖳 | 𑖖𑖸 | 𑖖𑖹 | 𑖖𑖺 | 𑖖𑖻 | 𑖖𑖽 | 𑖖𑖾 |
| jha | jhā | jhi | jhī | jhu | jhū | jhe | jhai | jho | jhau | jhaṃ | jhaḥ |
| 𑖗 | 𑖗𑖯 | 𑖗𑖰 | 𑖗𑖱 | 𑖗𑖲 | 𑖗𑖳 | 𑖗𑖸 | 𑖗𑖹 | 𑖗𑖺 | 𑖗𑖻 | 𑖗𑖽 | 𑖗𑖾 |
| ña | ñā | ñi | ñī | ñu | ñū | ñe | ñai | ño | ñau | ñaṃ | ñaḥ |
| 𑖘 | 𑖘𑖯 | 𑖘𑖰 | 𑖘𑖱 | 𑖘𑖲 | 𑖘𑖳 | 𑖘𑖸 | 𑖘𑖹 | 𑖘𑖺 | 𑖘𑖻 | 𑖘𑖽 | 𑖘𑖾 |
| ṭa | ṭā | ṭi | ṭī | ṭu | ṭū | ṭe | ṭai | ṭo | ṭau | ṭaṃ | ṭaḥ |
| 𑖙 | 𑖙𑖯 | 𑖙𑖰 | 𑖙𑖱 | 𑖙𑖲 | 𑖙𑖳 | 𑖙𑖸 | 𑖙𑖹 | 𑖙𑖺 | 𑖙𑖻 | 𑖙𑖽 | 𑖙𑖾 |
| ṭha | ṭhā | ṭhi | ṭhī | ṭhu | ṭhū | ṭhe | ṭhai | ṭho | ṭhau | ṭhaṃ | ṭhaḥ |
| 𑖚 | 𑖚𑖯 | 𑖚𑖰 | 𑖚𑖱 | 𑖚𑖲 | 𑖚𑖳 | 𑖚𑖸 | 𑖚𑖹 | 𑖚𑖺 | 𑖚𑖻 | 𑖚𑖽 | 𑖚𑖾 |
| ḍa | ḍā | ḍi | ḍī | ḍu | ḍū | ḍe | ḍai | ḍo | ḍau | ḍaṃ | ḍaḥ |
| 𑖛 | 𑖛𑖯 | 𑖛𑖰 | 𑖛𑖱 | 𑖛𑖲 | 𑖛𑖳 | 𑖛𑖸 | 𑖛𑖹 | 𑖛𑖺 | 𑖛𑖻 | 𑖛𑖽 | 𑖛𑖾 |
| ḍha | ḍhā | ḍhi | ḍhī | ḍhu | ḍhū | ḍhe | ḍhai | ḍho | ḍhau | ḍhaṃ | ḍhaḥ |
| 𑖜 | 𑖜𑖯 | 𑖜𑖰 | 𑖜𑖱 | 𑖜𑖲 | 𑖜𑖳 | 𑖜𑖸 | 𑖜𑖹 | 𑖜𑖺 | 𑖜𑖻 | 𑖜𑖽 | 𑖜𑖾 |
| ṇa | ṇā | ṇi | ṇī | ṇu | ṇū | ṇe | ṇai | ṇo | ṇau | ṇaṃ | ṇaḥ |
| 𑖝 | 𑖝𑖯 | 𑖝𑖰 | 𑖝𑖱 | 𑖝𑖲 | 𑖝𑖳 | 𑖝𑖸 | 𑖝𑖹 | 𑖝𑖺 | 𑖝𑖻 | 𑖝𑖽 | 𑖝𑖾 |
| ta | tā | ti | tī | tu | tū | te | tai | to | tau | taṃ | taḥ |
| 𑖞 | 𑖞𑖯 | 𑖞𑖰 | 𑖞𑖱 | 𑖞𑖲 | 𑖞𑖳 | 𑖞𑖸 | 𑖞𑖹 | 𑖞𑖺 | 𑖞𑖻 | 𑖞𑖽 | 𑖞𑖾 |
| tha | thā | thi | thī | thu | thū | the | thai | tho | thau | thaṃ | thaḥ |

| | | | | | | | | | | | |
|---|---|---|---|---|---|---|---|---|---|---|---|
| da | dā | di | dī | du | dū | de | dai | do | dau | daṃ | daḥ |
| dha | dhā | dhi | dhī | dhu | dhū | dhe | dhai | dho | dhau | dhaṃ | dhaḥ |
| na | nā | ni | nī | nu | nū | ne | nai | no | nau | naṃ | naḥ |
| pa | pā | pi | pī | pu | pū | pe | pai | po | pau | paṃ | paḥ |
| pha | phā | phi | phī | phu | phū | phe | phai | pho | phau | phaṃ | phaḥ |
| ba | bā | bi | bī | bu | bū | be | bai | bo | bau | baṃ | baḥ |
| bha | bhā | bhi | bhī | bhu | bhū | bhe | bhai | bho | bhau | bhaṃ | bhaḥ |
| ma | mā | mi | mī | mu | mū | me | mai | mo | mau | maṃ | maḥ |
| ya | yā | yi | yī | yu | yū | ye | yai | yo | yau | yaṃ | yaḥ |
| ra | rā | ri | rī | ru | rū | re | rai | ro | rau | raṃ | raḥ |
| la | lā | li | lī | lu | lū | le | lai | lo | lau | laṃ | laḥ |
| va | vā | vi | vī | vu | vū | ve | vai | vo | vau | vaṃ | vaḥ |

śa śā śi śī śu śū śe śai śo śau śaṃ śaḥ

ṣa ṣā ṣi ṣī ṣu ṣū ṣe ṣai ṣo ṣau ṣaṃ ṣaḥ

sa sā si sī su sū se sai so sau saṃ saḥ

ha hā hi hī hu hū he hai ho hau haṃ haḥ

kṣa kṣā kṣi kṣī kṣu kṣū kṣe kṣai kṣo kṣau kṣaṃ kṣaḥ

# 《悉曇十八章・第二章》

## 餘單章 (384字)

本章重點：子音+(ya)+母音的練習

第二章是由 35 個子音，扣除(ya)、(ra)、(llaṃ)，共 32 個子音，以各子音的上半部接續半體，配合(ya)的下半部接續半體(ya)，然後再配上十二個母音（a, ā, i, ī, u, ū, e, ai, o, au, aṃ, aḥ）所構成。

例如(ka)字，上半部接續半體爲，配合本章的接續規則成 (kya)、(kyā)、(kyi)、(kyī)、(kyu)、(kyū)、(kye)、(kyai)、(kyo)、(kyau)、(kyaṃ)、(kyaḥ)。

本章日本學者又稱爲「餘單章」，意思是超出單章的範圍，或單章範圍剩餘的。按十八章中有五章名爲「餘單章」，這五章分別爲：

第二章——(ya)下加
第三章——(ra)下加
第八章——(ra)上加
第九章——(ra)上加、(ya)下加
第十章——(ra)上加、(ra)下加

歸納這五個章「餘單章」，可以找出兩組共同情況，即(1)、(ya)的下加；(2)、(ra)上加、(ra) 的下加。這說明「餘單章」應與(ya)、(ra)、(ra)的接續有關。

本章共有 384 字。最前二字爲「枳耶」(kya)與「枳耶引」(kyā)所以又名爲「枳耶枳耶引章」。

## ▼ 本章梵字組成分析 (以下列舉前四行幾個字例詳細說明)

(kya) =(ka) + (ya)

*(kya)是由(ka)的上半部接續半體，加上(ya)的下半部接續半體所組成。

(kyā) =(ka) + (ya) +(ā)

*(kyā)是由(ka)的上半部接續半體，加上(ya)的下半部接續半體，再加上長母音(ā)的摩多點畫所組成。

(kyi) =(ka) + (ya) +(i)

*(kyi)是由(ka)的上半部接續半體，加上(ya)的下半部接續半體，再加上短母音(i)的摩多點畫所組成。

(khyī) =(kha) + (ya) +(ī)

*(khyī)是由(kha)的上半部接續半體，加上(ya)的下半部接續半體，再加上長母音(ī)的摩多點畫所組成。

(khyu) =(kha) + (ya) + (u)

*(khyu)是由(kha)的上半部接續半體，加上(ya)的下半部接續半體(ya)，再加上短母音(u)的摩多點畫所組成。

(khyū) =(kha) + (ya) + (ū)

*(khyū)是由(kha)的上半部接續半體，加上(ya)的下半部接續半體，再加上長母音(ū)的摩多點畫所組成。

(gye) = (ga) + (ya) + (e)

*(gye)是由(ga)的上半部接續半體，加上(ya)的下半部接續半體，再加上長母音(e)的摩多點畫所組成。

(gyai) = (ga) + (ya) + (ai)

*(gyai)是由(ga)的上半部接續半體，加上(ya)的下半部接續半體，再加上長母音(ai)的摩多點畫所組成。

(gyo) = (ga) + (ya) + (o)

*(gyo)是由(ga)的上半部接續半體，加上(ya)的下半部接續半體，再加上長母音(o)的摩多點畫所組成。

(ghyau) = (gha) + (ya) + (au)

*(ghyau)是由(gha)的上半部接續半體，加上(ya)的下半部接續半體，再加上長母音(au)的摩多點畫所組成。

(ghyaṃ) = (gha) + (ya) + (aṃ)

*(ghyaṃ)是由(gha)的上半部接續半體，加上(ya)的下半部接續半體，再加上短母音(aṃ)的摩多點畫所組成。

(ghyaḥ) = (gha) + (ya) + (aḥ)

*(ghyaḥ)是由(gha)的上半部接續半體，加上(ya)的下半部接續半體，再加上長母音(aḥ)的摩多點畫所組成。

## ▼ 第二章 384 字

| | | | | | | | | | | | |
|---|---|---|---|---|---|---|---|---|---|---|---|
| kya | kyā | kyi | kyī | kyu | kyū | kye | kyai | kyo | kyau | kyaṃ | kyaḥ |
| khya | khyā | khyi | khyī | khyu | khyū | khye | khyai | khyo | khyau | khyaṃ | khyaḥ |
| gya | gyā | gyi | gyī | gyu | gyū | gye | gyai | gyo | gyau | gyaṃ | gyaḥ |
| ghya | ghyā | ghyi | ghyī | ghyu | ghyū | ghye | ghyai | ghyo | ghyau | ghyaṃ | ghyaḥ |
| ṅya | ṅyā | ṅyi | ṅyī | ṅyu | ṅyū | ṅye | ṅyai | ṅyo | ṅyau | ṅyaṃ | ṅyaḥ |
| cya | cyā | cyi | cyī | cyu | cyū | cye | cyai | cyo | cyau | cyaṃ | cyaḥ |
| chya | chyā | chyi | chyī | chyu | chyū | chye | chyai | chyo | chyau | chyaṃ | chyaḥ |
| jya | jyā | jyi | jyī | jyu | jyū | jye | jyai | jyo | jyau | jyaṃ | jyaḥ |
| jhya | jhyā | jhyi | jhyī | jhyu | jhyū | jhye | jhyai | jhyo | jhyau | jhyaṃ | jhyaḥ |
| ñya | ñyā | ñyi | ñyī | ñyu | ñyū | ñye | ñyai | ñyo | ñyau | ñyaṃ | ñyaḥ |
| ṭya | ṭyā | ṭyi | ṭyī | ṭyu | ṭyū | ṭye | ṭyai | ṭyo | ṭyau | ṭyaṃ | ṭyaḥ |

ṭhya ṭhyā ṭhyi ṭhyī ṭhyu ṭhyū ṭhye ṭhyai ṭhyo ṭhyau ṭhyaṃ ṭhyaḥ

ḍya ḍyā ḍyi ḍyī ḍyu ḍyū ḍye ḍyai ḍyo ḍyau ḍyaṃ ḍyaḥ

ḍhya ḍhyā ḍhyi ḍhyī ḍhyu ḍhyū ḍhye ḍhyai ḍhyo ḍhyau ḍhyaṃ ḍhyaḥ

ṇya ṇyā ṇyi ṇyī ṇyu ṇyū ṇye ṇyai ṇyo ṇyau ṇyaṃ ṇyaḥ

tya tyā tyi tyī tyu tyū tye tyai tyo tyau tyaṃ tyaḥ

thya thyā thyi thyī thyu thyū thye thyai thyo thyau thyaṃ thyaḥ

dya dyā dyi dyī dyu dyū dye dyai dyo dyau dyaṃ dyaḥ

dhya dhyā dhyi dhyī dhyu dhyū dhye dhyai dhyo dhyau dhyaṃ dhyaḥ

nya nyā nyi nyī nyu nyū nye nyai nyo nyau nyaṃ nyaḥ

pya pyā pyi pyī pyu pyū pye pyai pyo pyau pyaṃ pyaḥ

phya phyā phyi phyī phyu phyū phye phyai phyo phyau phyaṃ phyaḥ

bya byā byi byī byu byū bye byai byo byau byaṃ byaḥ

| | | | | | | | | | | | |
|---|---|---|---|---|---|---|---|---|---|---|---|
| bhya | bhyā | bhyi | bhyī | bhyu | bhyū | bhye | bhyai | bhyo | bhyau | bhyaṃ | bhyaḥ |
| mya | myā | myi | myī | myu | myū | mye | myai | myo | myau | myaṃ | myaḥ |
| lya | lyā | lyi | lyī | lyu | lyū | lye | lyai | lyo | lyau | lyaṃ | lyaḥ |
| vya | vyā | vyi | vyī | vyu | vyū | vye | vyai | vyo | vyau | vyaṃ | vyaḥ |
| śya | śyā | śyi | śyī | śyu | śyū | śye | śyai | śyo | śyau | śyaṃ | śyaḥ |
| ṣya | ṣyā | ṣyi | ṣyī | ṣyu | ṣyū | ṣye | ṣyai | ṣyo | ṣyau | ṣyaṃ | ṣyaḥ |
| sya | syā | syi | syī | syu | syū | sye | syai | syo | syau | syaṃ | syaḥ |
| hya | hyā | hyi | hyī | hyu | hyū | hye | hyai | hyo | hyau | hyaṃ | hyaḥ |
| kṣya | kṣyā | kṣyi | kṣyī | kṣyu | kṣyū | kṣye | kṣyai | kṣyo | kṣyau | kṣyaṃ | kṣyaḥ |

# 《悉曇十八章．第三章》

## 餘單章 (396 字)

本章重點：子音+(ra)+母音的練習

第三章是由 35 個子音，扣除(ra)、(llaṃ)，共 33 個子音，以各子音的上半部接續半體，配合(ra)的下半部接續半體(ra)，然後再配上十二個母音（a, ā, i, ī, u, ū, e, ai, o, au, aṃ, aḥ）所構成。

例如(ka)字，上半部接續半體爲，配合本章的接續規則成 (kra)、(krā)、(kri)、(krī)、(kru)、(krū)、(kre)、(krai)、(kro)、(krau)、(kraṃ)、(kraḥ)。

本章共有 396 字。最前二字為「迦略」(kra)與「迦略引」(krā) 所以又名為「迦略迦略引章」或「迦略(kra)章」。

### ▼ 本章梵字組成分析 (以下列舉 5-8 行幾個字例詳細說明)

(ṅra) =(ṅa) +(ra)

*(ṅra)是由(ṅa)的上半部接續半體，加上(ra)的下半部接續半體所組成。

(ṅrā) =(ṅa) +(ra) +□(ā)

*(ṅrā)是由(ṅa)的上半部接續半體，加上(ra)的下半部接續半體，再加上長母音(ā)的摩多點畫□所組成。

(ṅri) = (ṅa) + (ra) + □(i)

*(ṅri)是由(ṅa)的上半部接續半體，加上(ra)的下半部接續半體，再加上短母音(i)的摩多點畫□所組成。

(cru) = (ca) + (ra) + □(u)

*(cru)是由(ca)的上半部接續半體，加上(ra)的下半部接續半體，再加上短母音(u)的摩多點畫□所組成。

(crū) = (ca) + (ra) + □(ū)

*(crū)是由(ca)的上半部接續半體，加上(ra)的下半部接續半體，再加上長母音(ū)的摩多點畫□所組成。

(chre) = (cha) + (ra) + □(e)

*(chre)是由(cha)的上半部接續半體，加上(ra)的下半部接續半體，再加上長母音(e)的摩多點畫□所組成。

(chrai) = (cha) + (ra) + □(ai)

*(chrai)是由(cha)的上半部接續半體，加上(ra)的下半部接續半體(ra)，再加上長母音(ai)的摩多點畫□所組成。

(chro) = (cha) + (ra) + □(o)

*(chro)是由(cha)的上半部接續半體，加上(ra)的下半部接續半體，再加上長母音(o)的摩多點畫□所組成。

**𑖕𑖿𑖨𑖻** (jrau) = 𑖕 (ja) + 𑖿𑖨 (ra) + ◌𑖻 (au)

*𑖕𑖿𑖨𑖻 (jrau)是由𑖕 (ja)的上半部接續半體𑖿,加上𑖨 (ra)的下半部接續半體𑖿,再加上長母音𑖊 (au)的摩多點畫◌𑖻所組成。

**𑖕𑖿𑖨𑖽** (jraṃ) = 𑖕 (ja) + 𑖿𑖨 (ra) + ◌𑖽 (aṃ)

*𑖕𑖿𑖨𑖽 (jraṃ)是由𑖕 (ja)的上半部接續半體𑖿,加上𑖨 (ra)的下半部接續半體𑖿,再加上短母音𑖀 (aṃ)的摩多點畫◌𑖽所組成。

**𑖕𑖿𑖨𑖾** (jraḥ) = 𑖕 (ja) + 𑖿𑖨 (ra) + ◌𑖾 (aḥ)

*𑖕𑖿𑖨𑖾 (jraḥ)是由𑖕 (ja)的上半部接續半體𑖿,加上𑖨 (ra)的下半部接續半體𑿿,再加上長母音𑖁 (aḥ)的摩多點畫◌𑖾所組成。

## ▼ 第三章 396 字

| | | | | | | | | | | | |
|---|---|---|---|---|---|---|---|---|---|---|---|
| kra | krā | kri | krī | kru | krū | kre | krai | kro | krau | kraṃ | kraḥ |
| khra | khrā | khri | khrī | khru | khrū | khre | khrai | khro | khrau | khraṃ | khraḥ |
| gra | grā | gri | grī | gru | grū | gre | grai | gro | grau | graṃ | graḥ |
| ghra | ghrā | ghri | ghrī | ghru | ghrū | ghre | ghrai | ghro | ghrau | ghraṃ | ghraḥ |
| ṅra | ṅrā | ṅri | ṅrī | ṅru | ṅrū | ṅre | ṅrai | ṅro | ṅrau | ṅraṃ | ṅraḥ |

| | | | | | | | | | | | |
|---|---|---|---|---|---|---|---|---|---|---|---|
| cra | crā | cri | crī | cru | crū | cre | crai | cro | crau | craṃ | craḥ |
| chra | chrā | chri | chrī | chru | chrū | chre | chrai | chro | chrau | chraṃ | chraḥ |
| jra | jrā | jri | jrī | jru | jrū | jre | jrai | jro | jrau | jraṃ | jraḥ |
| jhra | jhrā | jhri | jhrī | jhru | jhrū | jhre | jhrai | jhro | jhrau | jhraṃ | jhraḥ |
| ñra | ñrā | ñri | ñrī | ñru | ñrū | ñre | ñrai | ñro | ñrau | ñraṃ | ñraḥ |
| ṭra | ṭrā | ṭri | ṭrī | ṭru | ṭrū | ṭre | ṭrai | ṭro | ṭrau | ṭraṃ | ṭraḥ |
| ṭhra | ṭhrā | ṭhri | ṭhrī | ṭhru | ṭhrū | ṭhre | ṭhrai | ṭhro | ṭhrau | ṭhraṃ | ṭhraḥ |
| ḍra | ḍrā | ḍri | ḍrī | ḍru | ḍrū | ḍre | ḍrai | ḍro | ḍrau | ḍraṃ | ḍraḥ |
| ḍhra | ḍhrā | ḍhri | ḍhrī | ḍhru | ḍhrū | ḍhre | ḍhrai | ḍhro | ḍhrau | ḍhraṃ | ḍhraḥ |
| ṇra | ṇrā | ṇri | ṇrī | ṇru | ṇrū | ṇre | ṇrai | ṇro | ṇrau | ṇraṃ | ṇraḥ |
| tra | trā | tri | trī | tru | trū | tre | trai | tro | trau | traṃ | traḥ |
| thra | thrā | thri | thrī | thru | thrū | thre | thrai | thro | thrau | thraṃ | thraḥ |

| | | | | | | | | | | | |
|---|---|---|---|---|---|---|---|---|---|---|---|
| dra | drā | dri | drī | dru | drū | dre | drai | dro | drau | draṃ | draḥ |
| dhra | dhrā | dhri | dhrī | dhru | dhrū | dhre | dhrai | dhro | dhrau | dhraṃ | dhraḥ |
| nra | nrā | nri | nrī | nru | nrū | nre | nrai | nro | nrau | nraṃ | nraḥ |
| pra | prā | pri | prī | pru | prū | pre | prai | pro | prau | praṃ | praḥ |
| phra | phrā | phri | phrī | phru | phrū | phre | phrai | phro | phrau | phraṃ | phraḥ |
| bra | brā | bri | brī | bru | brū | bre | brai | bro | brau | braṃ | braḥ |
| bhra | bhrā | bhri | bhrī | bhru | bhrū | bhre | bhrai | bhro | bhrau | bhraṃ | bhraḥ |
| mra | mrā | mri | mrī | mru | mrū | mre | mrai | mro | mrau | mraṃ | mraḥ |
| yra | yrā | yri | yrī | yru | yrū | yre | yrai | yro | yrau | yraṃ | yraḥ |
| lra | lrā | lri | lrī | lru | lrū | lre | lrai | lro | lrau | lraṃ | lraḥ |
| vra | vrā | vri | vrī | vru | vrū | vre | vrai | vro | vrau | vraṃ | vraḥ |
| śra | śrā | śri | śrī | śru | śrū | śre | śrai | śro | śrau | śraṃ | śraḥ |

| şra | şrā | şri | şrī | şru | şrū | şre | şrai | şro | şrau | şraṃ | şraḥ |
|---|---|---|---|---|---|---|---|---|---|---|---|
| sra | srā | sri | srī | sru | srū | sre | srai | sro | srau | sraṃ | sraḥ |
| hra | hrā | hri | hrī | hru | hrū | hre | hrai | hro | hrau | hraṃ | hraḥ |
| kşra | kşrā | kşri | kşrī | kşru | kşrū | kşre | kşrai | kşro | kşrau | kşraṃ | kşraḥ |

# 《悉曇十八章・第四章》

## 重章 (384 字)

**本章重點**：子音+ (la)+母音的練習

第四章是由 35 個子音，扣除 (ra)、 (la)、 (llaṃ)，共 32 個子音，以各子音的上半部接續半體，配合 (la)的下半部接續半體 (la)，然後再配上十二個母音（a, ā, i, ī, u, ū, e, ai, o, au, aṃ, aḥ）所構成。

例如 (ka)字，上半部接續半體爲 ，配合本章的接續規則成 (kla)、 (klā)、 (kli)、 (klī)、 (klu)、 (klū)、 (kle)、 (klai)、 (klo)、 (klau)、 (klaṃ)、 (klaḥ)。

日本學者稱本章爲「重章」。名爲「重章」的還有第五、六、七與第十一、十二、十三、十四章。這八章的接續內容：前四章分別是加上 (la)下加、 (va)下加、 (ma)下加、 (na)下加，後四章與前四章相同但都加上 (ra)的上加。爲使讀者易於理解，筆者再列一簡表如下：

第四章—— (la)下加
第五章—— (va)下加
第六章—— (ma)下加
第七章—— (na)下加
第十一章——第四章加 (ra)上加
第十二章——第五章加 (ra)上加
第十三章——第六章加 (ra)上加
第十四章——第七章加 (ra)上加

本章共有 384 字。最前二字爲「迦囉」(kla)與「迦囉引」(klā)所以又名爲「迦囉迦囉引章」或「迦囉章」。

## ▼ 本章梵字組成分析 (以下列舉 9-12 行幾個字例詳細說明)

(jhla) = (jha) + (la)

*(jhla) 一般是由(jha)的上半部接續半體，加上(la)的下半部接續半體所組成。一種異體字如下：將 jha 的最後一筆，即最下方自左上向右下以 45°角度劃出的一捺，只寫到一半就轉接 la 的下半部接續半體的起筆，而垂直朝下拉出。本書所收的字例就是此種寫法。

(jhlā) = (jha) + (la) +□(ā)

*(jhlā)一般是由(jha)的上半部接續半體，加上(la)的下半部接續半體，再加上長母音(ā)的摩多點畫□所組成。（本處所收是異體字寫法，請參考本分析第一字 jhla 的說明。）

(jhli) = (jha) + (la) +□(i)

*(jhli) 一般是由(jha)的上半部接續半體，加上(la)的下半部接續半體，再加上短母音(i)的摩多點畫□所組成。（本處所收是異體字寫法，請參考前例的說明。）

(ñlī) = (ña) + (la) +□(ī)

*(ñlī) 一般是由(ña)的上半部接續半體，加上(la)的下半部接續半體，再加上長母音(ī)的摩多點畫□所組成。（本處所收是(ña)的接續半體異體

字寫法，與本分析第一字 jhla 中 (jha)的異體字情況相同。）

(ñlu) = (ña) + (la) + (u)

* (ñlu) 一般是由 (ña)的上半部接續半體，加上 (la)的下半部接續半體，再加上短母音 (u)的摩多點畫所組成。（本處所收是異體字寫法，請參考前例之說明。）

(ñlū) = (ña) + (la) + (ū)

* (ñlū)一般是由 (ña)的上半部接續半體，加上 (la)的下半部接續半體，再加上長母音 (ū)的摩多點畫所組成。（本處所收是異體字寫法，請參考上例說明。）

(ṭle) = (ṭa) + (la) + (e)

* (ṭle)是由 (ṭa)的上半部接續半體，加上 (la)的下半部接續半體，再加上長母音 (e)的摩多點畫所組成。

(ṭlai) = (ṭa) + (la) + (ai)

* (ṭlai)是由 (ṭa)的上半部接續半體，加上 (la)的下半部接續半體，再加上長母音 (ai)的摩多點畫所組成。

(ṭlo) = (ṭa) + (la) + (o)

* (ṭlo)是由 (ṭa)的上半部接續半體，加上 (la)的下半部接續半體，再加上短母音 (o)的摩多點畫所組成。不過其摩多點畫如本書第 24 頁所述，在最後一筆的寫法改成往上拉出。

(ṭhlau) =(ṭha) + (la) +(au)

*(ṭhlau)是由(ṭha)的上半部接續半體，加上(la)的下半部接續半體(la)，再加上長音(au)的摩多點畫所組成。

(ṭhlaṃ) =(ṭha) + (la) +(aṃ)

*(ṭhlaḥ)是由(ṭha)的上半部接續半體，加上(la)的下半部接續半體，再加上短母音(aṃ)的摩多點畫所組成。

## ▼ 第四章 384 字

| | | | | | | | | | | | |
|---|---|---|---|---|---|---|---|---|---|---|---|
| kla | klā | kli | klī | klu | klū | kle | klai | klo | klau | klaṃ | klaḥ |
| khla | khlā | khli | khlī | khlu | khlū | khle | khlai | khlo | khlau | khlaṃ | khlaḥ |
| gla | glā | gli | glī | glu | glū | gle | glai | glo | glau | glaṃ | glaḥ |
| ghla | ghlā | ghli | ghlī | ghlu | ghlū | ghle | ghlai | ghlo | ghlau | ghlaṃ | ghlaḥ |
| ṅla | ṅlā | ṅli | ṅlī | ṅlu | ṅlū | ṅle | ṅlai | ṅlo | ṅlau | ṅlaṃ | ṅlaḥ |
| cla | clā | cli | clī | clu | clū | cle | clai | clo | clau | claṃ | claḥ |
| chla | chlā | chli | chlī | chlu | chlū | chle | chlai | chlo | chlau | chlaṃ | chlaḥ |
| jla | jlā | jli | jlī | jlu | jlū | jle | jlai | jlo | jlau | jlaṃ | jlaḥ |

jhla jhlā jhli jhlī jhlu jhlū jhle jhlai jhlo jhlau jhlaṃ jhlaḥ

ñla ñlā ñli ñlī ñlu ñlū ñle ñlai ñlo ñlau ñlaṃ ñlaḥ

ṭla ṭlā ṭli ṭlī ṭlu ṭlū ṭle ṭlai ṭlo ṭlau ṭlaṃ ṭlaḥ

ṭhla ṭhlā ṭhli ṭhlī ṭhlu ṭhlū ṭhle ṭhlai ṭhlo ṭhlau ṭhlaṃ ṭhlaḥ

ḍla ḍlā ḍli ḍlī ḍlu ḍlū ḍle ḍlai ḍlo ḍlau ḍlaṃ ḍlaḥ

ḍhla ḍhlā ḍhli ḍhlī ḍhlu ḍhlū ḍhle ḍhlai ḍhlo ḍhlau ḍhlaṃ ḍhlaḥ

ṇla ṇlā ṇli ṇlī ṇlu ṇlū ṇle ṇlai ṇlo ṇlau ṇlaṃ ṇlaḥ

tla tlā tli tlī tlu tlū tle tlai tlo tlau tlaṃ tlaḥ

thla thlā thli thlī thlu thlū thle thlai thlo thlau thlaṃ thlaḥ

dla dlā dli dlī dlu dlū dle dlai dlo dlau dlaṃ dlaḥ

dhla dhlā dhli dhlī dhlu dhlū dhle dhlai dhlo dhlau dhlaṃ dhlaḥ

nla nlā nli nlī nlu nlū nle nlai nlo nlau nlaṃ nlaḥ

| pla | plā | pli | plī | plu | plū | ple | plai | plo | plau | plaṃ | plaḥ |
|---|---|---|---|---|---|---|---|---|---|---|---|
| phla | phlā | phli | phlī | phlu | phlū | phle | phlai | phlo | phlau | phlaṃ | phlaḥ |
| bla | blā | bli | blī | blu | blū | ble | blai | blo | blau | blaṃ | blaḥ |
| bhla | bhlā | bhli | bhlī | bhlu | bhlū | bhle | bhlai | bhlo | bhlau | bhlaṃ | bhlaḥ |
| mla | mlā | mli | mlī | mlu | mlū | mle | mlai | mlo | mlau | mlaṃ | mlaḥ |
| yla | ylā | yli | ylī | ylu | ylū | yle | ylai | ylo | ylau | ylaṃ | ylaḥ |
| vla | vlā | vli | vlī | vlu | vlū | vle | vlai | vlo | vlau | vlaṃ | vlaḥ |
| śla | ślā | śli | ślī | ślu | ślū | śle | ślai | ślo | ślau | ślaṃ | ślaḥ |
| ṣla | ṣlā | ṣli | ṣlī | ṣlu | ṣlū | ṣle | ṣlai | ṣlo | ṣlau | ṣlaṃ | ṣlaḥ |
| sla | slā | sli | slī | slu | slū | sle | slai | slo | slau | slaṃ | slaḥ |
| hla | hlā | hli | hlī | hlu | hlū | hle | hlai | hlo | hlau | hlaṃ | hlaḥ |
| kṣla | kṣlā | kṣli | kṣlī | kṣlu | kṣlū | kṣle | kṣlai | kṣlo | kṣlau | kṣlaṃ | kṣlaḥ |

# 《悉曇十八章·第五章》

## 重章 (384 字)

**本章重點**：子音+ 𑖪 (va)+母音的練習

第五章是由 35 個子音，扣除 𑖨 (ra)、𑖪 (va)、𑖩𑖿𑖩𑖽 (llaṃ)，共 32 個子音，以各子音的上半部接續半體，配合 𑖪 (va)的下半部接續半體 𑖪 (va)，然後再配上十二個母音（a, ā, i, ī, u, ū, e, ai, o, au, aṃ, aḥ）所構成。

例如𑖎(ka)字，上半部接續半體爲𑖎，配合本章的接續規則成 𑖎𑖿𑖪(kva)、𑖎𑖿𑖪𑖯(kvā)、𑖎𑖿𑖪𑖰(kvi)、𑖎𑖿𑖪𑖱(kvī)、𑖎𑖿𑖪𑖲(kvu)、𑖎𑖿𑖪𑖳(kvū)、𑖎𑖿𑖪𑖸(kve)、𑖎𑖿𑖪𑖹(kvai)、𑖎𑖿𑖪𑖺(kvo)、𑖎𑖿𑖪𑖻(kvau)、𑖎𑖿𑖪𑖽(kvaṃ)、𑖎𑖿𑖪𑖾(kvaḥ)。

本章共有 384 字。最前二字爲「迦嚩」𑖎𑖿𑖪(kva)與「迦嚩引」𑖎𑖿𑖪𑖯(kvā)，所以又名爲「迦嚩迦嚩引章」或「迦嚩章」。

### ▼ 本章梵字組成分析 (以下列舉 13-16 行幾個字例詳細說明)

𑖚𑖿𑖪 (ḍva) = 𑖚 (ḍa) + 𑖪 (va)

* 𑖚𑖿𑖪 (ḍva)是由 𑖚 (ḍa)的上半部接續半體 𑖚，加上 𑖪 (va)的下半部接續半體 𑖪 所組成。

𑖚𑖿𑖪𑖯 (ḍvā) = 𑖚 (ḍa) + 𑖪 (va) +□𑖯(ā)

* 𑖚𑖿𑖪𑖯 (ḍvā)是由 𑖚 (ḍa)的上半部接續半體 𑖚，加上 𑖪 (va)的下半部接續半體 𑖪，再加上長母音𑖁𑖯(ā)的摩多點畫□𑖯所組成。

(ḍvi) = (ḍa) + (va) + (i)

*(ḍvi)是由(ḍa)的上半部接續半體，加上(va)的下半部接續半體，再加上短母音(i)的摩多點畫所組成。

(ḍhvī) = (ḍha) + (va) + (ī)

*(ḍhvī)是由(ḍha)的上半部接續半體，加上(va)的下半部接續半體，再加上長母音(ī)的摩多點畫所組成。

(ḍhvu) = (ḍha) + (va) + (u)

*(ḍhvu)是由(ḍha)的上半部接續半體，加上(va)的下半部接續半體，再加上短母音(u)的摩多點畫所組成。

(ḍhvū) = (ḍha) + (va) + (ū)

*(ḍhvū)是由(ḍha)的上半部接續半體，加上(va)的下半部接續半體，再加上長母音(ū)的摩多點畫所組成。

(ṇve) = (ṇa) + (va) + (e)

*(ṇve)是由(ṇa)的上半部接續半體，加上(va)的下半部接續半體，再加上長母音(e)的摩多點畫所組成。

(ṇvai) = (ṇa) + (va) + (ai)

*(ṇvai)是由(ṇa)的上半部接續半體，加上(va)的下半部接續半體，再加上長母音(ai)的摩多點畫所組成。

(ṇvo) = (ṇa) + (va) +□(o)

*(ṇvo)是由(ṇa)的上半部接續半體，加上(va)的下半部接續半體，再加上短母音(o)的摩多點畫□所組成。

(tvau) = (ta) + (va) +□(au)

*(tvau)是由(ta)的上半部接續半體，加上(va)的下半部接續半體，再加上長母音(au) 的摩多點畫□所組成。

(tvaṃ) = (ta) + (va) +□(aṃ)

*(tvaṃ)是由(ta)的上半部接續半體，加上(va)的下半部接續半體，再加上短母音(aṃ)的摩多點畫□所組成。

(tvaḥ) = (ta) + (va) +□:(aḥ)

*(tvaḥ)是由(ta)的上半部接續半體，加上(va)的下半部接續半體，再加上長母音(aḥ) 的摩多點畫□:所組成。

## ▼ 第五章 384 字

kva kvā kvi kvī kvu kvū kve kvai kvo kvau kvaṃ kvaḥ

khva khvā khvi khvī khvu khvū khve khvai khvo khvau khvaṃ khvaḥ

gva gvā gvi gvī gvu gvū gve gvai gvo gvau gvaṃ gvaḥ

ghva ghvā ghvi ghvī ghvu ghvū ghve ghvai ghvo ghvau ghvaṃ ghvaḥ

ṅva ṅvā ṅvi ṅvī ṅvu ṅvū ṅve ṅvai ṅvo ṅvau ṅvaṃ ṅvaḥ

cva cvā cvi cvī cvu cvū cve cvai cvo cvau cvaṃ cvaḥ

chva chvā chvi chvī chvu chvū chve chvai chvo chvau chvaṃ chvaḥ

jva jvā jvi jvī jvu jvū jve jvai jvo jvau jvaṃ jvaḥ

jhva jhvā jhvi jhvī jhvu jhvū jhve jhvai jhvo jhvau jhvaṃ jhvaḥ

ñva ñvā ñvi ñvī ñvu ñvū ñve ñvai ñvo ñvau ñvaṃ ñvaḥ

ṭva ṭvā ṭvi ṭvī ṭvu ṭvū ṭve ṭvai ṭvo ṭvau ṭvaṃ ṭvaḥ

ṭhva ṭhvā ṭhvi ṭhvī ṭhvu ṭhvū ṭhve ṭhvai ṭhvo ṭhvau ṭhvaṃ ṭhvaḥ

ḍva ḍvā ḍvi ḍvī ḍvu ḍvū ḍve ḍvai ḍvo ḍvau ḍvaṃ ḍvaḥ

ḍhva ḍhvā ḍhvi ḍhvī ḍhvu ḍhvū ḍhve ḍhvai ḍhvo ḍhvau ḍhvaṃ ḍhvaḥ

ṇva ṇvā ṇvi ṇvī ṇvu ṇvū ṇve ṇvai ṇvo ṇvau ṇvaṃ ṇvaḥ

| | | | | | | | | | | | |
|---|---|---|---|---|---|---|---|---|---|---|---|
| tva | tvā | tvi | tvī | tvu | tvū | tve | tvai | tvo | tvau | tvaṃ | tvaḥ |
| thva | thvā | thvi | thvī | thvu | thvū | thve | thvai | thvo | thvau | thvaṃ | thvaḥ |
| dva | dvā | dvi | dvī | dvu | dvū | dve | dvai | dvo | dvau | dvaṃ | dvaḥ |
| dhva | dhvā | dhvi | dhvī | dhvu | dhvū | dhve | dhvai | dhvo | dhvau | dhvaṃ | dhvaḥ |
| nva | nvā | nvi | nvī | nvu | nvū | nve | nvai | nvo | nvau | nvaṃ | nvaḥ |
| pva | pvā | pvi | pvī | pvu | pvū | pve | pvai | pvo | pvau | pvaṃ | pvaḥ |
| phva | phvā | phvi | phvī | phvu | phvū | phve | phvai | phvo | phvau | phvaṃ | phvaḥ |
| bva | bvā | bvi | bvī | bvu | bvū | bve | bvai | bvo | bvau | bvaṃ | bvaḥ |
| bhva | bhvā | bhvi | bhvī | bhvu | bhvū | bhve | bhvai | bhvo | bhvau | bhvaṃ | bhvaḥ |
| mva | mvā | mvi | mvī | mvu | mvū | mve | mvai | mvo | mvau | mvaṃ | mvaḥ |
| yva | yvā | yvi | yvī | yvu | yvū | yve | yvai | yvo | yvau | yvaṃ | yvaḥ |
| lva | lvā | lvi | lvī | lvu | lvū | lve | lvai | lvo | lvau | lvaṃ | lvaḥ |

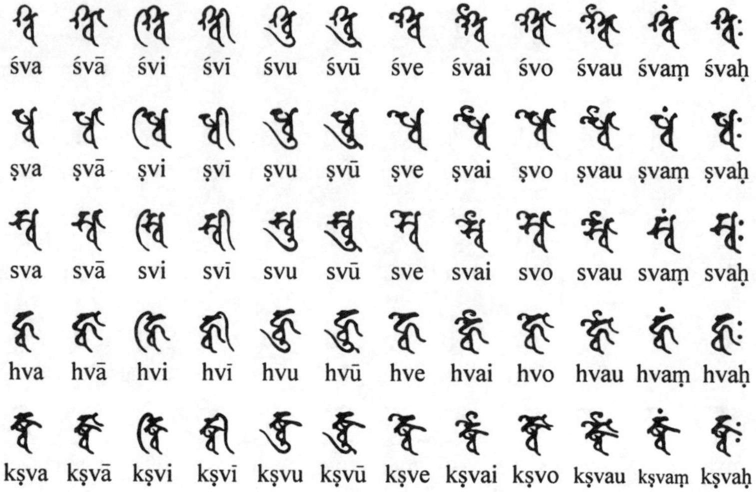

| śva | śvā | śvi | śvī | śvu | śvū | śve | śvai | śvo | śvau | śvaṃ | śvaḥ |
|---|---|---|---|---|---|---|---|---|---|---|---|
| ṣva | ṣvā | ṣvi | ṣvī | ṣvu | ṣvū | ṣve | ṣvai | ṣvo | ṣvau | ṣvaṃ | ṣvaḥ |
| sva | svā | svi | svī | svu | svū | sve | svai | svo | svau | svaṃ | svaḥ |
| hva | hvā | hvi | hvī | hvu | hvū | hve | hvai | hvo | hvau | hvaṃ | hvaḥ |
| kṣva | kṣvā | kṣvi | kṣvī | kṣvu | kṣvū | kṣve | kṣvai | kṣvo | kṣvau | kṣvaṃ | kṣvaḥ |

# 《悉曇十八章‧第六章》

## 重章 (384 字)

**本章重點**：子音+ (ma)+母音的練習

第六章是由 35 個子音，扣除 (ra)、(ma)、(llaṃ)，共 32 個子音，以各子音的上半部接續半體，配合(ma)的下半部接續半體 (ma)，然後再配上十二個母音（a, ā, i, ī, u, ū, e, ai, o, au, aṃ, aḥ）所構成。

例如(ka)字，上半部接續半體爲，配合本章的接續規則成 (kma)、(kmā)、(kmi)、(kmī)、(kmu)、(kmū)、(kme)、(kmai)、(kmo)、(kmau)、(kmaṃ)、(kmaḥ)。

本章共有 384 字。最前二字爲「迦磨」(kma)與「迦磨引」(kmā)，所以又名爲「迦磨迦磨引章」或「迦磨章」。

### ▼ 本章梵字組成分析 (以下列舉 16-19 行幾個字例詳細說明)

(tmā) = (ta)+ (ma) +□(ā)

* (tmā)是由 (ta)的上半部接續半體，加上(ma)的下半部接續半體，再加上長母音(ā)的摩多點畫□所組成。

(tmi) = (ta)+ (ma) +□(i)

*(tmi)是由 (ta)的上半部接續半體，加上(ma)的下半部接續半體，再加上短母音(i)的摩多點畫□所組成。

(thmī) = (tha) + (ma) + (ī)

*(thmī)是由(tha)的上半部接續半體，加上(ma)的下半部接續半體，再加上長母音(ī)的摩多點畫所組成。

(thmū) = (tha) + (ma) + (ū)

*(thmū)是由(tha)的上半部接續半體，加上(ma)的下半部接續半體，再加上長母音(ū)的摩多點畫所組成。

(dmai) = (da) + (ma) + (ai)

*(dmai)是由(da)的上半部接續半體，加上(ma)的下半部接續半體，再加上長母音(ai)的摩多點畫所組成。

(dmo) = (da) + (ma) + (o)

*(dmo)是由(da)的上半部接續半體，加上(ma)的下半部接續半體，再加上長母音(o)的摩多點畫所組成。

(dhmau) = (dha) + (ma) + (au)

*(dhmau)是由(dha)的上半部接續半體，加上(ma)的下半部接續半體，再加上長母音(au)的摩多點畫所組成。

(dhmaṃ) = (dha) + (ma) + (aṃ)

*(dhmaṃ)是由(dha)的上半部接續半體，加上(ma)的下半部接續半體，再加上短母音(aṃ)的摩多點畫所組成。

(dhmaḥ) = (dha) + (ma) +□:(aḥ)

*(dhmaḥ)是由(dha)的上半部接續半體，加上(ma)的下半部接續半體，再加上長母音(aḥ)的摩多點畫□:所組成。

## ▼ 第六章 384 字

| | | | | | | | | | | | |
|---|---|---|---|---|---|---|---|---|---|---|---|
| kma | kmā | kmi | kmī | kmu | kmū | kme | kmai | kmo | kmau | kmaṃ | kmaḥ |
| khma | khmā | khmi | khmī | khmu | khmū | khme | khmai | khmo | khmau | khmaṃ | khmaḥ |
| gma | gmā | gmi | gmī | gmu | gmū | gme | gmai | gmo | gmau | gmaṃ | gmaḥ |
| ghma | ghmā | ghmi | ghmī | ghmu | ghmū | ghme | ghmai | ghmo | ghmau | ghmaṃ | ghmaḥ |
| ṅma | ṅmā | ṅmi | ṅmī | ṅmu | ṅmū | ṅme | ṅmai | ṅmo | ṅmau | ṅmaṃ | ṅmaḥ |
| cma | cmā | cmi | cmī | cmu | cmū | cme | cmai | cmo | cmau | cmaṃ | cmaḥ |
| chma | chmā | chmi | chmī | chmu | chmū | chme | chmai | chmo | chmau | chmaṃ | chmaḥ |
| jma | jmā | jmi | jmī | jmu | jmū | jme | jmai | jmo | jmau | jmaṁ | jmaḥ |
| jhma | jhmā | jhmi | jhmī | jhmu | jhmū | jhme | jhmai | jhmo | jhmau | jhmaṃ | jhmaḥ |

ñma ñmā ñmi ñmī ñmu ñmū ñme ñmai ñmo ñmau ñmaṃ ñmaḥ

ṭma ṭmā ṭmi ṭmī ṭmu ṭmū ṭme ṭmai ṭmo ṭmau ṭmaṃ ṭmaḥ

ṭhma ṭhmā ṭhmi ṭhmī ṭhmu ṭhmū ṭhme ṭhmai ṭhmo ṭhmau ṭhmaṃ ṭhmaḥ

ḍma ḍmā ḍmi ḍmī ḍmu ḍmū ḍme ḍmai ḍmo ḍmau ḍmaṃ ḍmaḥ

ḍhma ḍhmā ḍhmi ḍhmī ḍhmu ḍhmū ḍhme ḍhmai ḍhmo ḍhmau ḍhmaṃ ḍhmaḥ

ṇma ṇmā ṇmi ṇmī ṇmu ṇmū ṇme ṇmai ṇmo ṇmau ṇmaṃ ṇmaḥ

tma tmā tmi tmī tmu tmū tme tmai tmo tmau tmaṃ tmaḥ

thma thmā thmi thmī thmu thmū thme thmai thmo thmau thmaṃ thmaḥ

dma dmā dmi dmī dmu dmū dme dmai dmo dmau dmaṃ dmaḥ

dhma dhmā dhmi dhmī dhmu dhmū dhme dhmai dhmo dhmau dhmaṃ dhmaḥ

nma nmā nmi nmī nmu nmū nme nmai nmo nmau nmaṃ nmaḥ

pma pmā pmi pmī pmu pmū pme pmai pmo pmau pmaṃ pmaḥ

phma phmā phmi phmī phmu phmū phme phmai phmo phmau phmaṃ phmaḥ

bma bmā bmi bmī bmu bmū bme bmai bmo bmau bmaṃ bmaḥ

bhma bhmā bhmi bhmī bhmu bhmū bhme bhmai bhmo bhmau bhmaṃ bhmaḥ

yma ymā ymi ymī ymu ymū yme ymai ymo ymau ymaṃ ymaḥ

lma lmā lmi lmī lmu lmū lme lmai lmo lmau lmaṃ lmaḥ

vma vmā vmi vmī vmu vmū vme vmai vmo vmau vmaṃ vmaḥ

śma śmā śmi śmī śmu śmū śme śmai śmo śmau śmaṃ śmaḥ

ṣma ṣmā ṣmi ṣmī ṣmu ṣmū ṣme ṣmai ṣmo ṣmau ṣmaṃ ṣmaḥ

sma smā smi smī smu smū sme smai smo smau smaṃ smaḥ

hma hmā hmi hmī hmu hmū hme hmai hmo hmau hmaṃ hmaḥ

kṣma kṣmā kṣmi kṣmī kṣmu kṣmū kṣme kṣmai kṣmo kṣmau kṣmaṃ kṣmaḥ

# 《悉曇十八章·第七章》

## 重章 (384字)

本章重點：子音+ (na)+母音的練習

第七章是由 35 個子音，扣除 (ra)、(na)、(llaṃ)，共 32 個子音，以各子音的上半部接續半體，配合(na)的下半部接續半體 (na)，然後再配上十二個母音（a, ā, i, ī, u, ū, e, ai, o, au, aṃ, aḥ）所構成。

例如(ka)字，上半部接續半體爲，配合本章的接續規則成 (kna)、(knā)、(kni)、(knī)、(knu)、(knū)、(kne)、(knai)、(kno)、(knau)、(knaṃ)、(knaḥ)。

本章共有 384 字。最前二字爲「迦那」(kna)與「迦那引」(knā) 所以又名爲「迦那迦那引章」或「迦那章」。

### ▼ 本章梵字組成分析 (以下列舉 20-23 行幾個字例詳細說明)

(pna) = (pa) + (na)

*(pna)是由(pa)的上半部接續半體，加上(na)的下半部接續半體所組成。

(pni) = (pa) + (na) + (i)

*(pni)是由(pa)的上半部接續半體，加上(na)的下半部接續半體，再加上短母音(i)的摩多點畫所組成。

𑖣𑖿𑖡𑖲(phnu) = 𑖣(pha) + 𑖡 (na) + 𑖲(u)

＊𑖣𑖿𑖡𑖲(phnu)是由𑖣(pha)的上半部接續半體𑖣，加上𑖡(na)的下半部接續半體𑖡，再加上短母音𑖄(u)的摩多點畫𑖲所組成。

𑖣𑖿𑖡𑗝(phnū) = 𑖣(pha) + 𑖡 (na) + 𑗝(ū)

＊𑖣𑖿𑖡𑗝(phnū)是由𑖣(pha)的上半部接續半體𑖣，加上𑖡(na)的下半部接續半體𑖡，再加上長母音𑖄(ū)的摩多點畫𑗝所組成。

𑖤𑖿𑖡𑖸 (bne) = 𑖤(ba) + 𑖡 (na) + 𑖸(e)

＊𑖤𑖿𑖡𑖸(bne)是由𑖤(ba)的上半部接續半體𑖤，加上𑖡(na)的下半部接續半體𑖡，再加上長母音𑖊(e)的摩多點畫𑖸所組成。

𑖤𑖿𑖡𑖹 (bnai) = 𑖤(ba) + 𑖡 (na) + 𑖹(ai)

＊𑖤𑖿𑖡𑖹(bnai)是由𑖤(ba)的上半部接續半體𑖤，加上𑖡(na)的下半部接續半體𑖡，再加上長母音𑖌(ai)的摩多點畫𑖹所組成。

𑖥𑖿𑖡𑖻 (bhnau) = 𑖥(bha) + 𑖡 (na) + 𑖻(au)

＊𑖥𑖿𑖡𑖻(bhnau)是由𑖥(bha)的上半部接續半體𑖥，加上𑖡(na)的下半部接續半體𑖡，再加上長母音𑖍(au)的摩多點畫𑖻所組成。

𑖥𑖿𑖡𑖾 (bhnaḥ) = 𑖥(bha) + 𑖡 (na) + 𑖾(aḥ)

＊𑖥𑖿𑖡𑖾(bhnaḥ)是由𑖥(bha)的上半部接續半體𑖥，加上𑖡(na)的下半部接續半體𑖡，再加上長母音𑖂𑖾(aḥ)的摩多點畫𑖾所組成。

## ▼ 第七章 384 字

| | | | | | | | | | | | |
|---|---|---|---|---|---|---|---|---|---|---|---|
| 𑖎𑖿𑖡 | 𑖎𑖿𑖡𑖯 | 𑖎𑖿𑖡𑖰 | 𑖎𑖿𑖡𑖱 | 𑖎𑖿𑖡𑖲 | 𑖎𑖿𑖡𑖳 | 𑖎𑖿𑖡𑖸 | 𑖎𑖿𑖡𑖹 | 𑖎𑖿𑖡𑖺 | 𑖎𑖿𑖡𑖻 | 𑖎𑖿𑖡𑖽 | 𑖎𑖿𑖡𑖾 |
| kna | knā | kni | knī | knu | knū | kne | knai | kno | knau | knaṃ | knaḥ |
| 𑖏𑖿𑖡 | 𑖏𑖿𑖡𑖯 | 𑖏𑖿𑖡𑖰 | 𑖏𑖿𑖡𑖱 | 𑖏𑖿𑖡𑖲 | 𑖏𑖿𑖡𑖳 | 𑖏𑖿𑖡𑖸 | 𑖏𑖿𑖡𑖹 | 𑖏𑖿𑖡𑖺 | 𑖏𑖿𑖡𑖻 | 𑖏𑖿𑖡𑖽 | 𑖏𑖿𑖡𑖾 |
| khna | khnā | khni | khnī | khnu | khnū | khne | khnai | khno | khnau | khnaṃ | khnaḥ |
| 𑖐𑖿𑖡 | 𑖐𑖿𑖡𑖯 | 𑖐𑖿𑖡𑖰 | 𑖐𑖿𑖡𑖱 | 𑖐𑖿𑖡𑖲 | 𑖐𑖿𑖡𑖳 | 𑖐𑖿𑖡𑖸 | 𑖐𑖿𑖡𑖹 | 𑖐𑖿𑖡𑖺 | 𑖐𑖿𑖡𑖻 | 𑖐𑖿𑖡𑖽 | 𑖐𑖿𑖡𑖾 |
| gna | gnā | gni | gnī | gnu | gnū | gne | gnai | gno | gnau | gnaṃ | gnaḥ |
| 𑖑𑖿𑖡 | 𑖑𑖿𑖡𑖯 | 𑖑𑖿𑖡𑖰 | 𑖑𑖿𑖡𑖱 | 𑖑𑖿𑖡𑖲 | 𑖑𑖿𑖡𑖳 | 𑖑𑖿𑖡𑖸 | 𑖑𑖿𑖡𑖹 | 𑖑𑖿𑖡𑖺 | 𑖑𑖿𑖡𑖻 | 𑖑𑖿𑖡𑖽 | 𑖑𑖿𑖡𑖾 |
| ghna | ghnā | ghni | ghnī | ghnu | ghnū | ghne | ghnai | ghno | ghnau | ghnaṃ | ghnaḥ |
| 𑖒𑖿𑖡 | 𑖒𑖿𑖡𑖯 | 𑖒𑖿𑖡𑖰 | 𑖒𑖿𑖡𑖱 | 𑖒𑖿𑖡𑖲 | 𑖒𑖿𑖡𑖳 | 𑖒𑖿𑖡𑖸 | 𑖒𑖿𑖡𑖹 | 𑖒𑖿𑖡𑖺 | 𑖒𑖿𑖡𑖻 | 𑖒𑖿𑖡𑖽 | 𑖒𑖿𑖡𑖾 |
| ṅna | ṅnā | ṅni | ṅnī | ṅnu | ṅnū | ṅne | ṅnai | ṅno | ṅnau | ṅnaṃ | ṅnaḥ |
| 𑖓𑖿𑖡 | 𑖓𑖿𑖡𑖯 | 𑖓𑖿𑖡𑖰 | 𑖓𑖿𑖡𑖱 | 𑖓𑖿𑖡𑖲 | 𑖓𑖿𑖡𑖳 | 𑖓𑖿𑖡𑖸 | 𑖓𑖿𑖡𑖹 | 𑖓𑖿𑖡𑖺 | 𑖓𑖿𑖡𑖻 | 𑖓𑖿𑖡𑖽 | 𑖓𑖿𑖡𑖾 |
| cna | cnā | cni | cnī | cnu | cnū | cne | cnai | cno | cnau | cnaṃ | cnaḥ |
| 𑖔𑖿𑖡 | 𑖔𑖿𑖡𑖯 | 𑖔𑖿𑖡𑖰 | 𑖔𑖿𑖡𑖱 | 𑖔𑖿𑖡𑖲 | 𑖔𑖿𑖡𑖳 | 𑖔𑖿𑖡𑖸 | 𑖔𑖿𑖡𑖹 | 𑖔𑖿𑖡𑖺 | 𑖔𑖿𑖡𑖻 | 𑖔𑖿𑖡𑖽 | 𑖔𑖿𑖡𑖾 |
| chna | chnā | chni | chnī | chnu | chnū | chne | chnai | chno | chnau | chnaṃ | chnaḥ |
| 𑖕𑖿𑖡 | 𑖕𑖿𑖡𑖯 | 𑖕𑖿𑖡𑖰 | 𑖕𑖿𑖡𑖱 | 𑖕𑖿𑖡𑖲 | 𑖕𑖿𑖡𑖳 | 𑖕𑖿𑖡𑖸 | 𑖕𑖿𑖡𑖹 | 𑖕𑖿𑖡𑖺 | 𑖕𑖿𑖡𑖻 | 𑖕𑖿𑖡𑖽 | 𑖕𑖿𑖡𑖾 |
| jna | jnā | jni | jnī | jnu | jnū | jne | jnai | jno | jnau | jnaṃ | jnaḥ |
| 𑖖𑖿𑖡 | 𑖖𑖿𑖡𑖯 | 𑖖𑖿𑖡𑖰 | 𑖖𑖿𑖡𑖱 | 𑖖𑖿𑖡𑖲 | 𑖖𑖿𑖡𑖳 | 𑖖𑖿𑖡𑖸 | 𑖖𑖿𑖡𑖹 | 𑖖𑖿𑖡𑖺 | 𑖖𑖿𑖡𑖻 | 𑖖𑖿𑖡𑖽 | 𑖖𑖿𑖡𑖾 |
| jhna | jhnā | jhni | jhnī | jhnu | jhnū | jhne | jhnai | jhno | jhnau | jhnaṃ | jhnaḥ |
| 𑖗𑖿𑖡 | 𑖗𑖿𑖡𑖯 | 𑖗𑖿𑖡𑖰 | 𑖗𑖿𑖡𑖱 | 𑖗𑖿𑖡𑖲 | 𑖗𑖿𑖡𑖳 | 𑖗𑖿𑖡𑖸 | 𑖗𑖿𑖡𑖹 | 𑖗𑖿𑖡𑖺 | 𑖗𑖿𑖡𑖻 | 𑖗𑖿𑖡𑖽 | 𑖗𑖿𑖡𑖾 |
| ñna | ñnā | ñni | ñnī | ñnu | ñnū | ñne | ñnai | ñno | ñnau | ñnaṃ | ñnaḥ |
| 𑖘𑖿𑖡 | 𑖘𑖿𑖡𑖯 | 𑖘𑖿𑖡𑖰 | 𑖘𑖿𑖡𑖱 | 𑖘𑖿𑖡𑖲 | 𑖘𑖿𑖡𑖳 | 𑖘𑖿𑖡𑖸 | 𑖘𑖿𑖡𑖹 | 𑖘𑖿𑖡𑖺 | 𑖘𑖿𑖡𑖻 | 𑖘𑖿𑖡𑖽 | 𑖘𑖿𑖡𑖾 |
| ṭna | ṭnā | ṭni | ṭnī | ṭnu | ṭnū | ṭne | ṭnai | ṭno | ṭnau | ṭnaṃ | ṭnaḥ |

ṭhna ṭhnā ṭhni ṭhnī ṭhnu ṭhnū ṭhne ṭhnai ṭhno ṭhnau ṭhnaṃ ṭhnaḥ

ḍna ḍnā ḍni ḍnī ḍnu ḍnū ḍne ḍnai ḍno ḍnau ḍnaṃ ḍnaḥ

ḍhna ḍhnā ḍhni ḍhnī ḍhnu ḍhnū ḍhne ḍhnai ḍhno ḍhnau ḍhnaṃ ḍhnaḥ

ṇna ṇnā ṇni ṇnī ṇnu ṇnū ṇne ṇnai ṇno ṇnau ṇnaṃ ṇnaḥ

tna tnā tni tnī tnu tnū tne tnai tno tnau tnaṃ tnaḥ

thna thnā thni thnī thnu thnū thne thnai thno thnau thnaṃ thnaḥ

dna dnā dni dnī dnu dnū dne dnai dno dnau dnaṃ dnaḥ

dhna dhnā dhni dhnī dhnu dhnū dhne dhnai dhno dhnau dhnaṃ dhnaḥ

pna pnā pni pnī pnu pnū pne pnai pno pnau pnaṃ pnaḥ

phna phnā phni phnī phnu phnū phne phnai phno phnau phnaṃ phnaḥ

bna bnā bni bnī bnu bnū bne bnai bno bnau bnaṃ bnaḥ

bhna bhnā bhni bhnī bhnu bhnū bhne bhnai bhno bhnau bhnaṃ bhnaḥ

| | | | | | | | | | | | |
|---|---|---|---|---|---|---|---|---|---|---|---|
| mna | mnā | mni | mnī | mnu | mnū | mne | mnai | mno | mnau | mnaṃ | mnaḥ |
| yna | ynā | yni | ynī | ynu | ynū | yne | ynai | yno | ynau | ynaṃ | ynaḥ |
| lna | lnā | lni | lnī | lnu | lnū | lne | lnai | lno | lnau | lnaṃ | lnaḥ |
| vna | vnā | vni | vnī | vnu | vnū | vne | vnai | vno | vnau | vnaṃ | vnaḥ |
| śna | śnā | śni | śnī | śnu | śnū | śne | śnai | śno | śnau | śnaṃ | śnaḥ |
| ṣna | ṣnā | ṣni | ṣnī | ṣnu | ṣnū | ṣne | ṣnai | ṣno | ṣnau | ṣnaṃ | ṣnaḥ |
| sna | snā | sni | snī | snu | snū | sne | snai | sno | snau | snaṃ | snaḥ |
| hna | hnā | hni | hnī | hnu | hnū | hne | hnai | hno | hnau | hnaṃ | hnaḥ |
| kṣna | kṣnā | kṣni | kṣnī | kṣnu | kṣnū | kṣne | kṣnai | kṣno | kṣnau | kṣnaṃ | kṣnaḥ |

# 《悉曇十八章·第八章》

## 餘單章 (396字)

本章重點：(ra) +子音+母音的練習

第八章是由 35 個子音，扣除(ra)、(llaṃ)，共 33 個子音，以(ra)的上半部接續半體(ra) 配合各子音的原型字體或下半部接續半體，然後再配上十二個母音（a, ā, i, ī, u, ū, e, ai, o, au, aṃ, aḥ）所構成。

例如(ka)字，下半部接續半體爲(ka)，配合本章的接續規則成(rka)、(rkā)、(rki)、(rkī)、(rku)、(rkū)、(rke)、(rkai)、(rko)、(rkau)、(rkaṃ)、(rkaḥ)。

本章共有 396 字。《悉曇字記》中稱此章爲「阿勒迦章」，應與第一字(rka) (「阿勒迦」)有關，所以名爲「阿勒迦章」。

### ▼ 本章梵字組成分析 (以下列舉 25-28 行幾個字例詳細說明)

(rma) = (ra) +(ma)

*(rma)是由(ra)的上半部接續半體，加上(ma)所組成。

(rmi) = (ra) +(ma) +(i)

*(rmi)是由(ra)的上半部接續半體，加上(ma)，再加上短母音(i)的摩多點畫所組成。

(ryī) = (ra) +(ya) +(ī)

*(ryī)是由(ra)的上半部接續半體，加上(ya)的下半部接續半體，再加上長母音(ī)的摩多點畫所組成。

(ryū) = (ra) + (ya) + (ū)

*(ryū)是由(ra)的上半部接續半體，加上(ya)的下半部接續半體，再加上長母音(ū)的摩多點畫所組成。

(rle) = (ra) + (la) + (e)

*(rle)是由(ra)的上半部接續半體，加上(la)，再加上長母音(e)的摩多點畫所組成。

(rlo) = (ra) + (la) + (o)

*(rlo)是由(ra)的上半部接續半體，加上(la)，再加上長母音(o)的摩多點畫所組成。

(rvau) = (ra) + (va) + (au)

*(rvau)是由(ra)的上半部接續半體，加上(va)，再加上長母音(au)的摩多點畫所組成。

(rvaṃ) = (ra) + (va) + (aṃ)

*(rvaṃ)是由(ra)的上半部接續半體，加上(va)，再加上短母音(aṃ)的摩多點畫所組成。

## ▼ 第八章 396 字

rka rkā rki rkī rku rkū rke rkai rko rkau rkaṃ rkaḥ

| | | | | | | | | | | | |
|---|---|---|---|---|---|---|---|---|---|---|---|
| rkha | rkhā | rkhi | rkhī | rkhu | rkhū | rkhe | rkhai | rkho | rkhau | rkhaṃ | rkhaḥ |
| rga | rgā | rgi | rgī | rgu | rgū | rge | rgai | rgo | rgau | rgaṃ | rgaḥ |
| rgha | rghā | rghi | rghī | rghu | rghū | rghe | rghai | rgho | rghau | rghaṃ | rghaḥ |
| rṅa | rṅā | rṅi | rṅī | rṅu | rṅū | rṅe | rṅai | rṅo | rṅau | rṅaṃ | rṅaḥ |
| rca | rcā | rci | rcī | rcu | rcū | rce | rcai | rco | rcau | rcaṃ | rcaḥ |
| rcha | rchā | rchi | rchī | rchu | rchū | rche | rchai | rcho | rchau | rchaṃ | rchaḥ |
| rja | rjā | rji | rjī | rju | rjū | rje | rjai | rjo | rjau | rjaṃ | rjaḥ |
| rjha | rjhā | rjhi | rjhī | rjhu | rjhū | rjhe | rjhai | rjho | rjhau | rjhaṃ | rjhaḥ |
| rña | rñā | rñi | rñī | rñu | rñū | rñe | rñai | rño | rñau | rñaṃ | rñaḥ |
| rṭa | rṭā | rṭi | rṭī | rṭu | rṭū | rṭe | rṭai | rṭo | rṭau | rṭaṃ | rṭaḥ |
| rṭha | rṭhā | rṭhi | rṭhī | rṭhu | rṭhū | rṭhe | rṭhai | rṭho | rṭhau | rṭhaṃ | rṭhaḥ |
| rḍa | rḍā | rḍi | rḍī | rḍu | rḍū | rḍe | rḍai | rḍo | rḍau | rḍaṃ | rḍaḥ |

| | | | | | | | | | | | |
|---|---|---|---|---|---|---|---|---|---|---|---|
| rḍha | rḍhā | rḍhi | rḍhī | rḍhu | rḍhū | rḍhe | rḍhai | rḍho | rḍhau | rḍhaṃ | rḍhaḥ |
| rṇa | rṇā | rṇi | rṇī | rṇu | rṇū | rṇe | rṇai | rṇo | rṇau | rṇaṃ | rṇaḥ |
| rta | rtā | rti | rtī | rtu | rtū | rte | rtai | rto | rtau | rtaṃ | rtaḥ |
| rtha | rthā | rthi | rthī | rthu | rthū | rthe | rthai | rtho | rthau | rthaṃ | rthaḥ |
| rda | rdā | rdi | rdī | rdu | rdū | rde | rdai | rdo | rdau | rdaṃ | rdaḥ |
| rdha | rdhā | rdhi | rdhī | rdhu | rdhū | rdhe | rdhai | rdho | rdhau | rdhaṃ | rdhaḥ |
| rna | rnā | rni | rnī | rnu | rnū | rne | rnai | rno | rnau | rnaṃ | rnaḥ |
| rpa | rpā | rpi | rpī | rpu | rpū | rpe | rpai | rpo | rpau | rpaṃ | rpaḥ |
| rpha | rphā | rphi | rphī | rphu | rphū | rphe | rphai | rpho | rphau | rphaṃ | rphaḥ |
| rba | rbā | rbi | rbī | rbu | rbū | rbe | rbai | rbo | rbau | rbaṃ | rbaḥ |
| rbha | rbhā | rbhi | rbhī | rbhu | rbhū | rbhe | rbhai | rbho | rbhau | rbhaṃ | rbhaḥ |
| rma | rmā | rmi | rmī | rmu | rmū | rme | rmai | rmo | rmau | rmaṃ | rmaḥ |

| | | | | | | | | | | | |
|---|---|---|---|---|---|---|---|---|---|---|---|
| rya | ryā | ryi | ryī | ryu | ryū | rye | ryai | ryo | ryau | ryaṃ | ryaḥ |
| rla | rlā | rli | rlī | rlu | rlū | rle | rlai | rlo | rlau | rlaṃ | rlaḥ |
| rva | rvā | rvi | rvī | rvu | rvū | rve | rvai | rvo | rvau | rvaṃ | rvaḥ |
| rśa | rśā | rśi | rśī | rśu | rśū | rśe | rśai | rśo | rśau | rśaṃ | rśaḥ |
| rṣa | rṣā | rṣi | rṣī | rṣu | rṣū | rṣe | rṣai | rṣo | rṣau | rṣaṃ | rṣaḥ |
| rsa | rsā | rsi | rsī | rsu | rsū | rse | rsai | rso | rsau | rsaṃ | rsaḥ |
| rha | rhā | rhi | rhī | rhu | rhū | rhe | rhai | rho | rhau | rhaṃ | rhaṛḥ |
| rkṣa | rkṣā | rkṣi | rkṣī | rkṣu | rkṣū | rkṣe | rkṣai | rkṣo | rkṣau | rkṣaṃ | rkṣaḥ |

# 《悉曇十八章・第九章》

## 餘單章 (384字)

本章重點：(ra) +子音+(ya)+母音的練習

第九章是由 35 個子音，扣除(ra)、(la)、(llaṃ)，共 32 個子音，以(ra)的上半部接續半體(ra)配合各子音的下半部接續半體，下加(ya) 的下半部接續半體(ya)，然後再配上十二個母音（a, ā, i, ī, u, ū, e, ai, o, au, aṃ, aḥ）所構成。

例如(ka)字，接續半體爲(ka)，配合本章的接續規則成(rkya)、(rkyā)、(rkyi)、(rkyī)、(rkyu)、(rkyū)、(rkye)、(rkyai)、(rkyo)、(rkyau)、(rkyaṃ)、(rkyaḥ)。

本章共有 384 字。《悉曇字記》稱之爲「阿勒枳耶章」。

### ▼ 本章梵字組成分析 (以下列舉 25-28 行幾個字例詳細說明)

(rśya) = (ra) + (śa) + (ya)

*(rśya)是由(ra)的上半部接續半體，加上(śa)的下半部接續半體，再加上(ya) 的下半部接續半體所組成。

(rśyi) = (ra) + (śa) + (ya) + (i)

*(rśyi)是由(ra)的上半部接續半體，加上(śa)的下半部接續半體，以及(ya)的下半部接續半體，再加上短母音(i)的摩多點畫所組成。

(rṣyī) = (ra) + (ṣa) + (ya) + (ī)

*(rṣyī)是由(ra)的上半部接續半體，加上(ṣa)的上半部接續半體，以及(ya)的下半部接續半體，再加上長母音(ī)的摩多點畫所組成。

(rṣyu) = (ra) + (ṣa) + (ya) + (u)

*(rṣyu)是由(ra)的上半部接續半體，加上(ṣa)的上半部接續半體，以及(ya) 的下半部接續半體，再加上短母音(u)的摩多點畫所組成。

(rsye) = (ra) + (sa) + (ya) + (e)

*(rsye)是由(ra)的上半部接續半體，加上(sa)的上半部接續半體，以及(ya) 的下半部接續半體，再加上長母音(e)的摩多點畫所組成。

(rsyo) = (ra) + (sa) + (ya) + (o)

*(rsyo)是由(ra)的上半部接續半體，加上(sa)的上半部接續半體，以及(ya) 的下半部接續半體，再加上長母音(o)的摩多點畫所組成。

(rhyau) = (ra) + (ha) + (ya) + (au)

*(rhyau)是由(ra)的上半部接續半體，加上(ha)的上半部接續半體，以及(ya) 的下半部接續半體，再加上長母音(au)的摩多點畫所組成。

(rhyaḥ) = (ra) + (ha) + (ya) + (aḥ)

*(rhyaḥ)是由(ra)的上半部接續半體，加上(ha)的上半部接續半體，及(ya) 的下半部接續半體，再加上長母音(aḥ)的摩多點畫所組成。

## ▼ 第九章 384 字

rkya rkyā rkyi rkyī rkyu rkyū rkye rkyai rkyo rkyau rkyaṃ rkyaḥ

rkhya rkhyā rkhyi rkhyī rkhyu rkhyū rkhye rkhyai rkhyo rkhyau rkhyaṃ rkhyaḥ

rgya rgyā rgyi rgyī rgyu rgyū rgye rgyai rgyo rgyau rgyaṃ rgyaḥ

rghya rghyā rghyi rghyī rghyu rghyū rghye rghyai rghyo rghyau rghyaṃ rghyaḥ

rṅya rṅyā rṅyi rṅyī rṅyu rṅyū rṅye rṅyai rṅyo rṅyau rṅyaṃ rṅyaḥ

rcya rcyā rcyi rcyī rcyu rcyū rcye rcyai rcyo rcyau rcyaṃ rcyaḥ

rchya rchyā rchyi rchyī rchyu rchyū rchye rchyai rchyo rchyau rchyaṃ rchyaḥ

rjya rjyā rjyi rjyī rjyu rjyū rjye rjyai rjyo rjyau rjyaṃ rjyaḥ

rjhya rjhyā rjhyi rjhyī rjhyu rjhyū rjhye rjhyai rjhyo rjhyau rjhyaṃ rjhyaḥ

rñya rñyā rñyi rñyī rñyu rñyū rñye rñyai rñyo rñyau rñyaṃ rñyaḥ

rṭya rṭyā rṭyi rṭyī rṭyu rṭyū rṭye rṭyai rṭyo rṭyau rṭyaṃ rṭyaḥ rṭhya rṭhyā rṭhyi rṭhyī rṭhyu rṭhyū rṭhye rṭhyai rṭhyo rṭhyau rṭhyaṃ rṭhyaḥ

rḍya rḍyā rḍyi rḍyī rḍyu rḍyū rḍye rḍyai rḍyo rḍyau rḍyaṃ rḍyaḥ

rḍhya rḍhyā rḍhyi rḍhyī rḍhyu rḍhyū rḍhye rḍhyai rḍhyo rḍhyau rḍhyaṃ rḍhyaḥ

rṇya rṇyā rṇyi rṇyī rṇyu rṇyū rṇye rṇyai rṇyo rṇyau rṇyaṃ rṇyaḥ

rtya rtyā rtyi rtyī rtyu rtyū rtye rtyai rtyo rtyau rtyaṃ rtyaḥ

rthya rthyā rthyi rthyī rthyu rthyū rthye rthyai rthyo rthyau rthyaṃ rthyaḥ

rdya rdyā rdyi rdyī rdyu rdyū rdye rdyai rdyo rdyau rdyaṃ rdyaḥ

rdhya rdhyā rdhyi rdhyī rdhyu rdhyū rdhye rdhyai rdhyo rdhyau rdhyaṃ rdhyaḥ

rnya rnyā rnyi rnyī rnyu rnyū rnye rnyai rnyo rnyau rnyaṃ rnyaḥ

rpya rpyā rpyi rpyī rpyu rpyū rpye rpyai rpyo rpyau rpyaṃ rpyaḥ

rphya rphyā rphyi rphyī rphyu rphyū rphye rphyai rphyo rphyau rphyaṃ rphyaḥ

rbya rbyā rbyi rbyī rbyu rbyū rbye rbyai rbyo rbyau rbyaṃ rbyaḥ rbhya rbhyā rbhyi rbhyī rbhyu rbhyū rbhye rbhyai rbhyo rbhyau rbhyaṃ rbhyaḥ

rmya rmyā rmyi rmyī rmyu rmyū rmye rmyai rmyo rmyau rmyaṃ rmyaḥ

rlya rlyā rlyi rlyī rlyu rlyū rlye rlyai rlyo rlyau rlyaṃ rlyaḥ

rvya rvyā rvyi rvyī rvyu rvyū rvye rvyai rvyo rvyau rvyaṃ rvyaḥ

rśya rśyā rśyi rśyī rśyu rśyū rśye rśyai rśyo rśyau rśyaṃ rśyaḥ

rṣya rṣyā rṣyi rṣyī rṣyu rṣyū rṣye rṣyai rṣyo rṣyau rṣyaṃ rṣyaḥ

rsya rsyā rsyi rsyī rsyu rsyū rsye rsyai rsyo rsyau rsyaṃ rsyaḥ

rhya rhyā rhyi rhyī rhyu rhyū rhye rhyai rhyo rhyau rhyaṃ rhyaḥ

rkṣya rkṣyā rkṣyi rkṣyī rkṣyu rkṣyū rkṣye rkṣyai rkṣyo rkṣyau rkṣyaṃ rkṣyaḥ

# 《悉曇十八章·第十章》

## 餘單章 (396 字)

本章重點：(ra)+子音+(ra)+母音的練習

第十章是由 35 個子音，扣除(ra)、(llaṃ)，共 33 個子音，以(ra)的上半部接續半體(ra) 配合各子音的下半部接續半體，下加(ra) 的下半部接續半體(ra)，然後再配上十二個母音（a, ā, i, ī, u, ū, e, ai, o, au, aṃ, aḥ）所構成。

例如(ka)字，接續半體爲(ka)，配合本章的接續規則成(rkra)、(rkrā)、(rkri)、(rkrī)、(rkru)、(rkrū)、(rkre)、(rkrai)、(rkro)、(rkrau)、(rkraṃ)、(rkraḥ)。

本章共有 396 字。《悉曇字記》稱之爲「阿勒迦略章」。

### ▼ 本章梵字組成分析 (以下列舉前四行幾個字例詳細說明)

(rkra) = (ra) +(ka) +(ra)

*(rkra)是由(ra)的上半部接續半體(ra)，加上(ka)的上半部接續半體，以及(ra) 的下半部接續半體(ra)所組成。

(rkri) = (ra) +(ka) +(ra) +(i)

*(rkri)是由(ra)的上半部接續半體(ra)，加上(ka)的上半部接續半體，以及(ra) 的下半部接續半體(ra)，再加上短母音(i)的摩多點畫所

組成。

(rkhru) = (ra) + (kha) + (ra) +□(u)

*(rkhru)是由(ra)的上半部接續半體(ra)，加上(kha)的上半部接續半體，以及(ra) 的下半部接續半體(ra)，再加上短音(u)的摩多點畫□所組成。

(rkhrū) = (ra) + (kha) + (ra) +□(ū)

*(rkhrū)是由(ra)的上半部接續半體(ra)，加上(kha)的上半部接續半體，以及(ra) 的下半部接續半體(ra)，再加上長母音(ū)的摩多點畫□所組成。

(rgre) = (ra) + (ga) + (ra) +□(e)

*(rgre)是由(ra)的上半部接續半體(ra)，加上(ga)的上半部接續半體，以及(ra) 的下半部接續半體(ra)，再加上長母音(e)的摩多點畫□所組成。

(rghrau) = (ra) + (gha) + (ra) +□(au)

*(rghrau)是由(ra)的上半部接續半體(ra)，加上(gha)的上半部接續半體，以及(ra) 的下半部接續半體(ra)，再加上長母音(au)的摩多點畫□所組成。

(rghraḥ) = (ra) + (gha) + (ra) +□:(aḥ)

*(rghraḥ)是由(ra)的上半部接續半體(ra)，加上(gha)的上半部接續半體，以及(ra) 的下半部接續半體(ra)，再加上長母音(aḥ)的摩多

點畫□:所組成。

## ▼ 第十章 396 字

rkra rkrā rkri rkrī rkru rkrū rkre rkrai rkro rkrau rkraṃ rkraḥ

rkhra rkhrā rkhri rkhrī rkhru rkhrū rkhre rkhrai rkhro rkhrau rkhraṃ rkhraḥ

rgra rgrā rgri rgrī rgru rgrū rgre rgrai rgro rgrau rgraṃ rgraḥ

rghra rghrā rghri rghrī rghru rghrū rghre rghrai rghro rghrau rghraṃ rghraḥ

rṅra rṅrā rṅri rṅrī rṅru rṅrū rṅre rṅrai rṅro rṅrau rṅraṃ rṅraḥ

rcra rcrā rcri rcrī rcru rcrū rcre rcrai rcro rcrau rcraṃ rcraḥ

rchra rchrā rchri rchrī rchru rchrū rchre rchrai rchro rchrau rchraṃ rchraḥ

rjra rjrā rjri rjrī rjru rjrū rjre rjrai rjro rjrau rjraṃ rjraḥ

rjhra rjhrā rjhri rjhrī rjhru rjhrū rjhre rjhrai rjhro rjhrau rjhraṃ rjhraḥ

rñra rñrā rñri rñrī rñru rñrū rñre rñrai rñro rñrau rñraṃ rñraḥ rṭra rṭrā rṭri rṭrī rṭru rṭrū rṭre rṭrai rṭro rṭrau rṭraṃ rṭraḥ

rṭhra rṭhrā rṭhri rṭhrī rṭhru rṭhrū rṭhre rṭhrai rṭhro rṭhrau rṭhraṃ rṭhraḥ

rḍra rḍrā rḍri rḍrī rḍru rḍrū rḍre rḍrai rḍro rḍrau rḍraṃ rḍraḥ

rḍhra rḍhrā rḍhri rḍhrī rḍhru rḍhrū rḍhre rḍhrai rḍhro rḍhrau rḍhraṃ rḍhraḥ

rṇra rṇrā rṇri rṇrī rṇru rṇrū rṇre rṇrai rṇro rṇrau rṇraṃ rṇraḥ

rtra rtrā rtri rtrī rtru rtrū rtre rtrai rtro rtrau rtraṃ rtraḥ

rthra rthrā rthri rthrī rthru rthrū rthre rthrai rthro rthrau rthraṃ rthraḥ

rdra rdrā rdri rdrī rdru rdrū rdre rdrai rdro rdrau rdraṃ rdraḥ

rdhra rdhrā rdhri rdhrī rdhru rdhrū rdhre rdhrai rdhro rdhrau rdhraṃ rdhraḥ

rnra rnrā rnri rnrī rnru rnrū rnre rnrai rnro rnrau rnraṃ rnraḥ

rpra rprā rpri rprī rpru rprū rpre rprai rpro rprau rpraṃ rpraḥ

rphra rphrā rphri rphrī rphru rphrū rphre rphrai rphro rphrau rphraṃ rphraḥ rbra rbrā rbri rbrī rbru rbrū rbre rbrai rbro rbrau rbraṃ rbraḥ

rbhra rbhrā rbhri rbhrī rbhru rbhrū rbhre rbhrai rbhro rbhrau rbhraṃ rbhraḥ

rmra rmrā rmri rmrī rmru rmrū rmre rmrai rmro rmrau rmraṃ rmraḥ

ryra ryrā ryri ryrī ryru ryrū ryre ryrai ryro ryrau ryraṃ ryraḥ

rlra rlrā rlri rlrī rlru rlrū rlre rlrai rlro rlrau rlraṃ rlraḥ

rvra rvrā rvri rvrī rvru rvrū rvre rvrai rvro rvrau rvraṃ rvraḥ

rśra rśrā rśri rśrī rśru rśrū rśre rśrai rśro rśrau rśraṃ rśraḥ

rṣra rṣrā rṣri rṣrī rṣru rṣrū rṣre rṣrai rṣro rṣrau rṣraṃ rṣraḥ

rsra rsrā rsri rsrī rsru rsrū rsre rsrai rsro rsrau rsraṃ rsraḥ

rhra rhrā rhri rhrī rhru rhrū rhre rhrai rhro rhrau rhraṃ rhraḥ

rkṣra rkṣrā rkṣri rkṣrī rkṣru rkṣrū rkṣre rkṣrai rkṣro rkṣrau rkṣraṃ rkṣraḥ

## 《悉曇十八章・第十一章》

### 重章 (384字)

本章重點：(ra)+子音+(la)+母音的練習

第十一章是由 35 個子音，扣除(ra)、(la)、(llaṃ)，共 32 個子音，以(ra)的上半部接續半體(ra)配合各子音的下半部接續半體，下加(la) 的下半部接續半體(la)，然後再配上十二個母音（a, ā, i, ī, u, ū, e, ai, o, au, aṃ, aḥ）所構成。

例如(ka)字，接續半體爲(ka)，配合本章的接續規則成(rkla)、(rklā)、(rkli)、(rklī)、□rklu)、(rklū)、(rkle)、(rklai)、(rklo)、(rklau)、(rklaṃ)、(rklaḥ)。

本章共有 384 字。《悉曇字記》稱之爲「阿勒迦囉章」。

▼ **本章梵字組成分析** (以下列舉 3-6 行幾個字例詳細說明)

(rgla) = (ra) + (ga) + (la)

*(rgla)是由(ra)的上半部接續半體，加上(ga)的上半部接續半體，以及(la) 的下半部接續半體所組成。

(rglā) = (ra) + (ga) + (la) +□(ā)

*(rgla)是由(ra)的上半部接續半體，加上(ga)的上半部接續半體，以及(la) 的下半部接續半體，再加上長母音(ā)的摩多點畫□所組成。

(rghlī) = (ra) + (gha) + (la)+(ī)

* (rghlī)是由(ra)的上半部接續半體，加上(gha)的上半部接續半體，及(la) 的下半部接續半體，再加上長音(ī)的摩多點畫所組成。

(rkhru) = (ra) + (gha) + (la)+(u)

* (rkhru)是由(ra)的上半部接續半體，加上(gha)的上半部接續半體，以及(la) 的下半部接續半體，再加上短母音(u)的摩多點畫所組成。

(rṅle) = (ra) + (ṅa) + (la)+(e)

* (rṅle)是由(ra)的上半部接續半體(ra)，加上(ṅa)的上半部接續半體，以及(la) 的下半部接續半體(la)，再加上長母音(e)的摩多點畫所組成。

(rṅlai) = (ra) + (ṅa) + (la)+(ai)

* (rṅlai)是由(ra)的上半部接續半體，加上(ṅa)的上半部接續半體，及(la) 的下半部接續半體，再加上長母音(ai)的摩多點畫所組成。

(rṅlo) = (ra) + (ṅa) + (la) +(o)

* (rṅlo)是由(ra)的上半部接續半體，加上(ṅa)的上半部接續半體，以及(la) 的下半部接續半體，再加上長母音(o)的摩多點畫所組成。不過其摩多點畫如本書第 24 頁所述，在最後一筆的寫法改成往上拉出。

(rclau) = (ra) + (ca) + (la) +(au)

*(rclau)是由(ra)的上半部接續半體，加上(ca)的上半部接續半體，及(la) 的下半部接續半體，再加上長母音(au)的摩多點畫所組成。

(rclaṃ) = (ra) + (ca) + (la) + (aṃ)

*(rclaṃ)是由(ra)的上半部接續半體，加上(ca)的上半部接續半體，及(la) 的下半部接續半體，再加上長母音(aṃ)的摩多點畫所組成。

## ▼ 第十一章 384 字

| | | | | | | | | | | | |
|---|---|---|---|---|---|---|---|---|---|---|---|
| rkla | rklā | rkli | rklī | rklu | rklū | rkle | rklai | rklo | rklau | rklaṃ | rklaḥ |
| rkhla | rkhlā | rkhli | rkhlī | rkhlu | rkhlū | rkhle | rkhlai | rkhlo | rkhlau | rkhlaṃ | rkhlaḥ |
| rgla | rglā | rgli | rglī | rglu | rglū | rgle | rglai | rglo | rglau | rglaṃ | rglaḥ |
| rghla | rghlā | rghli | rghlī | rghlu | rghlū | rghle | rghlai | rghlo | rghlau | rghlaṃ | rghlaḥ |
| rṅla | rṅlā | rṅli | rṅlī | rṅlu | rṅlū | rṅle | rṅlai | rṅlo | rṅlau | rṅlaṃ | rṅlaḥ |
| rcla | rclā | rcli | rclī | rclu | rclū | rcle | rclai | rclo | rclau | rclaṃ | rclaḥ |
| rchla | rchlā | rchli | rchlī | rchlu | rchlū | rchle | rchlai | rchlo | rchlau | rchlaṃ | rchlaḥ |
| rjla | rjlā | rjli | rjlī | rjlu | rjlū | rjle | rjlai | rjlo | rjlau | rjlaṃ | rjlaḥ |

rjhla rjhlā rjhli rjhlī rjhlu rjhlū rjhle rjhlai rjhlo rjhlau rjhlaṃ rjhlaḥ

rñla rñlā rñli rñlī rñlu rñlū rñle rñlai rñlo rñlau rñlaṃ rñlaḥ

rṭla rṭlā rṭli rṭlī rṭlu rṭlū rṭle rṭlai rṭlo rṭlau rṭlaṃ rṭlaḥ

rṭhla rṭhlā rṭhli rṭhlī rṭhlu rṭhlū rṭhle rṭhlai rṭhlo rṭhlau rṭhlaṃ rṭhlaḥ

rḍla rḍlā rḍli rḍlī rḍlu rḍlū rḍle rḍlai rḍlo rḍlau rḍlaṃ rḍlaḥ

rḍhla rḍhlā rḍhli rḍhlī rḍhlu rḍhlū rḍhle rḍhlai rḍhlo rḍhlau rḍhlaṃ rḍhlaḥ

rṇla rṇlā rṇli rṇlī rṇlu rṇlū rṇle rṇlai rṇlo rṇlau rṇlaṃ rṇlaḥ

rtla rtlā rtli rtlī rtlu rtlū rtle rtlai rtlo rtlau rtlaṃ rtlaḥ

rthla rthlā rthli rthlī rthlu rthlū rthle rthlai rthlo rthlau rthlaṃ rthlaḥ

rdla rdlā rdli rdlī rdlu rdlū rdle rdlai rdlo rdlau rdlaṃ rdlaḥ

rdhla rdhlā rdhli rdhlī rdhlu rdhlū rdhle rdhlai rdhlo rdhlau rdhlaṃ rdhlaḥ

rnla rnlā rnli rnlī rnlu rnlū rnle rnlai rnlo rnlau rnlaṃ rnlaḥ rpla rplā rpli rplī rplu rplū rple rplai rplo rplau rplaṃ rplaḥ

rphla rphlā rphli rphlī rphlu rphlū rphle rphlai rphlo rphlau rphlaṃ rphlaḥ

rbla rblā rbli rblī rblu rblū rble rblai rblo rblau rblaṃ rblaḥ

rbhla rbhlā rbhli rbhlī rbhlu rbhlū rbhle rbhlai rbhlo rbhlau rbhlaṃ rbhlaḥ

rmla rmlā rmli rmlī rmlu rmlū rmle rmlai rmlo rmlau rmlaṃ rmlaḥ

ryla rylā ryli rylī rylu rylū ryle rylai rylo rylau rylaṃ rylaḥ

rvla rvlā rvli rvlī rvlu rvlū rvle rvlai rvlo rvlau rvlaṃ rvlaḥ

rśla rślā rśli rślī rślu rślū rśle rślai rślo rślau rślaṃ rślaḥ

rṣla rṣlā rṣli rṣlī rṣlu rṣlū rṣle rṣlai rṣlo rṣlau rṣlaṃ rṣlaḥ

rsla rslā rsli rslī rslu rslū rsle rslai rslo rslau rslaṃ rslaḥ

rhla rhlā rhli rhlī rhlu rhlū rhle rhlai rhlo rhlau rhlaṃ rhlaḥ

rkṣla rkṣlā rkṣli rkṣlī rkṣlu rkṣlū rkṣle rkṣlai rkṣlo rkṣlau rkṣlaṃ rkṣlaḥ

# 《悉曇十八章·第十二章》

## 重章 (384字)

本章重點：(ra) +子音+ (va)+母音的練習

第十二章是由35個子音，扣除(ra)、(va)、(llaṃ)，共32個子音，以(ra)的上半部接續半體(ra)配合各子音的下半部接續半體，下加(va) 的下半部接續半體(va)，然後再配上十二個母音（a, ā, i, ī, u, ū, e, ai, o, au, aṃ, aḥ）所構成。

例如(ka)字，接續半體為(ka)，配合本章的接續規則成(rkva)、(rkvā)、(rkvi)、(rkvī)、(rkvu)、(rkvū)、(rkve)、(rkvai)、(rkvo)、(rkvau)、(rkvaṃ)、(rkvaḥ)。

本章共有384字。《悉曇字記》稱之為「阿勒迦嚩章」。

### ▼ 本章梵字組成分析 (以下列舉7-10行幾個字例詳細說明)

(rchva) = (ra) +(cha) + (va)

*(rchva)是由(ra)的上半部接續半體，加上(cha)的上半部接續半體，以及(va)的下半部接續半體所組成。

(rchvi) = (ra) +(cha) + (va) +(i)

*(rchvi)是由(ra)的上半部接續半體，加上(cha)的上半部接續半體，及(va)的下半部接續半體，再加上短母音(i)的摩多點畫所組成。

(rjvī) = (ra) + (ja) + (va) + (ī)

*(rjvī)是由(ra)的上半部接續半體，加上(ja)的上半部接續半體，以及(va) 的下半部接續半體，再加上長母音(ī)的摩多點畫所組成。

(rjvu) = (ra) + (ja) + (va) + (u)

*(rjvu)是由(ra)的上半部接續半體，加上(ja)的上半部接續半體，以及(va)的下半部接續半體，再加上短母音(u)的摩多點畫所組成。

(rjvū) = (ra) + (ja) + (va) + (ū)

*(rjvū)是由(ra)的上半部接續半體，加上(ja)的上半部接續半體，以及(va)的下半部接續半體，再加上長音(ū)的摩多點畫所組成。

(rjhve) = (ra) + (jha) + (va) + (e)

*(rjhve)是由(ra)的上半部接續半體，加上(jha)的下半部接續半體，以及(va)的下半部接續半體，再加上長母音(e)的摩多點畫所組成。(有關 jha 的接續半體異體字寫法，請參考第四章 p66 梵字組成分析中的說明。)

(rjhvai) = (ra) + (jha) + (va) + (ai)

*(rjhvai)是由(ra)的上半部接續半體，加上(jha)的下半部接續半體，及(va)的下半部接續半體，再加上長母音(ai)的摩多點畫所組成。(有關 jha 的接續半體異體字寫法，請參考第四章 p66 梵字組成分析中的說明。)

(rñvau) = (ra) + (ña)+ (va)+(au)

*(rñvau)是由(ra)的上半部接續半體，加上(ña)的下半部接續半體，以及(va)的下半部接續半體，再加上長音(au)的摩多點畫所組成。(有關 ña 的接續半體異體字寫法，請參考悉曇第四章 p66-67 梵字組成分析中的說明。)

## ▼ 第十二章 384 字

rkva rkvā rkvi rkvī rkvu rkvū rkve rkvai rkvo rkvau rkvaṃ rkvaḥ

rkhva rkhvā rkhvi rkhvī rkhvu rkhvū rkhve rkhvai rkhvo rkhvau rkhvaṃ rkhvaḥ

rgva rgvā rgvi rgvī rgvu rgvū rgve rgvai rgvo rgvau rgvaṃ rgvaḥ

rghva rghvā rghvi rghvī rghvu rghvū rghve rghvai rghvo rghvau rghvaṃ rghvaḥ

rṅva rṅvā rṅvi rṅvī rṅvu rṅvū rṅve rṅvai rṅvo rṅvau rṅvaṃ rṅvaḥ

rcva rcvā rcvi rcvī rcvu rcvū rcve rcvai rcvo rcvau rcvaṃ rcvaḥ

rchva rchvā rchvi rchvī rchvu rchvū rchve rchvai rchvo rchvau rchvaṃ rchvaḥ

rjva rjvā rjvi rjvī rjvu rjvū rjve rjvai rjvo rjvau rjvaṃ rjvaḥ

rjhva rjhvā rjhvi rjhvī rjhvu rjhvū rjhve rjhvai rjhvo rjhvau rjhvaṃ rjhvaḥ rñva rñvā rñvi rñvī rñvu rñvū rñve rñvai rñvo rñvau rñvaṃ rñvaḥ

rṭva rṭvā rṭvi rṭvī rṭvu rṭvū rṭve rṭvai rṭvo rṭvau rṭvaṃ rṭvaḥ

rṭhva rṭhvā rṭhvi rṭhvī rṭhvu rṭhvū rṭhve rṭhvai rṭhvo rṭhvau rṭhvaṃ rṭhvaḥ

rḍva rḍvā rḍvi rḍvī rḍvu rḍvū rḍve rḍvai rḍvo rḍvau rḍvaṃ rḍvaḥ

rḍhva rḍhvā rḍhvi rḍhvī rḍhvu rḍhvū rḍhve rḍhvai rḍhvo rḍhvau rḍhvaṃ rḍhvaḥ

rṇva rṇvā rṇvi rṇvī rṇvu rṇvū rṇve rṇvai rṇvo rṇvau rṇvaṃ rṇvaḥ

rtva rtvā rtvi rtvī rtvu rtvū rtve rtvai rtvo rtvau rtvaṃ rtvaḥ

rthva rthvā rthvi rthvī rthvu rthvū rthve rthvai rthvo rthvau rthvaṃ rthvaḥ

rdva rdvā rdvi rdvī rdvu rdvū rdve rdvai rdvo rdvau rdvaṃ rdvaḥ

rdhva rdhvā rdhvi rdhvī rdhvu rdhvū rdhve rdhvai rdhvő rdhvau rdhvaṃ rdhvaḥ

rnva rnvā rnvi rnvī rnvu rnvū rnve rnvai rnvo rnvau rnvaṃ rnvaḥ

rpva rpvā rpvi rpvī rpvu rpvū rpve rpvai rpvo rpvau rpvaṃ rpvaḥ rphva rphvā rphvi rphvī rphvu rphvū rphve rphvai rphvo rphvau rphvaṃ rphvaḥ

rbva rbvā rbvi rbvī rbvu rbvū rbve rbvai rbvo rbvau rbvaṃ rbvaḥ

rbhva rbhvā rbhvi rbhvī rbhvu rbhvū rbhve rbhvai rbhvo rbhvau rbhvaṃ rbhvaḥ

rmva rmvā rmvi rmvī rmvu rmvū rmve rmvai rmvo rmvau rmvaṃ rmvaḥ

ryva ryvā ryvi ryvī ryvu ryvū ryve ryvai ryvo ryvau ryvaṃ ryvaḥ

rlva rlvā rlvi rlvī rlvu rlvū rlve rlvai rlvo rlvau rlvaṃ rlvaḥ

rśva rśvā rśvi rśvī rśvu rśvū rśve rśvai rśvo rśvau rśvaṃ rśvaḥ

rṣva rṣvā rṣvi rṣvī rṣvu rṣvū rṣve rṣvai rṣvo rṣvau rṣvaṃ rṣvaḥ

rsva rsvā rsvi rsvī rsvu rsvū rsve rsvai rsvo rsvau rsvaṃ rsvaḥ

rhva rhvā rhvi rhvī rhvu rhvū rhve rhvai rhvo rhvau rhvaṃ rhvaḥ

rkṣva rkṣvā rkṣvi rkṣvī rkṣvu rkṣvū rkṣvẹ rkṣvai rkṣvo rkṣvau rkṣvaṃ rkṣvaḥ

# 《悉曇十八章·第十三章》

## 重章 (384字)

本章重點：(ra) +子音+ (ma)+母音的練習

第十三章是由35個子音，扣除(ra)、(ma)、(llaṃ)，共32個子音，以(ra)的上半部接續半體(ra)配合各子音的接續半體，與下加(ma) 的下半部接續半體(ma)，然後再配上十二個母音( a, ā, i, ī, u, ū, e, ai, o, au, aṃ, aḥ ) 所構成。

例如(ka)字，接續半體為(ka)，配合本章的接續規則成(rkma)、(rkmā)、(rkmi)、(rkmī)、(rkmu)、(rkmū)、(rkme)、(rkmai)、(rkmo)、(rkmau)、(rkmaṃ)、(rkmaḥ)。

本章共有384字。《悉曇字記》稱之為「阿勒迦磨章」。

### ▼ 本章梵字組成分析 (以下列舉11-14行幾個字例詳細說明)

(rṭma) = (ra) +(ṭa) + (ma)

*(rṭma)是由(ra)的上半部接續半體，加上(ṭa)的上半部接續半體，以及(ma)的下半部接續半體所組成。

(rṭmā) = (ra) +(ṭa) + (ma) +□(ā)

*(rṭmā)是由(ra)的上半部接續半體，加上(ṭa)的上半部接續半體，及(ma)的下半部接續半體，再加上長母音(ā)的摩多點畫□所組成。

(rṭhmī) = (ra) + (ṭha) + (ma) + (ī)

*(rṭhmī)是由 (ra)的上半部接續半體，加上(ṭha)的上半部接續半體，及(ma)的下半部接續半體，再加上長母音(ī)的摩多點畫所組成。

(rṭhmu) = (ra) + (ṭha) + (ma) + (u)

*(rṭhmu)是由 (ra)的上半部接續半體，加上(ṭha)的上半部接續半體，及(ma)的下半部接續半體，再加上長母音(u)的摩多點畫所組成。

(rḍme) = (ra) + (ḍa) + (ma) + (e)

*(rḍme)是由 (ra)的上半部接續半體，加上(ḍa)的上半部接續半體，及(ma)的下半部接續半體，再加上長母音(e)的摩多點畫所組成。

(rḍmo) = (ra) + (ḍa) + (ma) + (o)

*(rḍmo)是由 (ra)的上半部接續半體，加上(ḍa)的上半部接續半體，及(ma)的下半部接續半體，再加上長母音(o)的摩多點畫所組成。

(rḍhmau) = (ra) + (ḍha) + (ma) + (au)

*(rḍhmau)是由 (ra)的上半部接續半體，加上(ḍha)的上半部接續半體，以及(ma)的下半部接續半體，再加上長母音(au)的摩多點畫所組成。

(rḍhmaḥ) = (ra) + (ḍha) + (ma) + (aḥ)

*(rḍhmaḥ)是由 (ra)的上半部接續半體，加上(ḍha)的上半部接續半體，以及(ma)的下半部接續半體，再加上長母音(aḥ)的摩多點畫

所組成。

## ▼ 第十三章 384 字

rkma rkmā rkmi rkmī rkmu rkmū rkme rkmai rkmo rkmau rkmaṃ rkmaḥ

rkhma rkhmā rkhmi rkhmī rkhmu rkhmū rkhme rkhmai rkhmo rkhmau rkhmaṃ rkhmaḥ

rgma rgmā rgmi rgmī rgmu rgmū rgme rgmai rgmo rgmau rgmaṃ rgmaḥ

rghma rghmā rghmi rghmī rghmu rghmū rghme rghmai rghmo rghmau rghmaṃ rghmaḥ

rṅma rṅmā rṅmi rṅmī rṅmu rṅmū rṅme rṅmai rṅmo rṅmau rṅmaṃ rṅmaḥ

rcma rcmā rcmi rcmī rcmu rcmū rcme rcmai rcmo rcmau rcmaṃ rcmaḥ

rchma rchmā rchmi rchmī rchmu rchmū rchme rchmai rchmo rchmau rchmaṃ rchmaḥ

rjma rjmā rjmi rjmī rjmu rjmū rjme rjmai rjmo rjmau rjmaṃ rjmaḥ

rjhma rjhmā rjhmi rjhmī rjhmu rjhmū rjhme rjhmai rjhmo rjhmau rjhmaṃ rjhmaḥ

rñma rñmā rñmi rñmī rñmu rñmū rñme rñmai rñmo rñmau rñmaṃ rñmaḥ rṭma rṭmā rṭmi rṭmī rṭmu rṭmū rṭme rṭmai rṭmo rṭmau rṭmaṃ rṭmaḥ

rṭhma rṭhmā rṭhmi rṭhmī rṭhmu rṭhmū rṭhme rṭhmai rṭhmo rṭhmau rṭhmaṃ rṭhmaḥ

rḍma rḍmā rḍmi rḍmī rḍmu rḍmū rḍme rḍmai rḍmo rḍmau rḍmaṃ rḍmaḥ

rḍhma rḍhmā rḍhmi rḍhmī rḍhmu rḍhmū rḍhme rḍhmai rḍhmo rḍhmau rḍhmaṃ rḍhmaḥ

rṇma rṇmā rṇmi rṇmī rṇmu rṇmū rṇme rṇmai rṇmo rṇmau rṇmaṃ rṇmaḥ

rtma rtmā rtmi rtmī rtmu rtmū rtme rtmai rtmo rtmau rtmaṃ rtmaḥ

rthma rthmā rthmi rthmī rthmu rthmū rthme rthmai rthmo rthmau rthmaṃ rthmaḥ

rdma rdmā rdmi rdmī rdmu rdmū rdme rdmai rdmo rdmau rdmaṃ rdmaḥ

rdhma rdhmā rdhmi rdhmī rdhmu rdhmū rdhme rdhmai rdhmo rdhmau rdhmaṃ rdhmaḥ

rnma rnmā rnmi rnmī rnmu rnmū rnme rnmai rnmo rnmau rnmaṃ rnmaḥ

rpma rpmā rpmi rpmī rpmu rpmū rpme rpmai rpmo rpmau rpmaṃ rpmaḥ

rphma rphmā rphmi rphmī rphmu rphmū rphme rphmai rphmo rphmau rphmaṃ rphmaḥ rbma rbmā rbmi rbmī rbmu rbmū rbme rbmai rbmo rbmau rbmaṃ rbmaḥ

rbhma rbhmā rbhmi rbhmī rbhmu rbhmū rbhme rbhmai rbhmo rbhmau rbhmaṃ rbhmaḥ

ryma rymā rymi rymī rymu rymū ryme rymai rymo rymau rymaṃ rymaḥ

rlma rlmā rlmi rlmī rlmu rlmū rlme rlmai rlmo rlmau rlmaṃ rlmaḥ

rvma rvmā rvmi rvmī rvmu rvmū rvme rvmai rvmo rvmau rvmaṃ rvmaḥ

rśma rśmā rśmi rśmī rśmu rśmū rśme rśmai rśmo rśmau rśmaṃ rśmaḥ

rṣma rṣmā rṣmi rṣmī rṣmu rṣmū rṣme rṣmai rṣmo rṣmau rṣmaṃ rṣmaḥ

rsma rsmā rsmi rsmī rsmu rsmū rsme rsmai rsmo rsmau rsmaṃ rsmaḥ

rhma rhmā rhmi rhmī rhmu rhmū rhme rhmai rhmo rhmau rhmaṃ rhmaḥ

rkṣma rkṣmā rkṣmi rkṣmī rkṣmu rkṣmū rkṣme rkṣmai rkṣmo rkṣmau rkṣmaṃ rkṣmaḥ

# 《悉曇十八章・第十四章》

## 重章 (384字)

本章重點：(ra) +子音+(na)+母音的練習

第十四章是由35個子音，扣除(ra)、(na)、(llaṃ)，共32個子音，以(ra)的上半部接續半體(ra)配合各子音的接續半體，下加(na)的下半部接續半體(na)，然後再配上十二個母音(a, ā, i, ī, u, ū, e, ai, o, au, aṃ, aḥ）所構成。

例如(ka)字，接續半體爲(ka)，配合本章的接續規則成(rkna)、(rknā)、(rkni)、(rknī)、(rknu)、(rknū)、(rkne)、(rknai)、(rkno)、(rknau)、(rknaṃ)、(rknaḥ)。

本章共384字。《悉曇字記》稱之爲「阿勒迦那章」。

### ▼ 本章梵字組成分析 (以下列舉15-18行幾個字例詳細說明)

(rṇna) = (ra) +(ṇa) + (na)

*(rṇna)是由(ra)的上半部接續半體(ra)，加上(ṇa)的上半部接續半體，以及(na)的下半部接續半體所組成。

(rṇnā) = (ra) +(ṇa) + (na) +□(ā)

*(rṇnā)是由(ra)的上半部接續半體，加上(ṇa)的上半部接續半體，及(na)的下半部接續半體，再加上長母音(ā)的摩多點畫□所組成。

(rtnī) = (ra) + (ta) + (na) + (ī)

*(rtnī)是由(ra)的上半部接續半體，加上(ta)的上半部接續半體，及(na)的下半部接續半體，再加上長母音(ī)的摩多點畫所組成。

(rtnu) = (ra) + (ta) + (na) + (u)

*(rtnu)是由(ra)的上半部接續半體，加上(ta)的上半部接續半體，及(na)的下半部接續半體，再加上短母音(u)的摩多點畫所組成。

(rtnū) = (ra) + (ta) + (na) + (ū)

*(rtnū)是由(ra)的上半部接續半體，加上(ta)的上半部接續半體，及(na)的下半部接續半體，再加上長母音(ū)的摩多點畫所組成。

(rthne) = (ra) + (tha) + (na) + (e)

*(rthne)是由(ra)的上半部接續半體，加上(tha)的上半部接續半體，及(na)的下半部接續半體，再加上長母音(e)的摩多點畫所組成。

(rthnai) = (ra) + (tha) + (na) + (ai)

*(rthnai)是由(ra)的上半部接續半體，加上(tha)的上半部接續半體，及(na)的下半部接續半體，再加上長母音(ai)的摩多點畫所組成。

(rdnau) = (ra) + (da) + (na) + (au)

*(rdnau)是由(ra)的上半部接續半體，加上(da)的上半部接續半體，及(na)的下半部接續半體，再加上長母音(au)的摩多點畫所組成。

(rdnaṃ) = (ra) + (da) + (na) +□(aṃ)

*(rdnaṃ)是由(ra)的上半部接續半體，加上(da)的上半部接續半體，及(na)的下半部接續半體，再加上長母音(aṃ)的摩多點畫□所組成。

## ▼ 第十四章 384 字

| | | | | | | | | | | | |
|---|---|---|---|---|---|---|---|---|---|---|---|
| rkna | rknā | rkni | rknī | rknu | rknū | rkne | rknai | rkno | rknau | rknaṃ | rknaḥ |
| rkhna | rkhnā | rkhni | rkhnī | rkhnu | rkhnū | rkhne | rkhnai | rkhno | rkhnau | rkhnaṃ | rkhnaḥ |
| rgna | rgnā | rgni | rgnī | rgnu | rgnū | rgne | rgnai | rgno | rgnau | rgnaṃ | rgnaḥ |
| rghna | rghnā | rghni | rghnī | rghnu | rghnū | rghne | rghnai | rghno | rghnau | rghnaṃ | rghnaḥ |
| rṅna | rṅnā | rṅni | rṅnī | rṅnu | rṅnū | rṅne | rṅnai | rṅno | rṅnau | rṅnaṃ | rṅnaḥ |
| rcna | rcnā | rcni | rcnī | rcnu | rcnū | rcne | rcnai | rcno | rcnau | rcnaṃ | rcnaḥ |
| rchna | rchnā | rchni | rchnī | rchnu | rchnū | rchne | rchnai | rchno | rchnau | rchnaṃ | rchnaḥ |
| rjna | rjnā | rjni | rjnī | rjnu | rjnū | rjne | rjnai | rjno | rjnau | rjnaṃ | rjnaḥ |
| rjhna | rjhnā | rjhni | rjhnī | rjhnu | rjhnū | rjhne | rjhnai | rjhno | rjhnau | rjhnaṃ | rjhnaḥ |

rñna rñnā rñni rñnī rñnu rñnū rñne rñnai rñno rñnau rñnaṃ rñnaḥ

rṭna rṭnā rṭni rṭnī rṭnu rṭnū rṭne rṭnai rṭno rṭnau rṭnaṃ rṭnaḥ

rṭhna rṭhnā rṭhni rṭhnī rṭhnu rṭhnū rṭhne rṭhnai rṭhno rṭhnau rṭhnaṃ rṭhnaḥ

rḍna rḍnā rḍni rḍnī rḍnu rḍnū rḍne rḍnai rḍno rḍnau rḍnaṃ rḍnaḥ

rḍhna rḍhnā rḍhni rḍhnī rḍhnu rḍhnū rḍhne rḍhnai rḍhno rḍhnau rḍhnaṃ rḍhnaḥ

rṇna rṇnā rṇni rṇnī rṇnu rṇnū rṇne rṇnai rṇno rṇnau rṇnaṃ rṇnaḥ

rtna rtnā rtni rtnī rtnu rtnū rtne rtnai rtno rtnau rtnaṃ rtnaḥ

rthna rthnā rthni rthnī rthnu rthnū rthne rthnai rthno rthnau rthnaṃ rthnaḥ

rdna rdnā rdni rdnī rdnu rdnū rdne rdnai rdno rdnau rdnaṃ rdnaḥ

rdhna rdhnā rdhni rdhnī rdhnu rdhnū rdhne rdhnai rdhno rdhnau rdhnaṃ rdhnaḥ

rpna rpnā rpni rpnī rpnu rpnū rpne rpnai rpno rpnau rpnaṃ rpnaḥ

rphna rphnā rphni rphnī rphnu rphnū rphne rphnai rphno rphnau rphnaṃ rphnaḥ rbna rbnā rbni rbnī rbnu rbnū rbne rbnai rbno rbnau rbnaṃ rbnaḥ

rbhna rbhnā rbhni rbhnī rbhnu rbhnū rbhne rbhnai rbhno rbhnau rbhnaṃ rbhnaḥ

rmna rmnā rmni rmnī rmnu rmnū rmne rmnai rmno rmnau rmnaṃ rmnaḥ

ryna rynā ryni rynī rynu rynū ryne rynai ryno rynau rynaṃ rynaḥ

rlna rlnā rlni rlnī rlnu rlnū rlne rlnai rlno rlnau rlnaṃ rlnaḥ

rvna rvnā rvni rvnī rvnu rvnū rvne rvnai rvno rvnau rvnaṃ rvnaḥ

rśna rśnā rśni rśnī rśnu rśnū rśne rśnai rśno rśnau rśnaṃ rśnaḥ

rṣna rṣnā rṣni rṣnī rṣnu rṣnū rṣne rṣnai rṣno rṣnau rṣnaṃ rṣnaḥ

rsna rsnā rsni rsnī rsnu rsnū rsne rsnai rsno rsnau rsnaṃ rsnaḥ

rhna rhnā rhni Rhnī rhnu rhnū rhne rhnai rhno rhnau rhnaṃ rhnaḥ

rkṣna rkṣnā rkṣni rkṣnī rkṣnu rkṣnū rkṣne rkṣnai rkṣno rkṣnau rkṣnaṃ rkṣnaḥ

# 《悉曇十八章・第十五章》

## 異章 (348字)

**本章重點：鼻音(ṅa, ña, ṇa, na, ma) +子音+母音的練習**

本章的接續與前面不同，所以又稱爲「異章」。本章是由五類聲(喉、顎、舌、齒、唇音)的鼻音(ṅa, ña, ṇa, na, ma)與各同類聲之前四個子音接續，然後再配上十二個母音（a, ā, i, ī, u, ū, e, ai, o, au, aṃ, aḥ）所構成。

例如喉音的(ka)字，其下半部接續半體爲(ka)，配合本章的接續規則上加同類聲的鼻音(ṅa)，成：(ṅka)、(ṅkā)、(ṅki)、(ṅkī)、(ṅku)、(ṅkū)、(ṅke)、(ṅkai)、(ṅko)、(ṅkau)、(ṅkaṃ)、(ṅkaḥ)。

第十五章最前一字爲「阿盎迦」(ṅga)，所以《悉曇字記》稱之爲「阿盎迦章」。本章共有348字。

### ▼ 本章梵字組成分析 (以下列舉幾個字例詳細說明)

(ṅka) =(ṅa) +(ka)

*(ṅka)是由(ṅa)的上半部接續半體，加上(ka)的下半部接續半體所組成。

(ṅkhā) =(ṅa) +(kha) +□(ā)

*(ṅkhā)是由(ṅa)的上半部接續半體，加上(kha)的下半部接續半體，再加上長母音(ā)的摩多點畫□所組成。

(ṅgi) =(ṅa) +(ga) +□(i)

*(ṅgi)是由(ṅa)的上半部接續半體，加上(ga)的下半部接續半體，再加上短母音(i)的摩多點畫所組成。

(ṅghī) =(ṅa) +(gha) +(ī)

*(ṅghī)是由(ṅa)的上半部接續半體，加上(gha)的下半部接續半體，再加上長母音(ī)的摩多點畫所組成。

(ñcu) =(ña) +(ca) +(u)

*(ñcu)是由(ña)的接續半體，加上(ca)的下半部接續半體，再加上短母音(u)的摩多點畫所組成。(有關 ña 接續半體的異體字，請參考第 66-67 頁的說明。)

(ñchū) =(ña) +(cha) +(ū)

*(ñchū)是由(ña)的接續半體，加上(cha)的下半部接續半體，再加上長母音(ū)的摩多點畫所組成。(有關 ña 接續半體的異體字，請參考第 66-67 頁的說明。)

(ñje) =(ña) +(ja) +(e)

*(ñje)是由(ña)的接續半體，加上(ja)的下半部接續半體，再加上長母音(e)的摩多點畫所組成。(有關 ña 接續半體的異體字，請參考第 66-67 頁的說明。)

(ñjhai) =(ña) +(jha) +(ai)

*(ñjhai)是由(ña)的接續半體，加上(jha)的下半部接續半體，再加上長母音(ai)的摩多點

畫□所組成。(有關 ña 接續半體的異體字，請參考第66-67頁的說明。)

(ṇṭo) = (ṇa) + (ṭa) + □(o)

*(ṇṭo)是由(ṇa)的上半部接續半體，加上(ṭa)的下半部接續半體，再加上長母音(o)的摩多點畫□所組成。

(ṇṭhau) = (ṇa) + (ṭha) + □(au)

*(ṇṭhau)是由(ṇa)的上半部接續半體，加上(ṭha)的下半部接續半體，再加上長母音(au)的摩多點畫□所組成。

(ṇḍhaṃ) = (ṇa) + (ḍha) + □(aṃ)

*(ṇḍhaṃ)是由(ṇa)的上半部接續半體，加上(ḍha)的下半部接續半體，再加上短音(aṃ)的摩多點畫□所組成。

(ṇḍhaḥ) = (ṇa) + (ḍha) + □:(aḥ)

*(ṇḍhaḥ)是由(ṇa)的上半部接續半體，加上(ḍha)的下半部接續半體，再加上長母音(aḥ)的摩多點畫□:所組成。

(nta) = (na) + (ta)

*(nta)是由(na)的上半部接續半體，加上(ta)的下半部接續半體所組成。

(nthu) = (na) + (tha) + □(u)

*(nthu)是由(na)的上半部接續半體，加上(tha)的接續半體，再加上短母音(u)的摩多點

畫□所組成。

□(mpu) =□(ma) +□(pa) +□(u)

*□(mpu)是由□(ma)的上半部接續半體□，加上□(pa)的下半部接續半體□，再加上短母音□(u)的摩多點畫□所組成。

□(mphū) =□(ma) +□(pha) +□(ū)

*□(mphū)是由□(ma)的上半部接續半體□，加上□(pha)的下半部接續半體□，再加上長母音□(ū)的摩多點畫□所組成。

□(mbhū) =□(ma) +□(bha) +□(ū)

*□(mbhū)是由□(ma)的上半部接續半體□，加上□(bha)的下半部接續半體□，再加上長母音□(ū)的摩多點畫□所組成。

□(ṅyo) =□(ṅa) +□(ya) +□(o)

*□(ṅyo)是由□(ṅa)的上半部接續半體□，加上□(ya)的下半部接續半體□，再加上長母音□(o)的摩多點畫□所組成。

□(ṅrau) =□(ṅa) +□(ra) +□(au)

*□(ṅrau)是由□(ṅa)的上半部接續半體□，加上□(ra)的下半部接續半體□，再加上長母音□(au)的摩多點畫□所組成。

□(ṅlaṃ) =□(ṅa) +□(la) +□(aṃ)

*□(ṅlaṃ)是由□(ṅa)的上半部接續半體□，加上□(la)的下半部接續半體□，再加上短母音□(aṃ)的

摩多點畫所組成。

(ṅṣā) =(ṅa) +(la) +(ā)

*(ṅṣā)是由(ṅa)的上半部接續半體，加上(ṣa)的下半部接續半體，再加上長母音(ā)的摩多點畫所組成。

(ṅkṣu) =(ṅa) +(kṣa) +(u)

*(ṅkṣu)是由(ṅa)的上半部接續半體，加上(kṣa)的下半部接續半體，再加上短母音(u)的摩多點畫所組成。

## ▼ 第十五章 348 字

| | | | | | | | | | | | |
|---|---|---|---|---|---|---|---|---|---|---|---|
| ṅka | ṅkā | ṅki | ṅkī | ṅku | ṅkū | ṅke | ṅkai | ṅko | ṅkau | ṅkaṃ | ṅkaḥ |
| ṅkha | ṅkhā | ṅkhi | ṅkhī | ṅkhu | ṅkhū | ṅkhe | ṅkhai | ṅkho | ṅkhau | ṅkhaṃ | ṅkhaḥ |
| ṅga | ṅgā | ṅgi | ṅgī | ṅgu | ṅgū | ṅge | ṅgai | ṅgo | ṅgau | ṅgaṃ | ṅgaḥ |
| ṅgha | ṅghā | ṅghi | ṅghī | ṅghu | ṅghū | ṅghe | ṅghai | ṅgho | ṅghau | ṅghaṃ | ṅghaḥ |
| ñca | ñcā | ñci | ñcī | ñcu | ñcū | ñce | ñcai | ñco | ñcau | ñcaṃ | ñcaḥ |
| ñcha | ñchā | ñchi | ñchī | ñchu | ñchū | ñche | ñchai | ñcho | ñchau | ñchaṃ | ñchaḥ |

ñja ñjā ñji ñjī ñju ñjū ñje ñjai ñjo ñjau ñjaṃ ñjaḥ

ñjha ñjhā ñjhi ñjhī ñjhu ñjhū ñjhe ñjhai ñjho ñjhau ñjhaṃ ñjhaḥ

ṇṭa ṇṭā ṇṭi ṇṭī ṇṭu ṇṭū ṇṭe ṇṭai ṇṭo ṇṭau ṇṭaṃ ṇṭaḥ

ṇṭha ṇṭhā ṇṭhi ṇṭhī ṇṭhu ṇṭhū ṇṭhe ṇṭhai ṇṭho ṇṭhau ṇṭhaṃ ṇṭhaḥ

ṇḍa ṇḍā ṇḍi ṇḍī ṇḍu ṇḍū ṇḍe ṇḍai ṇḍo ṇḍau ṇḍaṃ ṇḍaḥ

ṇḍha ṇḍhā ṇḍhi ṇḍhī ṇḍhu ṇḍhū ṇḍhe ṇḍhai ṇḍho ṇḍhau ṇḍhaṃ ṇḍhaḥ

nta ntā nti ntī ntu ntū nte ntai nto ntau ntaṃ ntaḥ

ntha nthā nthi nthī nthu nthū nthe nthai ntho nthau nthaṃ nthaḥ

nda ndā ndi ndī ndu ndū nde ndai ndo ndau ndaṃ ndaḥ

ndha ndhā ndhi ndhī ndhu ndhū ndhe ndhai ndho ndhau ndhaṃ ndhaḥ

mpa mpā mpi mpī mpu mpū mpe mpai mpo mpau mpaṃ mpaḥ

mpha mphā mphi mphī mphu mphū mphe mphai mpho mphau mphaṃ mphaḥ

| | | | | | | | | | | | |
|---|---|---|---|---|---|---|---|---|---|---|---|
| mba | mbā | mbi | mbī | mbu | mbū | mbe | mbai | mbo | mbau | mbaṃ | mbaḥ |
| mbha | mbhā | mbhi | mbhī | mbhu | mbhū | mbhe | mbhai | mbho | mbhau | mbhaṃ | mbhaḥ |
| ṅya | ṅyā | ṅyi | ṅyī | ṅyu | ṅyū | ṅye | ṅyai | ṅyo | ṅyau | ṅyaṃ | ṅyaḥ |
| ṅra | ṅrā | ṅri | ṅrī | ṅru | ṅrū | ṅre | ṅrai | ṅro | ṅrau | ṅraṃ | ṅraḥ |
| ṅla | ṅlā | ṅli | ṅlī | ṅlu | ṅlū | ṅle | ṅlai | ṅlo | ṅlau | ṅlaṃ | ṅlaḥ |
| ṅva | ṅvā | ṅvi | ṅvī | ṅvu | ṅvū | ṅve | ṅvai | ṅvo | ṅvau | ṅvaṃ | ṅvaḥ |
| ṅśa | ṅśā | ṅśi | ṅśī | ṅśu | ṅśū | ṅśe | ṅśai | ṅśo | ṅśau | ṅśaṃ | ṅśaḥ |
| ṅṣa | ṅṣā | ṅṣi | ṅṣī | ṅṣu | ṅṣū | ṅṣe | ṅṣai | ṅṣo | ṅṣau | ṅṣaṃ | ṅṣaḥ |
| ṅsa | ṅsā | ṅsi | ṅsī | ṅsu | ṅsū | ṅse | ṅsai | ṅso | ṅsau | ṅsaṃ | ṅsaḥ |
| ṅha | ṅhā | ṅhi | ṅhī | ṅhu | ṅhū | ṅhe | ṅhai | ṅho | ṅhau | ṅhaṃ | ṅhaḥ |
| ṅkṣa | ṅkṣā | ṅkṣi | ṅkṣī | ṅkṣu | ṅkṣū | ṅkṣe | ṅkṣai | ṅkṣo | ṅkṣau | ṅkṣaṃ | ṅkṣaḥ |

# 《悉曇十八章·第十六章》

## 紇哩章 (136 字)

本章重點：子音+□(ṛ),□(ṝ)+母音□(ṃ),□:(ḥ)的練習

第十六章是由 35 個子音，扣除(llaṃ)，共 34 個子音，以各子音的上半部接續半體，接續(ṛ)、(ṝ) 的摩多點畫(母音符號)□(ṛ)、□(ṝ)，再配上另兩個母音(aṃ)、(aḥ)的摩多點畫□(ṃ)、□:(ḥ)所構成。

例如(ka)字，上半部接續半體爲(ka)，配合本章的接續規則成(kṛ)、(kṝ)、(kṛṃ)、(kṛḥ)。

本章共有 136 字。最前一字爲「紇哩」(kṛ)所以名爲「紇哩章」。

### ▼ 本章梵字組成分析 (以下列舉幾個字例詳細說明)

(kṛ) =(ka) +□(ṛ)

*(kṛ)是由(ka)的上半部接續半體，加上(ṛ)的摩多點畫□(ṛ)所組成。

(kṝ) =(ka)+□(ṝ)

*(kṝ)是由(ka)的上半部接續半體，加上(ṝ)的摩多點畫□(ṝ)所組成。

(mṛṃ) =(ma) +□(ṛ) +□(aṃ)

*(mṛṃ)是由(ma)的上半部接續半體，加上(ṛ)的摩多點畫□(ṛ)，再加上短母音(aṃ)的摩多點畫□所組成。

(dṛḥ) = (da) + (ṛ) +□:(aḥ)

*(dṛḥ)是由(da)的上半部接續半體，加上(ṛ)的摩多點畫(ṛ)，再加上長母音(aḥ)的摩多點畫□:所組成。

(hṛ) = (ha) + (ṛ)

*(hṛ)是由(ha)的上半部接續半體，加上(ṛ)的摩多點畫(ṛ)所組成。

(hṝ) = (ha) + (ṝ)

*(hṝ)是由(ha)的上半部接續半體，加上(ṝ)的摩多點畫(ṝ)所組成。

(hṛṃ) = (ha) + (ṛ)+(aṃ)

*(hṛṃ)是由(ha)的上半部接續半體，加上(ṛ)的摩多點畫(ṛ)，再加上短母音(aṃ)的摩多點畫所組成。

(hṛḥ) = (ha) + (ṛ) +□:(aḥ)

*(hṛḥ)是由(ha)的上半部接續半體，加上(ṛ)的摩多點畫(ṛ)，再加上長母音(aḥ)的摩多點畫□:所組成。

(kṣṛ) = (kṣa) + (ṛ)

*(kṣṛ)是由(kṣa)的上半部接續半體，加上(ṛ)的摩多點畫(ṛ)所組成。

## ▼ 第十六章 136 字

kṛ　kṝ　kṛṃ　kṛḥ　khṛ　khṝ　khṛṃ　khṛḥ　gṛ　gṝ　gṛṃ　gṛḥ

ghṛ ghṝ ghṛṃ ghṛḥ ṅṛ ṅṝ ṅṛṃ ṅṛḥ cṛ cṝ cṛṃ cṛḥ

chṛ chṝ chṛṃ chṛḥ jṛ jṝ jṛṃ jṛḥ jhṛ jhṝ jhṛṃ jhṛḥ

ñṛ ñṝ ñṛṃ ñṛḥ ṭṛ ṭṝ ṭṛṃ ṭṛḥ ṭhṛ ṭhṝ ṭhṛṃ ṭhṛḥ

ḍṛ ḍṝ ḍṛṃ ḍṛḥ ḍhṛ ḍhṝ ḍhṛṃ ḍhṛḥ ṇṛ ṇṝ ṇṛṃ ṇṛḥ

tṛ tṝ tṛṃ tṛḥ thṛ thṝ thṛṃ thṛḥ dṛ dṝ dṛṃ dṛḥ

dhṛ dhṝ dhṛṃ dhṛḥ nṛ nṝ nṛṃ nṛḥ pṛ pṝ pṛṃ pṛḥ

phṛ phṝ phṛṃ phṛḥ bṛ bṝ bṛṃ bṛḥ bhṛ bhṝ bhṛṃ bhṛḥ

mṛ mṝ mṛṃ mṛḥ yṛ yṝ yṛṃ yṛḥ rṛ rṝ rṛṃ rṛḥ

lṛ lṝ lṛṃ lṛḥ vṛ vṝ vṛṃ vṛḥ śṛ śṝ śṛṃ śṛḥ

ṣṛ ṣṝ ṣṛṃ ṣṛḥ sṛ sṝ sṛṃ sṛḥ hṛ hṝ hṛṃ hṛḥ

kṣṛ kṣṝ kṣṛṃ kṣṛḥ

# 《悉曇十八章·第十七章》

## 難覺章 (396 字)

本章重點：子音+34 個子音+母音的練習

第十七章是由 35 個子音，扣除𑖩𑖿𑖩𑖽(llaṃ)，共 34 個子音，以各子音分別接續於𑖭(sa)、𑖟(da)等子音之後，再配上十二個母音（a, ā, i, ī, u, ū, e, ai, o, au, aṃ, aḥ）所構成。因爲沒有一定的接續規則，所以又名爲「難覺章」。本章共有 396 字，《悉曇字記》稱之爲「阿索迦章」。

### ▼ 本章梵字組成分析 (以下列舉幾個字例詳細說明)

𑖭𑖿𑖎(ska) =𑖭(sa) +𑖎(ka)

*𑖭𑖿𑖎(ska)是由𑖭(sa)的上半部接續半體，加上𑖎(ka)的下半部接續半體所組成。

𑖭𑖿𑖎𑖳(skū) =𑖭(sa) +𑖎(ka) +◌𑖳(ū)

*𑖭𑖿𑖎𑖳(skū)是由𑖭(sa)的上半部接續半體，加上𑖎(ka)的下半部接續半體，再加上長母音𑖄(ū)的摩多點畫◌𑖳所組成。

𑖭𑖿𑖏(skha) =𑖭(sa) +𑖏(kha)

*𑖭𑖿𑖏(skha)是由𑖭(sa)的上半部接續半體，加上𑖏(kha)的下半部接續半體所組成。

𑖟𑖿𑖐(dga) =𑖟(da) +𑖐(ga)

*𑖟𑖿𑖐(dga)是由𑖟(da)的上半部接續半體，加上𑖐(ga)的下半部接續半體所組成。

(ṅktra) = (ṅa) + (ka) + (ta) + (ra)

* (ṅktra)是由(ṅa)的上半部接續半體，加上(ka)的上半部接續半體，以及(ta) 的下半部接續半體，再加上(ra)的下半部接續半體所組成。

(vca) = (va) + (ca)

* (vca)是由(va)的上半部接續半體，加上(ca)的下半部接續半體所組成。

(jña) = (ja) + (ña)

* (jña)是由(ja)的上半部接續半體，加上(ña)的下半部接續半體所組成。

(ṣṭa) = (ṣa) + (ṭa)

* (ṣṭa)是由(ṣa)的上半部接續半體，加上(ṭa)的下半部接續半體所組成。

(dḍa) = (da) + (ḍa)

* (dḍa)是由(da)的上半部接續半體，加上(ḍa)的下半部接續半體所組成。

(rtsna) = (ra) + (ta) + (sa) + (na)

* (rtsna)是由(ra)的上半部接續半體，加上(ta)的上半部接續半體，以及(sa)的下半部接續半體，再加上(na)的下半部接續半體所組成。

(rkṣma) = (ra) + (kṣa) + (ma)

* (rkṣma)是由(ra)的上半部接續半體，加上

(kṣa)的上半部接續半體，以及(ma)的下半部接續半體所組成。

(rkṣvya) = (ra) +(kṣa)+ (va) +(ya)

*(rkṣvya)是由(ra)的上半部接續半體，加上(kṣa)的上半部接續半體，以及(va)的下半部接續半體，再加上(ya)的下半部接續半體所組成。

(rkṣvrya) = (ra) +(kṣa) + (va) + (ra)+(ya)

*(rkṣvrya)是由(ra)的上半部接續半體，加上(kṣa)的上部接續半體，以及(va)的下部接續半體、(ra)的下半部接續半體，再加上(ya)的下半部接續半體所組成。

## ▼ 第十七章 396 字

ska skā ski skī sku skū ske skai sko skau skaṃ skaḥ

skha skhā skhi skhī skhu skhū skhe skhai skho skhau skhaṃ skhaḥ

dga dgā dgi dgī dgu dgū dge dgai dgo dgau dgaṃ dgaḥ

dgha dghā dghi dghī dghu dghū dghe dghai dgho dghau dghaṃ dghaḥ

ṅktra ṅktrā ṅktri ṅktrī ṅktru ṅktrū ṅktre ṅktrai ṅktro ṅktrau ṅktraṃ ṅktraḥ vca vcā vci vcī vcu vcū vce vcai vco vcau vcaṃ vcaḥ

vcha vchā vchi vchī vchu vchū vche vchai vcho vchau vchaṃ vchaḥ

vja vjā vji vjī vju vjū vje vjai vjo vjau vjaṃ vjaḥ

vjha vjhā vjhi vjhī vjhu vjhū vjhe vjhai vjho vjhau vjhaṃ vjhaḥ

jña jñā jñi jñī jñu jñū jñe jñai jño jñau jñaṃ jñaḥ

ṣṭa ṣṭā ṣṭi ṣṭī ṣṭu ṣṭū ṣṭe ṣṭai ṣṭo ṣṭau ṣṭaṃ ṣṭaḥ

ṣṭha ṣṭhā ṣṭhi ṣṭhī ṣṭhu ṣṭhū ṣṭhe ṣṭhai ṣṭho ṣṭhau ṣṭhaṃ ṣṭhaḥ

dḍa dḍā dḍi dḍī dḍu dḍū dḍe dḍai dḍo dḍau dḍaṃ dḍaḥ

dḍha dḍhā dḍhi dḍhī dḍhu dḍhū dḍhe dḍhai dḍho dḍhau dḍhaṃ dḍhaḥ

ṣṇa ṣṇā ṣṇi ṣṇī ṣṇu ṣṇū ṣṇe ṣṇai ṣṇo ṣṇau ṣṇaṃ ṣṇaḥ

sta stā sti stī stu stū ste stai sto stau staṃ staḥ

stha sthā sthi sthī sthu sthū sthe sthai stho sthau sthaṃ sthaḥ

| | | | | | | | | | | | |
|---|---|---|---|---|---|---|---|---|---|---|---|
| vda | vdā | vdi | vdī | vdu | vdū | vde | vdai | vdo | vdau | vdaṃ | vdaḥ |
| vdha | vdhā | vdhi | vdhī | vdhu | vdhū | vdhe | vdhai | vdho | vdhau | vdhaṃ | vdhaḥ |
| rtsna | rtsnā | rtsni | rtsnī | rtsnu | rtsnū | rtsne | rtsnai | rtsno | rtsnau | rtsnaṃ | rtsnaḥ |
| spa | spā | spi | spī | spu | spū | spe | spai | spo | spau | spaṃ | spaḥ |
| spha | sphā | sphi | sphī | sphu | sphū | sphe | sphai | spho | sphau | sphaṃ | sphaḥ |
| dba | dbā | dbi | dbī | dbu | dbū | dbe | dbai | dbo | dbau | dbaṃ | dbaḥ |
| dbha | dbhā | dbhi | dbhī | dbhu | dbhū | dbhe | dbhai | dbho | dbhau | dbhaṃ | dbhaḥ |
| rkṣma | rkṣmā | rkṣmi | rkṣmī | rkṣmu | rkṣmū | rkṣme | rkṣmai | rkṣmo | rkṣmau | rkṣmaṃ | rkṣmaḥ |
| rkṣvya | rkṣvyā | rkṣvyi | rkṣvyī | rkṣvyu | rkṣvyū | rkṣvye | rkṣvyai | rkṣvyo | rkṣvyau | rkṣvyaṃ | rkṣvyaḥ |
| rkṣvrya | rkṣvryā | rkṣvryi | rkṣvryī | rkṣvryu | rkṣvryū | rkṣvrye | rkṣvryai | rkṣvryo | rkṣvryau | rkṣvryaṃ | rkṣvryaḥ |
| lta | ltā | lti | ltī | ltu | ltū | lte | ltai | lto | ltau | ltaṃ | ltaḥ |
| tkva | tkvā | tkvi | tkvī | tkvu | tkvū | tkve | tkvai | tkvo | tkvau | tkvaṃ | tkvaḥ |

| | | | | | | | | | | | |
|---|---|---|---|---|---|---|---|---|---|---|---|
| ṭśa | ṭśā | ṭśi | ṭśī | ṭśu | ṭśū | ṭśe | ṭśai | ṭśo | ṭśau | ṭśaṃ | ṭśaḥ |
| ṭṣa | ṭṣā | ṭṣi | ṭṣī | ṭṣu | ṭṣū | ṭṣe | ṭṣai | ṭṣo | ṭṣau | ṭṣaṃ | ṭṣaḥ |
| sha | shā | shi | shī | shu | shū | she | shai | sho | shau | shaṃ | shaḥ |
| vkṣa | vkṣā | vkṣi | vkṣī | vkṣu | vkṣū | vkṣe | vkṣai | vkṣo | vkṣau | vkṣaṃ | vkṣaḥ |

# 《悉曇十八章·第十八章》

## 無盡章、孤合章 (124 字)

本章重點：各種接續綜合練習

第十八章爲收錄所有前面十七章未收錄的字，都歸屬本章，所以又名爲「無盡章」。

此外，因爲本章排列順序，不同於前面各章的按子音順序排列，所以又名爲「孤合章」。

本章雖名爲「無盡章」，但實際只有 124 字。主要因爲本章是舉出各種不同接續範例，讓學習者能由此舉一反三，推敲學習。

本章所收接續範例有：

1. 「異體重字」，如(pta)、(ṭka)、(dsva)等。
2. 「兩重摩多」(一個字有兩個母音)，如(hūṃ)、(bhrūṃ)、(chrūṃ) 等。
3. 「當體重字」(子音重複)，如(tta)、(jhjha) 等。
4. 「半體半音」，如、(ya)半體等。
5. 「二合」，如(pta)；「三合」，如(dsva)；「四合」，如(ṭṣchra)等。
6. 「聯聲字」，(mṅka)。

「印文」，如 (śṛ)。

## ▼ 本章梵字組成分析 (以下列舉幾個字例詳細說明)

(pta) = (pa) + (ta)

* (pta)是由(pa)的上半部接續半體，加上(ta)的下半部接續半體所組成。

(ṭka) = (ṭa) + (ka)

* (ṭka)是由(ṭa)的上半部接續半體，加上(ka)的下半部接續半體所組成。

(dsva) = (da) + (sa) + (va)

* (dsva)是由(da)的上半部接續半體，加上(sa)的下半部接續半體，再加上(va)的下半部接續半體所組成。

(ṭṣchra) = (ṭa) + (ṣa) + (cha) + (ra)

* (ṭṣchra)是由(ṭa)的上半部接續半體，加上(ṣa)的下半部接續半體，及(cha)的下半部接續半體，再加上(ra)的下半部接續半體所組成。

(tta) = (ta) + (ta)

* (tta)是由(ta)的上半部接續半體，加上(ta)的下半部接續半體所組成。

(jhjha) = (jha) + (jha)

* (jhjha)是由(jha)的上半部接續半體，加上(jha)的下半部接續半體所組成。

(mṅka) = (ma) + (ṅa) + (ka)

* (mṅka)是由(ma)的上半部接續半體，加上(ṅa)的下半部接續半體，以及(ka)的下半部接

續半體所組成。

(bhrūṃ) = (bha) + (ra) +□(ū) +□(aṃ)

*(bhrūṃ)是由(bha)的上半部接續半體，加上(ra)的下半部接續半體，以及長母音(ū)的摩多點畫□，再加上短母音(aṃ) 的摩多點畫□所組成。

(chrūṃ) = (cha) + (ra) +□(ū) +□(aṃ)

*(chrūṃ)是由(cha)的上半部接續半體，加上(ra)的下半部接續半體，以及長母音(ū)的摩多點畫□，再加上短母音(aṃ) 的摩多點畫□所組成。

(hūṃ) = (ha) +□(ū) +□(aṃ)

*(hūṃ)是由(ha)的上半部接續半體，加上長母音(ū)的摩多點畫□，再加上短母音(aṃ) 的摩多點畫□所組成。

(śṝ) = (śa) +□(ṛ) +□(ī)

*(śṝ)是由(śa)的上半部接續半體，加上(ṛ)的摩多點畫□，再加上長母音(ī)的摩多點畫□所組成。

## ▼ 第十八章 124 字

pta ptā pti ptī ptu ptū pte ptai pto ptau ptaṃ ptaḥ

ṭka ṭkā ṭki ṭkī ṭku ṭkū ṭke ṭkai ṭko ṭkau ṭkaṃ ṭkaḥ

dsva dsvā dsvi dsvī dsvu dsvū dsve dsvai dsvo dsvau dsvaṃ dsvaḥ

ṭṣchra ṭṣchrā ṭṣchri ṭṣchrī ṭṣchru ṭṣchrū ṭṣchre ṭṣchrai ṭṣchro ṭṣchrau ṭṣchraṃ ṭṣchraḥ

tta ttā tti ttī ttu ttū tte ttai tto ttau ttaṃ ttaḥ

jhjha jhjhā jhjhi jhjhī jhjhu jhjhū jhjhe jhjhai jhjho jhjhau jhjhaṃ jhjhaḥ

ṭṭa ṭṭā ṭṭi ṭṭī ṭṭu ṭṭū ṭṭe ṭṭai ṭṭo ṭṭau ṭṭaṃ ṭṭaḥ

ṇṇa ṇṇā ṇṇi ṇṇī ṇṇu ṇṇū ṇṇe ṇṇai ṇṇo ṇṇau ṇṇaṃ ṇṇaḥ

nna nnā nni nnī nnu nnū nne nnai nno nnau nnaṃ nnaḥ

mṅka mṅkā mṅki mṅkī mṅku mṅkū mṅke mṅkai mṅko mṅkau mṅkaṃ mṅkaḥ

bhrūṃ chrūṃ hūṃ Śṛ

# 第三章
# 梵字悉曇咒語

# 一、梵文短咒範例

## 文殊五字咒

文殊師利菩薩，梵文名為 *Mañjuśrī*，漢字音譯為文殊尸利、曼殊室利、滿祖室哩等，簡稱為文殊、滿濡。別名文殊師利法王子、文殊師利童子或孺童文殊菩薩。mañju 音譯為文殊，是妙、美妙的意思；śri 是吉祥、繁榮、威嚴美好等意，常漢譯為德、勝、妙相、吉祥等，二字合起的意譯為妙吉祥或妙德。

有些經典記載文殊師利菩薩為歷史人物，如《文殊師利般涅槃經》中說：文殊師利菩薩生於多羅聚落梵德婆羅門家，出生之時家內屋宅化如蓮花，墮地即能說話如天童子。

也有經典說文殊師利菩薩早已成佛，如《首楞嚴三昧經》下卷中佛陀說：無量劫以前有一位「龍種上如來」，國名「平等」，……爾時平等世界的龍種上佛即文殊師利法王子。此外還有經典記其為當來佛或在他方世界教化的菩薩。

文殊駕獅子、普賢乘白象分侍釋迦牟尼佛左右兩側，三尊並稱為「華嚴三聖」。文殊象徵智、慧、證三德，普賢則顯示理、定、行三德。在修行上，文殊重在一切般若，普賢則重在一切三昧。

一般佛教徒根據大乘經典的說法，常將文殊菩薩當做掌管智慧的菩薩。其畫像為右手持金剛劍，左手把梵夾或青蓮花。文殊菩薩的形像也有不少是童子裝扮，一

五髻文殊

般多稱其爲文殊師利童子。在《華嚴經》〈入法界品〉第三十九之三，可見到五百童男與五百童女來拜見文殊師利童子聽他說法。一些大乘經典也皆以文殊師利爲上首菩薩；他在十方諸大菩薩中，總是居於領導地位。

文殊菩薩的種子字，最常見的是「𑖦𑖽滿*(maṃ)*」，取其梵文名 mañjuśri (文殊室利)的第一字。

文殊的咒語種類很多，較出名的短咒有「一字」、「五字」、「六字」、「八字」等，分別爲一髻文殊、五髻文殊、六髻文殊及八髻文殊的真言。其中以五髻文殊的五字咒最爲盛行。所謂「幾字」之說，是不計咒語的起始字「唵(oṃ)」，其字數以梵文悉曇字的字數爲準，漢譯有時會多一些。

《大正藏》所收與五字咒有關的經典共有六部（經號 1171 至 1176），其中五經爲不空所譯，一經爲金剛智所譯。一般最盛行的文殊菩薩咒語爲「**唵　阿囉跛者曩地** *oṃ a ra pa ca na dhīḥ*」，除去第一個起始語的「唵(*oṃ*)」字及最後一個種子字「*dhīḥ*」，中間五字常被稱爲「五字陀羅尼」，即此五字咒。但一般在唸誦時，在起始處會加上歸敬詞 oṃ，最後則加上種子字 dhīḥ。六個譯本中，「ca 和 na」所對應的漢字略有差異。

由《金剛頂瑜伽文殊師利菩薩經》，可知持誦〈文殊五字咒〉的主要功德爲：罪障消滅，獲無盡辯才，所求世間、出世間事悉得成就，離諸苦惱，五無間等一切罪障永盡無餘，證悟一切諸三昧門，獲大聞持，成阿耨多羅三藐三菩提等等。

同經又說：「一切如來所說法，攝入五字陀羅尼中，能令眾生般若波羅蜜多成就。」所謂般若波羅蜜多成就，即智慧成就。難怪一般佛教徒會認為持誦〈文殊五字咒〉可令人獲得智慧成就，且持此一咒就包含一切如來所說法。

## ▼〈文殊五字咒〉解析

有關五字咒意義的解釋，以《五字陀羅尼頌》中的偈誦最好記，其內容為：「阿(*a*)者無生義；囉(*ra*)無塵染義；跛(*pa*)無第一義，諸法性平等；者(*ca*)無諸行義；娜(*na*)無性相義。」

以下茲列出〈文殊五字咒〉的梵漢對照，並逐字說明其來源及意義：

| 〈梵字悉曇〉 | 𑖌𑖼 | 𑖀 | 𑖨 | 𑖢 | 𑖓 | 𑖡 | 𑖠𑖱𑖾 |
|---|---|---|---|---|---|---|---|
| 〈羅馬拼音〉 | *oṃ* | *a* | *ra* | *pa* | *ca* | *na* | *dhīḥ* |
| 〈漢字音譯〉 | (唵) | 阿 | 囉 | 跛 | 者 | 囊 | (地) |

𑖌𑖼（*oṃ*，唵）是歸敬語，通常用於真言的啓始處。依《守護國界經》卷九記載，「唵」字即指一切法門、毗盧遮那佛之真身、一切陀羅尼母等，從此字能出生一切如來。而空海大師於《祕藏記》中也說，「唵」有歸命、供養、三身、驚覺、攝伏等五義。

𑖀（*a*，阿）是 anutpāda 的第一個悉曇字，此字原為 an-utpāda，an（同 a）是否定語，但用於母音之前；*utpāda* 為生之意，英文為 birth, production。an-utpāda 為無生、無有生等意。因此被解釋為一切法不生；在《五字陀羅尼頌》中「阿(a)」為無生義。

𑖨（*ra*，囉）是 rāga 或 rati 的第一個悉曇字，rāga 漢譯

爲貪、貪愛、貪欲、愛染、欲著等意。rati 漢譯爲愛樂、喜樂、欣慰、染著。釋爲成熟有情解脫各種染著；在《五字陀羅尼頌》中「囉(ra)」爲無塵染義。

𑖢（*pa*，跛）是 paramārtha 的第一個悉曇字，漢譯爲勝義、最勝義、真實、第一義、真諦、真如、實性。釋爲一切法性空故，所取能取皆泯；在《五字陀羅尼頌》中「跛(pa)」爲無第一義，諸法性平等。

𑖓（*ca*，者）是 caryā 的第一個悉曇字，漢譯爲行、所行、所行道、事、業。釋爲行六波羅蜜之菩提道；在《五字陀羅尼頌》中「者(ca)」爲無諸行義。

囉(*ra*)，跛(*pa*)，者(*ca*)之前加有否定詞(a)，亦即第一個字阿(a)，因而變成無塵染義、無第一義及無行義。

𑖡（*na*，曩）是 nairātmya (或 nairātma) 的第一個悉曇字，漢譯爲無性或無我。釋爲一切法無實體故，人法無我；在《五字陀羅尼頌》中「娜(na)」爲無性相義。

𑖠𑖱𑖾（*dhīḥ*，地）是文殊菩薩的種子字。此種子字也有用 𑖠𑖰𑖾 dhiḥ、𑖠𑖱 dhī 或 𑖠𑖰 dhi 等不同說法。

在佛典中有關字母字門的資料很多，以四十二及五十字門兩種爲主。五十字門與今日的梵文字母相同；四十二字門雖各家說法不一，但每家的前五個字母都是「a-ra-pa-ca-na」，〈文殊五字咒〉即是取用這五個字，足見其重要性及深具緣起上的密意。所以〈文殊五字咒〉全咒雖皆由梵字悉曇字母組成，不涉及梵字的組合變化，在此還是將其收錄於文中作爲應用範例之一，期望學者都能蒙受文殊菩薩加持護佑，總持一切陀羅尼教法，現證甚深般若。

# 大悲咒的心咒

在現代繁忙的工商社會裏，面對數量驚人的種種資訊，修行人每日可用來持咒與修行的時間極有限。因此誦持簡短的「心咒」，應該是有效的解決方法之一！

照密教行者的說法，持一遍「心咒」之功德，與持一遍「完整的咒語」，乃至誦一遍完整的述說該咒語來源與功效等之「經典」，其功德相同。以〈大悲咒〉（請參閱本章後文）爲例，可說持一次大悲咒的心咒，與持一遍八十四句根本咒型的〈大悲咒〉，乃至誦一遍《大悲心陀羅尼經》，其功德相同。

而此大悲咒的心咒也被視爲是千手觀音及觀自在菩薩等諸菩薩的心咒，具有不可思議的威勢力。

## ▼ 大悲咒的心咒解析

以下茲列出大悲咒的心咒的梵字、羅馬拼音及漢文音譯對照如下，並逐字解說：

|  |  |  |  |  |  |  |
|---|---|---|---|---|---|---|
| 〈梵字悉曇〉 | 𑖌𑖽 | 𑖪 | 𑖕𑖿𑖨 | 𑖠 | 𑖨𑖿𑖦 | 𑖮𑖿𑖨𑖱𑖾 |
| 〈羅馬拼音〉 | *oṃ* | *va* | *jra* | *dha* | *rma* | *hrīḥ* |
| 〈漢字音譯〉 | 唵 | 嚩 | 日囉 | 達 | 磨 | 紇哩 |

𑖌𑖽 (*oṃ*，唵)是咒語常見的起始句。

𑖌𑖽 oṃ 是由母音字母𑖌 o 加上母音𑖀𑖽 aṃ 的摩多點畫◌𑖽而成。發音爲 o＋ṃ＝oṃ

𑖪𑖕𑖿𑖨 (*vajra*，嚩日囉)，意思是金剛。

𑖕𑖿𑖨 jra 字是由𑖕 ja 的上半部接續半體𑖕𑖿，加上𑖨 ra 的下半部接續半體◌𑖿𑖨所組成。發音爲 j＋ra＝jra。

(*dharma*，達摩)，意思是法。

rma 字是由 ra 的上半部接續半體，加上子音字母第 25 字 ma 所組成。發音爲 r＋ma＝rma。

(*hrīḥ*，紇哩)，是阿彌陀佛、千手千眼觀世音菩薩等多位佛菩薩的共通種子字。

hrīḥ 是由 ha 的上半部接續半體，加上 ra 的下半部接續半體，再加上母音 ī 的摩多點畫、及母音 aḥ 的摩多點畫所組成。發音爲 h＋r＋ī＋ḥ＝hrīḥ。

使用此咒做〈大悲咒〉的心咒，在中日韓地區已行之長遠，例如《安樂妙寶》、東密的《覺釋抄》、台密的《行娑婆抄》皆這麼用。而坊間或寺廟裏流通量極大的所謂善書型的〈大悲咒〉經本或相圖本，也常見到在〈大悲咒〉本文後附上此〈大悲咒心咒〉。

在此建議讀者，能常持根本咒型完整的 84 句 415 字〈大悲咒〉當然是最好，若實在無法背長咒，或因時間不夠只能持短咒，則建議可持此心咒。至於誦持法我建議長短兼持，即每日早晨先持數次 84 句型 415 字的〈大悲咒〉，之後繼續持數百次〈大悲咒心咒〉，並在當天任何可持誦的時間隨時隨地繼續持此心咒。

**悉曇字大悲咒的心咒咒輪**

自利利他型

自利型

利他型

## 大白傘蓋佛母心咒

大白傘蓋佛母又稱爲大白傘蓋佛頂、白傘蓋佛頂、白繖蓋佛頂輪王。爲五佛頂或八佛頂尊之一。乃由一切如來頂髻所化現，依《大日經義釋》卷七中說，白傘蓋佛頂爲如來眾相之頂。其主彰顯如來無見頂相五種特德中的如來頂相遍覆一切之用的特德。以其三昧耶形爲大白傘蓋，所以名之。全名是一切如來頂髻中出白傘蓋佛母，是以息災功能著名於密教界的本尊。

很多人耳熟能詳的〈大白傘蓋佛母心咒〉，也就是在《大白傘蓋總持陀羅尼經》中可見到（T 19. 977. p406c）的〈大白傘蓋堅甲咒〉「吽 麻麻吽禰　莎曷」。此咒的「根本咒」〈大白傘蓋佛母咒〉一直被許多人當做是〈楞嚴咒〉的同義詞。

大白傘蓋佛母，是在元代傳入我國的密法。以大白傘蓋佛母爲本尊的密教修法稱爲「大白傘蓋佛母法」。相傳此法威力甚大，若能如法修持，則「能令有情解脫一切繫縛，亦能迴遮一切憎嫌惡夢或冤讎，並一切災難，亦能摧壞八萬四千邪魔，亦能歡悅二十八宿」。大白傘蓋佛母的真言就是楞嚴咒心，持此咒能滅淫欲，消災第一，是修持佛法者不可或缺的功課之一。又依經文所載，除了依照密教儀軌修持之外，若有人將大白傘蓋佛母真言，寫在樺皮、白氈或樹皮上，然後戴在身上或頸項上，也有滅罪息災與淨化心靈的功德。

其具體的修持方法載於《大白傘蓋總持陀羅尼經》，該經云：「

**欲誦咒時，自己心中蓮華日輪上，唵字周圍繞心，**

大白傘蓋佛母

**咒及長短總持等於彼，放光遣除自他一切罪障，及間斷等想已，然後讀誦。」**

有關其形像，依《大白傘蓋總持陀羅尼經》所載為：「一面二臂具三目，金剛跏趺而坐。右手作無怖畏印，左手執白傘當胸。嚴飾種種瓔珞，身色潔白如雪山上日光明照。」此外也有其千臂千首的記載。而西藏所傳大白傘蓋佛母的形像則是「白傘蓋母身色白，一頭二臂面三目，身被天衣冠寶冠。手足掌心各一目，左持傘蓋右施願，金剛跏趺坐蓮月。」

大白傘蓋佛母的相關經典在《大正藏》第十九冊中收有三部：(1)《白傘蓋大佛頂王最勝無比大威德金剛無礙大道場陀羅尼念誦法要》(T 19. 975. pp.398~401)，(2)《佛頂大白傘蓋陀羅尼經》(T 19. 976. pp.401~404)，(3)《佛說大白傘蓋總持陀羅尼經》(卷末附有〈大白傘蓋佛母總讚歎禱祝偈〉) (T 19. 977. pp.404~407)。

茲列出本咒的悉曇字、羅馬拼音及漢文音譯如下：

〈梵字悉曇〉
〈羅馬拼音〉*hūṃ ma ma hūṃ ni svā hā*
〈漢文音譯〉吽 麻 麻 吽 禰 莎 曷

## ▼〈大白傘蓋佛母心咒〉梵字組成解析

1.本咒第 1 及第 4 字：hūṃ

＝ ha＋ ū＋ aṃ＝hūṃ

hūṃ 是由 ha 的上半部接續半體，加上母音 ū 的摩多點畫，再加上母音 aṃ 的摩多點畫所組成。發音為 h＋ū＋ṃ＝hūṃ。

2.本咒第 2 及第 3 字：ma

ma 為梵文悉曇子音字母第 25 個。

3.本咒第 5 字：ni

＝ na＋□ i＝ni

ni 是由子音 na 加上母音 i 的摩多點畫□所組成。發音為 n＋i＝ni。

4.本咒第 6 字：svā

＝ sa＋ va＋□ ā＝svā

svā 是由子音 sa 的上半部接續半體，加上子音 va 的下半部接續半體，再加上母音 ā 的摩多點畫□所組成。發音為 s＋v＋ā＝svā。

5.本咒第 7 字：hā

＝ ha＋□ ā＝hā

hā 是由子音 ha 的上半部接續半體，加上母音 ā 的摩多點畫□所組成。發音為 h＋ā＝hā。

**悉曇字〈大白傘蓋佛母心咒〉咒輪**

自利利他型　自利型　利他型

# 二、梵文中咒範例—東西兩淨土真言

## 藥師咒

藥師如來 (梵名 Bhaisajya–guru-vaiḍūrya-prabha -rājāya) ，全稱爲藥師琉璃光王如來，通稱爲藥師琉璃光如來，簡稱藥師佛。其以能拔除生死之病故名藥師，能照度三有之黑闇故名琉璃光。現在爲東方琉璃世界的教主，領導著以日光菩薩、月光菩薩二大菩薩爲上首的無量菩薩及十二神將等眷屬，化導眾生。

據《藥師經》記載，聞說藥師名號，即得滅罪往生；而修習藥師法及誦持〈藥師咒〉，可除病離苦。藥師法在漢地、日本以及西藏一直都相當盛行，被簡稱爲〈藥師咒〉的咒語，是「藥師琉璃光王如來」系統的根本咒。此咒在被編入〈十小咒〉中做爲第六咒，並定名爲〈藥師灌頂真言〉後，成爲中國佛教徒每日必誦的咒語之一。

**藥師如來種子字**(bhai)

東方琉璃淨土教主--藥師琉璃光如來

## ▼梵文〈藥師咒〉悉曇字解析

梵文〈藥師咒〉，其悉曇梵字共有 51 字，在本節中將逐字解析藥師咒每個梵字的組成與發音，以便讀者學習。茲將全咒內容排成 7×7 的型式，最下爲兩個字 svāhā，每字一一編號，以便對照，並附羅馬拼音如下：

| | | | | | | |
|---|---|---|---|---|---|---|
| 1 na | 2 mo | 3 bha | 4 ga | 5 va | 6 te | 7 bhai |
| 8 ṣa | 9 jya | 10 gu | 11 ru | 12 vai | 13 ḍū | 14 rya |
| 15 pra | 16 bhā | 17 rā | 18 jā | 19 ya | 20 ta | 21 thā |
| 22 ga | 23 tā | 24 yā | 25 rha | 26 te | 27 sa | 28 mya |
| 29 ksaṃ | 30 bu | 31 ddhā | 32 ya | 33 ta | 34 dya | 35 thā |
| 36 oṃ | 37 bhai | 38 ṣa | 39 jye | 40 bhai | 41 ṣa | 42 jye |
| 43 bhai | 44 ṣa | 45 jya | 46 sa | 47 mu | 48 dga | 49 te |
| | | 50 svā | | 51 hā | | |

悉曇字〈藥師咒〉

## ▼〈藥師咒〉的梵字組成方式及發音解析

建議讀者在看本文時，能對照悉曇字母表或接續表，將有很好的學習效果。以下逐字說明〈藥師咒〉的梵字組成方式：

(1)、第 1 字𑖡：𑖡是子音第 20 字，念作 na。

(2)、第 2 字𑖦𑖺：

𑖦𑖺=𑖦+◌𑖺= mo

𑖦𑖺的主體是子音第 25 字 ma 𑖦，取其 m 音，再於左上方與右上方加上母音第 13 字 o 𑖌的「摩多點畫◌𑖺」，變成 m+o 𑖦𑖺，念作 mo。

(3)、第 3 字𑖥：𑖥是子音第 24 字，念作 bha。

(4)、第 4,22 字𑖐：𑖐是子音第 24 字，念作 ga。

(5)、第 5 字𑖪：𑖪是子音第 29 字，念作 va。

(6)、第 6,26,49 字𑖝𑖸：

𑖝𑖸=𑖝+◌𑖸= te

𑖝𑖸的主體是子音第 16 字𑖝 ta，取其 b 音，再於左上方加上母音第 11 字 e 𑖊的「摩多點畫◌𑖸」，變成 b+e 𑖝𑖸，念作 te。

(7)、第 7,37,40,43 字𑖥𑖹：

𑖥𑖹=𑖥+◌𑖹= bhai

𑖥𑖹的主體是子音第 24 字𑖥 bha，取其 bh 音，再於上方加上母音第 12 字 ai 𑖋的「摩多點畫◌𑖹」，變成 bh+ai 𑖥𑖹，念作 bhai。

(8)、第 8,38,41,44 字𑖬：𑖬是子音第 31 字，念作 ṣa。

(9)、第 9、45 字：

=()+()=jya

是由子音第 8 字 ja 的上部「接續半體」，取其 j 音，再於下方加上子音第 26 字 ya 的下部「接續半體」，變成 j+ya，念作 jya。

(10)、第 10 字：

=+=gu

的主體是子音第 3 字 ga，取其 g 音，再於下方加上母音第 5 字 u 的「摩多點畫」，變成 g+u，念作 gu。

(11)、第 11 字：

=+= ru

的主體是子音第 27 字 ra，取其 r 音，再於一豎的中間加上母音第 5 字 u 的「摩多點畫」，變成 r+u，念作 ru。

(12)、第 12 字：

=+= vai

的主體是子音第 29 字 va，取其 v 音，再於上方加上母音第 12 字 ai 的「摩多點畫」，變成 v+ai，念作 vai。

(13)、第 13 字：

=+= ḍū

的主體是子音第 13 字 ḍa，取其 ḍ 音，再於下方加上母音第 6 字 ū 的「摩多點畫」，變成 ḍ+ū，念作 ḍū。

(14)、第 14 字：

=(  )+(  )=rya

是由子音第 27 字 ra 的上部「接續半體 」，取其 r 音，再於下方加上子音第 26 字 ya 的下部「接續半體」，變成 r+ya，念作 rya。

(15)、第 15 字：

=(  )+(  ) =pra

的上半部爲子音第 21 字 pa 的上部「接續半體」，取其 p 音，再於下方加上子音第 27 字的 ra 的下部「接續半體」，變成 p+ra，念作 pra。

(16)、第 16 字：

=+= bhā

的主體是子音第 24 字 bha，取其 bh 音，再於右上角加上母音第 2 字 ā 的「摩多點畫」，變成 bh+ā，念作 bha。

(17)、第 17 字：

=+= rā

的主體是子音第 27 字 ra，取其 r 音，再於右上角加上母音第 2 字 ā 的「摩多點畫」，變成 r+ā，念作 rā。

(18)、第 18 字：

= +□= jā

的主體是子音第 8 字 ja，取其 j 音，再於右上角加上母音第 2 字 ā 的「摩多點畫□」，變成 j+ā ，念作 jā。

(19)、第 19,32 字：是子音第 26 字，念做 ya。

(20)、第 20,33 字：是子音第 16 字，念做 ta。

(21)、第 21,35 字：

= +□= thā

的主體是子音第 17 字 tha，取其 th 音，再於右上角加上母音第 2 字 ā 的「摩多點畫□」，變成 th+ā ，念作 thā。

(22)、第 23 字：

= +□= tā

的主體是子音第 16 字 ta，取其 t 音，再於右上角加上母音第 2 字 ā 的「摩多點畫□」，變成 t+ā ，念作 tā。

(23)、第 24

=+□= yā

是由子音第 27 字 ya 取其 y 音，加上長母音 ā 的摩多點畫□所組成。發音爲 y+ā，唸作長音 yā。此字是由如來(tathāgatā*ya*)最後的 ya，加上應供(arhate)中的第一個 a 而變成長音 ya+a=yā。

(24)、25 字：

=( )+= rha

是由子音第 27 字 ra 的上部「接續半體 」，取其 r 音，再於下方加上子音第 33 字 ha，變成 r+ha ，念作 rha。

(25)、第 27,46 字：

爲子音第 32 字，念作 sa

(26)、第 28 字：

=( )+( )= mya

是由子音第 25 字 ma 的上部「接續半體 」，取其 m 音，再於下方加上子音第 26 字 ya 的下部「接續半體 」，變成 m+ya ，念作 mya。

(27)、第 29 字：

= ( )+( )+□= ksaṃ

由三部份組成：主體的上半部爲子音第 1 字 ka 的上部「接續半體 」，取其 k 音；下半部爲子音第 32 字 sa 的下部「接續半體 」，取其 s 音。再於體文上方加上母音第 15 字 aṃ 的「摩多點畫 □」，合起來變成 k+s+aṃ ，念作 ksaṃ。

(28)、第 30 字：

=+□= bu

的主體是子音第 23 字 ba，取其 b 音，再於下方加上母音第 5 字 u 的「摩多點畫□」，變成 b+u ，念作 bu。

(29)、第 31 字：

𑖟𑖿𑖠𑖯 = 𑖟 ( 𑖟𑖿 ) + 𑖠 ( 𑖠 ) + □𑖯 = ddhā

𑖟𑖿𑖠𑖯 由三部份組成：主體的上半部爲子音第 18 字 𑖟 da 的上部「接續半體 𑖟𑖿 」，取其 d 音；下半部爲子音第 19 字 𑖠 dha 的下部「接續半體 𑖠 」，取其 dh 音。再於體文右上角加上母音第 2 字 ā 𑖁𑖯 之「摩多點畫 □𑖯 」，合起來變成 d+dh+ā 𑖟𑖿𑖠𑖯 ，念作 ddhā。

(30)、第 34 字 𑖟𑖿𑖧 ：

𑖟𑖿𑖧 = 𑖟 ( 𑖟𑖿 ) + 𑖧 ( 𑖧 ) = dya

𑖟𑖿𑖧 是由子音第 18 字 𑖟 da 的上部「接續半體 𑖟𑖿 」，取其 d 音，再於下方加上子音第 26 字 𑖧 ya 的下部「接續半體 𑖧 」，變成 d+ya 𑖟𑖿𑖧 ，念作 dya。

(31)、第 36 字 𑖌𑖽 ：

𑖌𑖽 = 𑖌 + □𑖽 = oṃ

𑖌𑖽 的主體是母音第 13 字 𑖌 o，取其 o 音，再於上方加上母音第 15 字 aṃ 𑖀𑖽 的「摩多點畫 □𑖽 」，變成 o+ṃ 𑖌𑖽 ，念作 oṃ。

(32)、第 39,42 字 𑖕𑖿𑖧𑖸 ：

𑖕𑖿𑖧𑖸 = 𑖕 ( 𑖕𑖿 ) + 𑖧 ( 𑖧 ) + □𑖸 = jye

𑖕𑖿𑖧𑖸 由三部份組成：主體的上半部爲子音第 8 字 𑖕 ja 的上部「接續半體 𑖕𑖿 」，取其 j 音；下半部爲子音第 26 字 𑖧 ya 的下部「接續半體 𑖧 」，取其 y 音。再於體文左上角加上母音第 11 字 e 之「摩多點畫 □𑖸 」，合起來變成 j+y+e 𑖕𑖿𑖧𑖸 ，念作 jye。

(33)、第 47 字 [illegible] ：

𑖦𑖲=𑖦+◌𑖲= mu

𑖦𑖲的主體是子音第 25 字𑖦 ma，取其 m 音，再於下方加上母音第 5 字 u 𑖄的「摩多點畫◌𑖲」，變成 m+u 𑖦𑖲，念作 mu。

(34)、第 48 字𑖟𑖿𑖐：

𑖟𑖿𑖐=𑖟(𑖟𑖿)+𑖐(𑖿𑖐)= dga

𑖟𑖿𑖐是由子音第 18 字𑖟 da 的上部「接續半體𑖟𑖿」，取其 d 音，再於下方加上子音第 3 字𑖐 ga 的下部「接續半體𑖿𑖐」，變成 d+ga 𑖟𑖿𑖐，念作 dga。

(35)、第 50 字𑖭𑖿𑖪𑖯：

𑖭𑖿𑖪𑖯=𑖭(𑖭𑖿)+𑖪(𑖿𑖪)+◌𑖯 = svā

𑖭𑖿𑖪𑖯由三部份組成：上半部主體爲子音第 32 字𑖭 sa 的上部「接續半體𑖭𑖿」，取其 s 音；下半部爲子音第 29 字𑖪 va 的下部「接續半體𑖿𑖪」，取其 v 音。再於右上方加上母音第 2 字 ā 𑖁之「摩多點畫◌𑖯」，合起來變成 s+v+ā 𑖭𑖿𑖪𑖯，念成 svā，是 sva 的長音。

(36)、第 51 字𑖮𑖯：

𑖮𑖯=𑖮+◌𑖯 = svā

𑖮𑖯的主體是子音第 33 字𑖮 ha，取其 h 音，再於右上方加上母音第 2 字 ā 𑖁的「摩多點畫◌𑖯」，變成 h+ā 𑖮𑖯，念 hā。

## ▼〈藥師咒〉釋義

〈藥師咒〉是個全文皆有意義的梵文咒語，意義是：「禮敬世尊藥師琉璃光如來、應供、正等覺！即說咒曰：唵！藥！藥！藥生起來！刷哈！」

爲了方便學習與記憶，在此將型式完整之咒語，依其內容結構分成五段：

(一)、歸敬文

(二)、即說咒曰

(三)、中心內容

(四)、祈願祝禱

(五)、結語

茲依此五段式分段法，逐段解釋說明〈藥師咒〉意義，並將悉曇梵字、羅馬拼音、漢文音譯及漢文義譯，依次並列如下：

### (一)歸敬文：

咒文一開始經常是以正式全名禮敬該咒主角，本咒主角是藥師，因此一開始先「『禮敬』這位『世尊藥師琉璃光王如來、應供、正等覺』」。

〈梵文〉𑖡𑖦𑖺　𑖥𑖐𑖪𑖝𑖸<br>
〈拼音〉*namo*　*bhagavate*<br>
〈漢音〉南謨　薄伽伐帝<br>
〈漢譯〉禮敬　世尊

〈梵文〉
〈拼音〉*bhaiṣajya- guru-*
〈漢音〉鞞殺社　　　窶嚕
〈漢譯〉藥　　　　　師

〈梵文〉
〈拼音〉*vaiḍūrya-prabhā-rājāya*
〈漢音〉薛琉璃　　鉢喇婆　喝囉闍也
〈漢譯〉琉璃　　　光　　　王

〈梵文〉
〈拼音〉*tathāgatāya　arhate*
〈漢音〉怛他揭多也　阿囉喝帝
〈漢譯〉如來　　　　應供

〈梵文〉
〈拼音〉*samyaksaṃbuddhāya*
〈漢音〉三藐三勃陀耶
〈漢譯〉正等覺

①（*namo*，南謨），即南無，是禮敬，歸命之意。
（*bhagavate*，薄伽伐帝），意爲世尊。

②（*bhaiṣajya*，鞞殺社），意爲藥。
（*guru*，窶嚕），意爲師、上師。

③（*vaiḍūrya*，薛琉璃），一般常簡稱爲琉璃，是個音譯的外來語。
（*prabhā*，鉢喇婆），意爲光。

（*rājāya*，喝囉闍也），來自 rāja 一詞。rāja

是王；(a)ya 是梵文的與格(Dative)字尾，表示禮敬的對象。②與③全句合起來譯爲藥師琉璃光王。

④𑖝𑖞𑖯𑖐𑖝𑖯𑖧（*tathāgatāya*，怛他揭多也），是由 tathāgata (意爲如來)，後面加與格字尾(a)ya而來。𑖀𑖨𑖿𑖮𑖝𑖸（*arhate*，阿囉喝帝)，來自arhat加與格字尾e，是阿羅漢，應供之義。
這兩句爲作成49句的咒牌，所以依梵文的連音規則，將第一句𑖝𑖞𑖯𑖐𑖝𑖯𑖧最後一字𑖧ya與第二句𑖀𑖨𑖿𑖮𝖝𑖸第一字𑖀a相連成一個字𑖧𑖯yā。)

⑤𑖭𑖦𑖿𑖧𑖎𑖿𑖭𑖽𑖤𑖲𑖟𑖿𑖠𑖯𑖧（*samyksaṃbuddhāya*，三藐三勃陀耶)，來自samyaksaṃbuddha加與格字尾(a)ya，意爲正等覺、正遍知、正等覺者。
④、⑤合起來是如來、應供、正等覺，是常見的對如來之尊稱，也是如來十號的前三號。記憶時請將梵文逐字分開記。

## (二)即說咒曰：

看到一個咒語，最好的提綱契領，就是先找出「怛侄他(tadyatha)」這一句。此句在玄奘漢譯《心經》中譯成「即說咒曰」，是咒語內容的重要分水嶺。在型式完整的咒語裏，此句之前是歸敬文(一)，此句之後是咒語的中心內容(三)。

〈梵文〉𑖝𑖟𑖿𑖧𑖞𑖯
〈拼音〉*tadyathā*
〈漢音〉怛姪他
〈漢譯〉即說咒曰：

①姪 (也有譯成侄) 在台語仍念做 dy 或 dya，因此本句在

本咒漢譯當年是個正確的音譯。

②在〈往生咒〉中此句譯為「怛地夜他」。

③此句英文常譯為 It runs like this:。

④ th 可念成 t。

(三)中心內容：

| | | | |
|---|---|---|---|
| 〈梵文〉 | 𑖌𑖽 | 𑖥𑖹𑖬𑖕𑖿𑖧𑖸 | 𑖥𑖹𑖬𑖕𑖿𑖧𑖸 |
| 〈拼音〉 | *oṃ* | *bhaiṣajye* | *bhaiṣajye* |
| 〈漢音〉 | 唵 | 鞞殺逝 | 鞞殺逝 |
| 〈漢譯〉 | 唵！ | 藥！ | 藥！ |

①𑖌𑖽 (*oṃ*，唵)，是咒語中心內容段常見的起始句。

②𑖥𑖹𑖬𑖕𑖿𑖧𑖸 (*bhaiṣajye*，鞞殺逝)，是 bhaiṣajya 的位格，意思是藥。位格(Locative)表示位置，用英文來說大概相當於「in,on,at 藥」，用日文來說大概相當於「藥に」或「藥について」，漢文可說是「關於藥」或「有關藥」如何如何。

③咒語用字精簡，往往只是幾個單字，幾乎不用完整的句子。因此在翻譯時我較贊成依原咒文的型式只做簡單的譯出，或頂多加上原字的格變化的簡單解釋。

(四)祈願祝禱：

在咒語的中心內容(三)之後，結語(五)之前，常會有一段祈求本咒成就，或祝禱本咒圓滿的祈願祝禱文(四)。

〈梵文〉

〈拼音〉*bhaiṣajya samudgate*

〈漢音〉鞞殺社　　三沒揭帝

〈漢譯〉藥　　　　生起來！

①(*bhaiṣajya*，鞞殺社)，是藥。
(*samudgate*，三沒揭帝)，來自 samudgata，英文是 risen up, come forth, appeared, begun 等意思，漢文是出生、出現、成就等意思。三沒揭帝(samudgate)的字源是 sam+ud+gaṃ，用英文來看 sam 是 together, ud 是 up, gaṃ 是 go，因此 samudgata 直譯是 going up together 或 rising up together。

②我將本咒此段當做「祈願祝禱文」，是「祈求生起能解除眾生病痛的藥」的意思。當然由於三沒揭帝(samudgate)的 te 的關係，本句也可解釋為「關於藥生起來這件事」。

（五）結語：

〈梵文〉

〈拼音〉*svāhā*

〈漢音〉莎婆訶

〈漢譯〉刷哈(成就)！

①(*svāhā*，莎婆訶)是咒語最常見的結尾文，發音接近現代國語的「刷哈」。印順導師在他的《般若經講記》最後一頁中說：「『薩婆訶』這一句，類似耶教禱詞中的『阿門』，道教咒語中的『如律令』。」這應該是向現代人解釋「娑婆訶」時，最簡單而且最容易明瞭的解釋法。

▼〈藥師咒〉梵字、羅馬拼音、漢文音譯及漢文義譯對照全文：

| *namo* | *bhagavate* | *bhaiṣajya –* | *guru -* | *vaiḍūrya-* |
|---|---|---|---|---|
| 南謨 | 薄伽伐帝 | 鞞殺社 | 窶嚕 | 薜琉璃 |
| 禮敬 | 世尊 | 藥 | 師 | 琉璃 |

| *prabhā -* | *rājāya* | *tathāgatāya* | *arhate* |
|---|---|---|---|
| 鉢喇婆 | 喝囉闍也 | 怛他揭多也 | 阿囉喝帝 |
| 光 | 王 | 如來 | 應供 |

| *samyaksaṃbuddhāya* | *tadyathā* |
|---|---|
| 三藐三勃陀耶 | 怛姪他 |
| 正等覺 | 即說咒曰： |

| *oṃ* | *bhaiṣajye* | *bhaiṣajye* |
|---|---|---|
| 唵 | 鞞殺逝 | 鞞殺逝 |
| 唵！ | 藥！ | 藥！ |

| *bhaiṣajya* | *samudgate* | *svāhā* |
|---|---|---|
| 鞞殺社 | 三沒揭帝 | 莎婆訶 |
| 藥 | 生起來！ | 刷哈(成就)！ |

悉曇梵文藥師灌頂真言

梵音藥師灌頂真言

| | | | | | | |
|---|---|---|---|---|---|---|
| Na | mo | bha | ga | va | te | bhai |
| ṣa | jya | gu | ru | vai | dū | rya |
| pra | bhā | rā | jā | ya | ta | thā |
| ga | tā | yā | rha | te | sa | mya |
| ksaṃ | bu | ddhā | ya | ta | dya | thā |
| oṃ | bhai | ṣa | jye | bhai | ṣa | jye |
| bhai | ṣa | jya | sa | mu | dga | te |
| | | svā | | hā | | |

# 往生咒

阿彌陀(梵名 Amitābha 或 Amitā yus )，梵名意譯爲無量光或無量壽，乃是西方極樂世界教主。現今正引領以觀世音菩薩、大勢至菩薩爲上首的無量眷屬，化導一切眾生。

在中國佛教寺院中，阿彌陀佛與中央釋迦牟尼佛、東方藥師佛並列，被尊爲「三寶佛」。而在藏傳佛教中，則與佛頂尊勝佛母、白度母並稱爲「長壽三尊」。

阿彌陀佛悲願廣大，慈心深切，其念佛法門，簡單易行，因此，在信仰大乘的國度中，阿彌陀佛佔有極重要的地位，中國「家家阿彌陀，戶戶觀世音」的說法，正是彌陀信仰普遍流傳的寫照。歷代以來，高僧大德信士，往生極樂淨土者，更是時有所聞。

因此，簡短的彌陀〈往生咒〉也就普爲中國佛教徒所持誦。然而，由〈往生咒〉的全稱〈拔一切業障根本得生淨土神咒〉及經軌中的記載中可知，〈往生咒〉的功德，並不單單囿於能使持誦者或亡者蒙彌陀攝受，往生極樂淨土而已，若能時時一心受持，其更能拔除一切業障，圓滿世出世間的一切祈願。

阿彌陀佛種子字

西方極樂淨土教主--阿彌陀佛

## ▼梵文〈往生咒〉悉曇字解析

梵文〈往生咒〉，音譯成漢音有 59 個漢文字，其悉曇梵字則有 51 字，在本節中將逐字解析往生咒每個悉曇字的組成與發音，以便讀者學習。茲將全咒內容排成 7×7 的型式，最下爲兩個字 svaha，每字一一編號，以便對照，並附羅馬拼音如下：

| | | | | | | |
|---|---|---|---|---|---|---|
| 1 na | 2 mo | 3 a | 4 mi | 5 tā | 6 bhā | 7 ya |
| 8 ta | 9 tha | 10 ga | 11 tā | 12 ya | 13 ta | 14 dya |
| 15 thā | 16 a | 17 mṛ | 18 to | 19 dbha | 20 ve | 21 a |
| 22 mṛ | 23 ta | 24 si | 25 ddhaṃ | 26 bha | 27 ve | 28 a |
| 29 mṛ | 30 ta | 31 vi | 32 krā | 33 nte | 34 a | 35 mṛ |
| 36 ta | 37 vi | 38 krā | 39 nta | 40 gā | 41 mi | 42 ne |
| 43 ga | 44 ga | 45 na | 46 kī | 47 rta | 48 ka | 49 re |
| | | 50 svā | | 51 hā | | |

悉曇字〈往生咒〉

### ▼〈往生咒〉的悉曇字組成方式及發音解析

建議讀者在看本文時，能對照悉曇字母表或接續表，將有很好的學習效果。以下逐字說明〈往生咒〉的悉曇字組成方式：

(1)、第 1 及第 45 字𑖡：𑖡是子音第 20 字，念做 na。

(2)、第 2 字𑖦𑖺：

𑖦𑖺=𑖦+◌𑖺= mo

𑖦𑖺的主體是子音第 25 字𑖦 ma，取其 m 音，再於左上方與右上方加上母音第 13 字 o 𑖌的「摩多點畫◌𑖺」，變成 m+o 𑖦𑖺，念作 mo。

(3)、第 3,16,21,28,34 字𑖀：𑖀是母音第 1 字，念作 a。

(4)、第 4,41 字𑖦𑖰：

𑖦𑖰=𑖦+◌𑖰= mi

𑖦𑖰的主體是子音第 25 字𑖦 ma，取其 m 音，再於左邊加上母音第 3 字 i 𑖂的「摩多點畫◌𑖰」，變成 m+i 𑖦𑖰，念作 mi。

(5)、第 5,11 字𑖝𑖯：

𑖝𑖯=𑖝+◌𑖯= tā

𑖝𑖯的主體是子音第 16 字的𑖝 ta，取其 t 音，再於右上方加上母音第 2 字 ā 𑖁的「摩多點畫◌𑖯」，變成 t+ā 𑖝𑖯，念作 tā，是 ta 的長音。

(6)、第 6 字𑖝𑖯：

𑖝𑖯=𑖝+◌𑖯= tā

𑖥𑖯的主體是子音第 24 字𑖥 bha，取其 bh 音，再於右上方加上母音第 2 字 ā 𑖁的「摩多點畫□」，變成 bh+ā 𑖥𑖯，念作 bhā，是 bha 的長音。

(7)、第 7,12 字𑖧：𑖧是子音第 26 字，念作 ya。

(8)、第 8,13,23,30,36 字𑖝：𑖝是子音第 16 字，念作 ta。

(9)、第 9 字𑖞：𑖞是子音第 17 字，念作 tha。

(10)、第 10,40,43,44 字𑖐：𑖐是子音第 3 字，念作 ga。

(11)、第 14 字𑖟𑖿𑖧：

𑖟𑖿𑖧=𑖟(𑖟𑖿) +𑖧(𑖿𑖧)= dya

𑖟𑖿𑖧的上半部是子音第 18 字𑖟 da 的上部「接續半體（日文稱之爲切繼半體）𑖟𑖿」，取其 d 音，下面加上子音第 26 字𑖧 ya 的下部「接續半體𑖿𑖧」，合起來變成 d+ya 𑖟𑖿𑖧，念 dya。

d 的上部「接續半體𑖟𑖿」與「da」𑖟很接近，只在最後一筆有些節略；而 ya 的下部「接續半體𑖿𑖧」則與其上部「接續半體𑖧𑖿」有相當差異，不過若能想像取整個 ya 的後半段筆劃並簡化之，就能瞭解何以如是取其下部「接續半體」。

(12)、第 15 字𑖞𑖯：

𑖞𑖯=𑖞+□= tā

𑖞𑖯的主體是子音第 17 字𑖞 tha，取其 th 音，再於右上方加上母音第 2 字 ā 𑖁的「摩多點畫□」，變成 th+ā 𑖞𑖯，念作 thā，是 tha 的長音。

(13)、第 17,22,29,35 字𑖢：

𑖦𑖴 = 𑖦(𑖦) + □ = mṛ

𑖦𑖴字的上半部是子音第 25 字𑖦 ma 的上部「接續半體𑖦」，取其 m 音，下半部爲母音第 7 字 ṛ 𑖆的「摩多點畫□」，合起來變成 m+ṛ 𑖦𑖴，念 mṛ。有些書將此字寫成 mri 也可以，但 mṛ 較正確。此字若不易發音，可與前一字連起來變成 am+ṛ 念 am+ri，就容易了。

(14)、第 18 字𑖝𑖺：

𑖝𑖺 = 𑖝 + □ = to,

𑖝𑖺的主體是子音第 16 字𑖝 ta，取其 t 音，再於左上方與右上方加上母音第 13 字 o 𑖌的「摩多點畫□」，變成 t+o 𑖝𑖺，念作 to。

(15)、第 19 字𑖟𑖿𑖥：

𑖟𑖿𑖥 = 𑖟(𑖟) + 𑖥(𑖥) = dbha

𑖟𑖿𑖥的上半部爲子音第 18 字𑖟 da 的上部「接續半體𑖟」，取其 d 音，下半部加上子音第 24 字的𑖥 bha 的下部「接續半體𑖥」，變成 d+bha 𑖟𑖿𑖥，念作 dbha。

(16)、第 20,27 字𑖪𑖸：

𑖪𑖸 = 𑖪 + □ = ve

𑖪𑖸的主體是子音第 29 字𑖪 va，取其 v 音，再於左上方加上母音第 11 字 e 𑖊的「摩多點畫□」，變成 v+e 𑖪𑖸，念作 ve。

(17)、第 24 字𑖭𑖰：

𑖭𑖰 = 𑖭 + □ = si

𑖭𑖰的主體是子音第 32 字𑖭 sa，取其 s 音，再於左方加上母音第 3 字 i 的「摩多點畫」，變成 s+i ，念 si。

(18)、第 25 字：

= ( ) + ( ) + = ddhaṃ

由三部份組成：主體的上半部爲子音第 18 字 da 的上部「接續半體」，取其 d 音；下部爲子音第 19 字 dha 的下部「接續半體」，取其 dh 音，合起來變成 d+dha ，念作 ddh（a）；最上面則爲母音第 15 字 aṃ 的「摩多點畫」，合起來變成 d+dh+aṃ ，念作 ddhaṃ。

上面的一點代表此字最後的 ṃ 音，常被稱爲空點；有時在空點下面會被加上個類似仰月的小弧線，合起來稱做仰月點，如梵文悉曇字體表中摩多點畫一欄所示。

(19)、第 26 字：是子音第 24 字，念作 bha。

(20)、第 31,37 字：

= + = vi

的主體是子音第 29 字 va，取其 v 音，左邊爲母音第 3 字的 i 之「摩多點畫」，變成 v+i ，念作 vi。

(21)、第 32,38 字：

= ( ) + ( ) + = krā

由三部份組成：中間爲子音第 1 字 ka 的上部「接續半體」，取其 k 音；下方爲子音第 27 字 ra 的下部「接續半體」，取其 r 音；再於右上方加上母音第 2 字 ā 的「摩多點畫」，合起來成爲 k+r+ā，念作 krā。

(22)、第 33 字：

=() +() += nte

由三部份組成：中間爲子音第 20 字 na 的上部「接續半體」，取其 n 音；下半部爲子音第 16 字 ta 的下部「接續半體」，取其 t 音；再於左上方加上母音第 11 字 e 的「摩多點畫」，合起來成爲 n+t+e，念作 nte。

因 n 在前面不易發音，因此連著念時可將第一個 n 字接到前一字 krā 的後面，而念成 krān-te。

(23)、第 39 字：

=() +() = nta

的上半部是子音第 20 字 na 的上部「接續半體」，取其 n 音，下半部爲子音第 16 字的 ta 之下部「接續半體」，合起來變成 n+ta，念作 nta。

nta 因 n 在前面不易發音，因此連著念時，可將第一個 n 字接到前一字 krā 的後面，而念成 krān-ta。

(24)、第 42 字：

=() + = ne

的主體是子音第 20 字 na，取其 n 音，再於左上方加上母音第 11 字 e 的「摩多點畫」，變成 n+e，念成 ne。

(25)、第 46 字：

=+ = kī

𑖎𑖱的主體是子音第 1 字的𑖎 ka，取其 k 音，再於右邊加上母音第 4 字 ī 𑖂的「摩多點畫◌𑖱」，將此字變成 k+ī 𑖎𑖱，念作 kī，是 ki 的長音。

(26)、第 47 字𑖨𑖿𑖝：

𑖨𑖿𑖝 = 𑖨 ( 𑖨𑖿 ) + 𑖝 = rta

𑖨𑖿𑖝的上半部是子音第 27 字𑖨 ra 的上部「接續半體𑖨𑖿」，取其 r 音，下部爲子音第 16 字的𑖝 ta，合起來變成 r+ta 𑖨𑖿𑖝，念作 rta。rta 不好發音，念時可將 r 移到前一字，變成 kīr+ta。

(27)、第 48 字𑖎：𑖎是子音第 1 字，念做 ka。

(28)、第 49 字𑖨𑖸：

𑖨𑖸 = 𑖨 ( 𑖨𑖿 ) + ◌𑖸 = re

𑖨𑖸的主體是子音第 27 字 ra 𑖨，取其 r 音，再於左上方加上母音第 11 字 e 𑖊的「摩多點畫◌𑖸」，變成 r+e 𑖨𑖸，念作 re。

(29)、第 50 字𑖭𑖿𑖪𑖯：

𑖭𑖿𑖪𑖯 = 𑖭 ( 𑖭𑖿 ) + 𑖪 ( 𑖿𑖪 ) + ◌𑖯 = svā

𑖭𑖿𑖪𑖯由三部份組成：上半部主體爲子音第 32 字𑖭 sa 的上部「接續半體𑖭𑖿」，取其 s 音；下半部爲子音第 29 字𑖪 va 的下部「接續半體𑖿𑖪」；再於右上方加上母音第 2 字 ā 𑖁之「摩多點畫◌𑖯」，合起來變成 s+v+ā 𑖭𑖿𑖪𑖯，念 svā，是 sva 的長音。

(30)、第 51 字𑖮𑖯：

𑖮𑖯 = 𑖮 + ◌𑖯 = hā

𑖮𑖯的主體是子音第 33 字𑖮 ha，取其 h 音，再於右上方加上母音第 2 字 ā 的「摩多點畫」，變成 h+ā，念 hā。

## ▼ 往生咒釋義

為了方便學習與記憶，可將型式完整的〈往生咒〉依內容結構分成五段、八句：

| | |
|---|---|
| (一)、歸敬文 | ：第 1 句 |
| (二)、即說咒曰 | ：第 2 句 |
| (三)、咒語中心內容 | ：第 3～6 句 |
| (四)、祈願祝禱文 | ：第 7 句 |
| (五)、結尾文 | ：第 8 句 |

傳統上咒語不作意譯，只以漢文音譯梵音。但對懂梵文的人來說，咒語其實是有意義的。以〈往生咒〉為例，每個字皆有清楚的意思；而有些咒語如〈大悲咒〉，部份內容可能只取音效而無文字意義。

茲依八句分段法，說明如下：

### （一） 歸敬文：

1〈梵文〉

〈拼音〉*namo amitābhāya tathāgatāya*

〈漢音〉南無 阿彌多婆夜 哆他伽哆夜

〈漢譯〉歸命 無量光（阿彌陀）如來！

〈往生咒〉與阿彌陀佛及淨土有關，所以一開始先禮敬阿彌陀佛。namo（南無）是歸命、禮敬；amitābha（阿彌陀婆）是阿彌陀（嚴格說是無量光）；tathāgata（哆他伽哆）是如來，āya（夜）是 amitābha 與 tathāgata 的與格（Dative）語尾變化，表示禮敬的對象。

（二）即說咒曰：

2〈梵文〉𑖝𑖟𑖿𑖧𑖞𑖯
〈拼音〉*tadyathā*
〈漢音〉哆地夜他
〈漢譯〉即說咒曰：

看到咒語時，可先找出「tadyathā（怛地夜他）」這個關鍵句。玄奘所譯的《心經》中，將本句譯成「即說咒曰」。這是咒語與經文的分水嶺，在型式完整的咒語中，本句之前是歸敬文，之後是咒語的中心內容。tadyathā 有時也音譯成「怛侄他」，如〈準提咒〉及〈大悲咒〉。

（三）咒語中心內容：

本段共有四句，每句都以「amṛta」開始：

3〈梵文〉𑖀𑖦𑖴𑖝𑖺𑖟𑖿𑖥𑖪𑖸
〈拼音〉*amṛtodbhave*
〈漢音〉阿彌利都婆毗
〈漢譯〉甘露所生者啊！

amṛtodbhave 是 amṛta 加 udbhave。amṛta（阿彌利哆）意思是不死，常意譯爲「不死靈藥」或「甘露」。udbhave 有起來、生起、生產等意思。a+u 依梵文連音變化變成 o（都），因此兩個字合成 amṛtodbhave（阿彌利都婆毗）。

阿彌陀（amita）與阿彌利哆（amṛta）的梵、漢發音和字形很接近。但從字源看，「阿彌陀」(amita）來自「ma」

的字根，爲「測量、量度」之意，相當於英文的 measure，其過去被動分詞爲「mita」，即英文的 measured；若在字前加上否定接頭詞「a」，就變成「不可測量，無法量度」的「amita（阿彌陀）」，即英文的 unmeasured 或 unlimited。過去漢譯佛典將其意譯爲「無量」，或音譯爲「阿彌陀」。

「阿彌利哆」（*amṛta*）來自「mṛ」的字根，是「死亡」之意；「mṛta」是其過去被動分詞，意思是「已經死亡」；若在字前加上否定接頭詞「a」，就變成 amṛta（阿彌利哆）「不死」，引申爲「不死靈藥」。以前漢譯佛典意譯成「甘露」，或音譯爲「阿彌利哆」。

4〈梵文〉
〈拼音〉*amṛta - siddhaṃbhave*
〈漢音〉阿彌利哆　悉耽　婆毗
〈漢譯〉甘露成就所生者啊！

悉耽 siddhaṃ 來自 siddha（悉陀），是成就之意；婆毗（bhave）是誕生、生起、存在、繁榮等意，在此爲呼格變化。

5〈梵文〉
〈拼音〉*amṛta - vikrānte*
〈漢音〉阿彌利哆　毗迦蘭諦
〈漢譯〉具甘露神力者啊！

*vikrānte*（毗迦蘭諦）是 vikrānta 的呼格，爲強力、英勇、勝利等意。

6〈梵文〉
〈拼音〉*amṛta - vikrānta*

〈漢音〉阿彌利哆　毗迦蘭哆
〈漢譯〉甘露神力者！

這一句的「毗迦蘭哆（*vikrānta*）」與上一句「毗迦蘭諦（vikrānte）」，只是語尾變化不同，在此爲主格。

（四）祈願祝禱文：

7〈梵文〉𑖐𑖯𑖦𑖰𑖡𑖸　𑖐𑖐𑖡　𑖎𑖱𑖨𑖿𑖝　𑖎𑖨𑖸
〈拼音〉*gāmine　gagana　kīrta- kare*
〈漢音〉伽彌膩　伽伽那　枳多　迦隸
〈漢譯〉前進啊！願名滿天下！

*gāmine*（伽彌膩）是走向、移向、到達、達到、獲得。*gagana*（伽伽那）是天空、虛空。kīrta（枳多）是名聲、稱揚、讚歎。kare（迦隸）是起、做、修、爲、能成辦等意思。

在咒語的中心內容之後及結尾文之前，常有一段祈求本咒成就，或祝禱本咒圓滿的祈願祝禱文，本句就是這種祈願祝禱文。當然，也可將它當成咒語的中心內容之一。咒語用字精簡，但總持諸義，這樣的解釋與分段法只是爲了幫助學習與記憶的一種方便而已。

（五）結尾文：

8〈梵文〉𑖭𑖿𑖪𑖯𑖮𑖯
〈拼音〉*svāhā*
〈漢音〉莎婆訶
〈漢譯〉刷哈(成就)！

莎婆訶（svāhā）釋義請參考藥師咒。

**▼〈往生咒〉梵文、羅馬拼音、漢文音譯及漢文義譯對照全文：**

*namo amitābhāya tathāgatāya tadyathā*
南無　阿彌多婆夜　哆他伽哆夜　哆地夜他
歸命　無量光（阿彌陀）如來！　即說咒曰：

*amṛtodbhave amṛta - siddhaṃbhave*
阿彌利都婆毗　阿彌利哆　悉耽　婆毗
甘露所生者啊！　甘露成就所生者啊！

*amṛta - vikrānte amṛta - vikrānta*
阿彌利哆　毗迦蘭諦　阿彌利哆　毗迦蘭哆
具甘露神力者啊！　甘露神力者！

*gāmine gagana kīrta- kare svāhā*
伽彌膩　伽伽那　枳多　迦隸　莎婆訶
前進啊！願名滿天下！　唰哈(成就)！

# 三、梵文長咒範例

## 百字明

〈百字明〉也稱爲〈百字真言〉、〈金剛百字明〉、或〈金剛薩埵百字明〉，是密教信徒每日必誦的咒語之一。在藏傳佛教它屬四加行之一，在漢傳佛教有不少信徒用它當「補闕真言」。

〈百字明〉中的「百字」，意指本咒是由一百個悉曇字（或藏字）組成，本咒英文名爲 The hundred syllable mantra，意思即「一百個音節的咒」。漢譯本因用了許多二合字來表示二個子音相連如 jra, tve 等字，因此字數超過一百。而「明」的對應梵文是 vidya，簡單說可將「明」當成是「真言、咒語(mantra)與陀羅尼(dhāraṇī)」的同義詞，因此〈百字明〉又名爲〈百字真言〉、或〈百字咒〉。

事實上在佛教咒語裏與〈百字明〉非常接近的咒語有好幾種，其中較出名的是所謂的金剛界「五部百字明」，即〈佛(Buddha)部百字明〉、〈金剛(Vajra)部百字明〉、〈寶(Ratna)部百字明〉、〈蓮華(Padma)部百字明〉、以及〈羯磨(Karma)部百字明〉。五者的咒文內容除了此五部名稱及最後的種子字不同外，其餘咒文完全相同。以〈金剛百字明〉爲例，只要將咒文中出現四次的「金剛」全換成「蓮花」，並將種子字改成 hrīḥ，就變成〈蓮花百字明〉，餘此類推。一般人說到〈百字明〉時，指的是〈金剛部的百字明〉。

密教金剛界最重要的經典是俗稱《金剛頂經》的系列經典。傳說中完整的《金剛頂經》有十八會（共十萬頌），現在流傳的只有十八會中之初會（只存四千頌）。初會共有四品：即〈金剛界品〉、〈降三世品〉、〈遍調伏品〉、〈一切義成品〉。歷代漢譯有三本:

一為《金剛頂一切如來真實攝大乘現證大教王經》三卷，是唐・不空所譯；二為《金剛頂瑜伽中略出念誦經》四卷，是唐・金剛智所譯。前者即初會四品中《金剛界品》之譯本，而後者是十八會初會之摘略本。三為十八會初會之全譯本，是宋・施護所譯的三十卷《佛說一切如來真實攝大乘現證三昧大教王經》。〈金剛百字明〉在第一本位於下卷(T-18, 865, p.222c16)，在第二本位於第二卷(T-18, 866, p.239a12)，在第三本位於第六卷(T-18, 882, p.358c6)。三者漢字分別為 115、115、116 字。

本文所介紹的〈百字明〉用於中國漢語地區、日本及韓國，其內容依據是上述三漢譯本中的不空譯本。藏傳佛教所用的〈金剛百字明〉依傳承不同互相稍有小差異，但大體相同。以台灣常見的藏傳〈百字明〉如《藏密修法密典》、《曲肱齋知思集》及諦聽公司出版的奕睆先生錄音帶為例，其與漢傳〈百字明〉最主要的差別在第 5 句與第 6 句的順序相反。但《大藏全咒》所收藏文資料卻與漢傳順序相同。此外藏傳〈百字明〉最後有些是加上 hūm（吽）或 hūm phaṭ（吽　吽吒）做結尾，不過如此一來〈百字明〉就多於百字了。

### ▼〈百字明〉的功效

本咒的用途主要為淨除罪業，及補足闕失，因此常用於淨罪法及補闕法。

藍吉富教授主編的《中華佛教百科全書》第 2151 頁

說：「百字明是金剛薩埵淨罪法中所持之長咒，加行十萬遍即指對此咒之誦持。除加行計數外，每晚臨睡可持誦此咒七遍以懺除日間之過犯。法務儀式之結尾亦往往誦之補闕失。密宗弟子往往領有多尊之灌頂，無法全修，一方面可將諸尊匯入本尊而修之，另一方面則宜每晚念百字明以補闕。」

上述不空與施護的經典，在〈百字明〉後各附有一段有關持誦此咒的功德，可見本咒淨除罪業及終極成就的功效，茲引原文如下：

不空：「由此真言，設作無間罪，謗一切如來，及方廣大乘正法，一切惡作，尙得成就。一切如來印者，由金剛薩埵堅固體故，現生速疾，隨樂得一切最勝成就，乃至獲得如來最勝悉地。婆伽梵、一切如來、金剛薩埵作如是說。」

施護：「由是心明故，設有違背如來，毀謗正法，造是五無間業，及餘一切惡作之人，於一切如來密印欲求成就者，於現生中亦得金剛薩埵堅固體性，隨其所樂，若最上成就，若金剛成就，若金剛薩埵成就，乃至一切如來勝上成就等，一切成就皆悉獲得。此即具德一切如來金剛薩埵，作如是說。」

## ▼ 梵字悉曇〈百字明〉

茲將〈百字明〉寫成十行，每行各十字，共百字。

| | | | | | | | | | |
|---|---|---|---|---|---|---|---|---|---|
| oṃ | va | jra | sa | ttva | sa | ma | ya | mā | nu |
| pā | la | ya | va | jra | sa | ttva | tve | no | pa |
| ti | ṣṭha | dṛ | ḍho | me | bha | va | su | to | ṣyo |
| me | bha | va | a | nu | ra | kto | me | bha | va |
| su | po | ṣyo | me | bha | va | sa | rva | si | ddhiṃ |
| me | pra | ya | ccha | sa | rva | ka | rma | su | ca |
| me | ci | tta | śri | yaḥ | ku | ru | hūṃ | ha | ha |
| ha | ha | hoḥ | bha | ga | vaṃ | sa | rva | ta | thā |
| ga | ta | va | jra | mā | me | muñ | ca | va | jri |
| bha | va | ma | hā | sa | ma | ya | sa | ttva | āḥ |

### ▼〈百字明〉梵文、羅馬拼音、漢音及漢文釋義對照：

茲依十一句分句法逐句逐字說明百字明梵文本如下：

1 〈梵文〉𑖌𑖼 𑖪𑖕𑖿𑖨 𑖭𑖝𑖿𑖪 𑖭𑖦𑖧 𑖦𑖯𑖡𑖲𑖢𑖯𑖩𑖧
〈拼音〉*oṃ vajra - sattva samaya mānupālaya*
〈不空〉唵 嚩日羅 薩怛嚩 三摩耶 麼努波攞耶

𑖌𑖼（*oṃ*，唵）是咒語常見的起始語。

𑖪𑖕𑖿𑖨（*vajra*，嚩日囉）是金剛。

𑖭𑖝𑖿𑖪（*sattva*，薩怛嚩）是薩埵，即有情、眾生。

𑖭𑖦𑖧（*samaya*，三摩耶）是三昧耶。

𑖦𑖯𑖡𑖲𑖢𑖯𑖩𑖧（*mānupālaya*，麼努波攞耶）來自 mām + anupālaya。mām 爲 mad 的受格，單數，意爲「對我」，英文是 to me。可能是佛教咒語所用梵文不完全遵照文法規則的關係，所以省略一個 m 音而使得 mām-anu 依連音規則變成 mānu。

anupālaya 來自 anu + pālaya，是第二人稱單數，命令形，意爲「請你守護」，英文是 please protect me。此字原義爲長養、保護、擁護，英文是 keeping, maintaining, protecting。

此句意思是：唵！金剛薩埵三昧耶！請保護我！（請維護我！）

2 〈梵文〉𑖪𑖕𑖿𑖨 𑖭𑖝𑖿𑖪 𑖝𑖿𑖪𑖸𑖡𑖺𑖢𑖝𑖰𑖬𑖿𑖘
〈拼音〉*vajra sattva - tvenopatiṣṭha*
〈不空〉嚩日羅 薩怛嚩 怛尾怒波底瑟姹

𑖪𑖕𑖿𑖨（*vajra*，嚩日囉）是金剛。

𑖭𑖝𑖿𑖪𑖝𑖿𑖪𑖸𑖡𑖺𑖢𑖝𑖰𑖬𑖿𑖘（*sattvatvenopatiṣṭha*，薩怛嚩怛尾怒

波底瑟姹）來自 sattvatvena + upatiṣṭha。satva（薩怛嚩）是薩埵，即有情、眾生；sattvatvena 是 sattvatva 加上具格語尾，意思是「以薩埵的位置或以薩埵的性質」如何如何。upatiṣṭha 來自 upa + tiṣṭha。upa 是相當於英文 toward 的字頭，tiṣṭha 是動詞√sthā 的第二人稱單數，祈願形，英文是 stand。此字原意爲接近、出現、示現等意，英文是 appear, stand near, be present。

**此句意思是：請以金剛薩埵之本質示現予我！或請以金剛薩埵之本質接近我或靠近我！**

**3** 〈梵文〉

〈拼音〉*dṛḍho* *me* *bhava*

〈不空〉捏哩濁 寐 婆嚩

（*dṛḍho*，捏哩濁）來自 dṛḍhas，因爲連音規則 as 會變 o，第 4、5、6 三句的 as 也皆變成 o。dṛḍhas 爲 dṛḍha 的單數，主格，意爲堅牢、堅固、不動，英文是 fixed, firm, hard, strong, solid, massive。

（*me*，寐）爲 mad 的與格，單數，意爲「予我」，英文是 for me。

（*bhava*，婆嚩）是動詞√bhū 的第二人稱單數，命令形。此字原意爲成、作、有，英文是 coming into existence, birth, production, being in。

me bhava 用英文來解釋是 please be xxx for me 或 please become xxx for me，漢文是「請爲我而 xxx」或「請爲我而變成 xxx」的意思。

**此句意思是：請爲我堅固！或請爲我堅強！**

在〈漢譯〉裏我將此句譯爲堅固，是因歷史上三譯本在〈百字明〉前後經文皆提到「堅固」。之後已在本文的〈百字明〉功效中說明，茲引之前的不空原文如下：「我今說一切都自身口心金剛中，令作如金剛儀軌。若印加持緩慢，若意欲解，則以此心真言，令作『堅固』真言曰：........」

**4**〈梵文〉𑖭𑖲𑖝𑖺𑖬𑖿𑖧𑖺　𑖦𑖸　𑖥𑖪
〈拼音〉*sutoṣyo*　*me*　*bhava*
〈不空〉蘇都使庾　寐　婆嚩

𑖭𑖲𑖝𑖺𑖬𑖿𑖧𑖺（*sutoṣyo*，蘇都使庾）來自 sutoṣyas，爲形容詞 sutoṣya 的單數，主格，意爲易善滿足，英文是 easy to be satisfied。此字由 su+ toṣya 組成，su 是個字頭，漢文是好，英文是 well 的意思；toṣya 是滿足、歡樂的意思，英文是 satisfaction, pleasure, joy，合起來變成 well-satisfied。

𑖦𑖸 𑖥𑖪（*me bhava*，寐　婆嚩）在本咒中共連用四次，請見第三句的解釋。

此句意思是：請對我高興！(Please be happy to me!) 請對我滿意！或請高興、請滿意；也有請高興地接受我的奉獻、讚頌與祈禱等意思。

**5**〈梵文〉𑖀𑖡𑖲𑖨𑖎𑖿𑖝𑖺　𑖦𑖸　𑖥𑖪
〈拼音〉*anurakto*　*me*　*bhava*
〈不空〉阿努囉羯都　寐　婆嚩

𑖀𑖡𑖲𑖨𑖎𑖿𑖝𑖺（*anurakto*，阿努囉羯都）來自 anuraktas, 爲形容詞 anurakta 的單數，主格，意爲喜歡、歡喜、愛好，英文是 fond of , attached, pleased, beloved。

𑖦𑖸 𑖥𑖪（*me bhava*，寐　婆嚩）在本咒中共連用四次，請見第三句的解釋。

此句意思是：請喜歡我！或請讓我與你連續(attached)在一起！

6 〈梵文〉𑖭𑖲𑖢𑖺𑖬𑖿𑖧𑖺　𑖦𑖸　𑖥𑖪
〈拼音〉*supoṣyo*　*me*　*bhava*
〈不空〉蘇布使庾　䝉　婆嚩

𑖭𑖲𑖢𑖺𑖬𑖿𑖧𑖺（*supoṣyo*，蘇布使庾）來自 supoṣyas, 為形容形 supoṣya 的單數，主格，意為善養、易養的，英文是 prosperous, easy to be maintained。此字是由 su+poṣya 組成，su 是好，well，poṣya 是興盛、豐富、繁榮，英文是 thrive, abundant, prosperity 之意。

𑖦𑖸𑖥𑖪（*me bhava*，䝉　婆嚩）在本咒中共連用四次，請見第三句的解釋。

此句意思是：請為我興盛！也有請讓我旺盛或請讓我帶給他人繁榮的意思。

7 〈梵文〉𑖭𑖨𑖿𑖪　𑖭𑖰𑖟𑖿𑖠𑖰𑖽　𑖦𑖸　𑖢𑖿𑖨𑖧𑖓𑖿𑖔
〈拼音〉*sarva*　*siddhiṃ*　*me*　*prayaccha*
〈不空〉薩嚩　悉朕　䝉　鉢囉也車

𑖭𑖨𑖿𑖪（*sarva*，薩嚩）意為一切、皆、總、全部，英文是 whole, entire, all, every。

𑖭𑖰𑖟𑖿𑖠𑖰𑖽（*siddhiṃ*，悉朕）為陰性名詞 siddha 的受格，單數，意為成就、成功、完成，英文是 accomplishment, success。

𑖦𑖸𑖢𑖿𑖨𑖧𑖓𑖿𑖔（*me prayaccha*，䝉　鉢囉也車）意為請給我，英文是 please give me。prayaccha（鉢囉也車）是動詞 pra√yam 的第二人稱單數，命令形，意為「請給予」。

此句意思是：請給我一切成就！

**8** 〈梵文〉
〈拼音〉*sarva karmasu ca me citta- śriyaḥ kuru hūṃ*
〈不空〉薩嚩 羯摩素 者 寐 質多 室哩藥 矩嚕 吽

（*sarva*，薩嚩）爲一切，英文是 all。

（*karmasu*，羯摩素）爲中性名詞 karman 的位格，單數，意爲於一切業中。

（*ca*，者）是及，英文是 and。

（*me*，寐）是爲我，英文是 for me。

（*citta*，質多）意爲識、心、心意，英文是 mind。此處漢音爲質多，對應字應爲 citta，但藏文系統如《大藏全咒》寫成 cittaṃ。

（*śriyaḥ*，室哩藥）爲女性名詞 śriyas 的受格，複數，意爲吉祥、勝德、妙德，英文是 splendor, glory。《大藏全咒》的藏文本將此字寫成 śriyaṃ。

（*kuru*，矩嚕）是動詞√kṛ 的第二人稱，單數，命令形，意爲請形成、實行、實施，英文是 please do。

（*hūṃ*，吽）是咒語常見的結尾詞之一，如〈六字大明咒〉的最後一字就是。它也是金剛薩埵、愛染明王及軍荼利明王等多位的種子字。

**此句意思是：**且讓我心於一切業中榮耀！吽！當然榮耀也能解釋成光輝、光耀等。

**9** 〈梵文〉
〈拼音〉*ha ha ha ha hoḥ*
〈不空〉呵 呵 呵 呵 斛

（*ha ha ha ha hoḥ*，呵 呵 呵 呵 斛）是一段可能無字面意義的音。ha（呵）有人解釋成是笑聲。ha（呵、哈）在咒語裏很常見，它有強調的意思，英文是 indeded, certainly, of course 等意思。hoḥ 有人說是表示歡喜的種子字。

此句我取其音，漢譯用哈！哈！哈！哈！厚！

10 〈梵文〉
〈拼音〉*bhagavaṃ sarva tathāgata vajra mā me muñca*
〈不空〉婆伽梵 薩嚩 怛他蘖多 嚩日囉 摩 弭 悶遮

（*bhagavaṃ*，婆伽梵）即 bhagavan，是 bhagavat 的單數，呼格，意思是世尊。

sarva（薩嚩）是一切，英文是 all。

tathāgata（怛他蘖多）是如來。

vajra（嚩日囉）是金剛。

（*mā*，摩）表示禁止，用於命令式，是個不變詞，英文是 not, do not, would that not。

（*me*，弭）是爲我，英文是 for me。

（*muñca*，悶遮）是動詞√muc 的第二人稱，單數，命令形，意爲請捨離、脫開、解放；英文是 freeing or delivering from，letting go。

此句意思是：世尊！一切如來金剛！請勿捨棄我！或請勿遠離我的意思。

11 〈梵文〉
〈拼音〉*vajri bhava mahā - samaya sattva āḥ*
〈不空〉嚩日哩 婆嚩 摩訶 三摩耶 薩怛嚩 噁

（*vajri*，嚩日哩）是 vajrin(vajra + in)的單數，呼格，是「擁有金剛者啊！」或「金剛者啊！」的意思。

（*bhava*，婆嚩）英文是 please be，請見第 3 句的

說明。

以上二者合起來是請成爲擁有金剛者意思。也有人依入我我入的觀念解釋說本句有：讓我成爲金剛擁有者。

（*mahā*，摩訶）是大，英文是 great。

（*samaya*，三摩耶）是三昧耶。

（*sattva*，薩怛嚩）是薩埵，即有情、眾生，英文是 being。

（*āḥ*，噁）是密教教主大日如來的種子字。

此句意思是：請成爲金剛擁有者！大三昧耶薩埵！阿！

## ▼〈百字明〉梵文、羅馬拼音、漢文音譯、漢文義譯對照全文：

1 〈梵文〉ॐ वज्र सत्त्व समय मानुपालय
〈拼音〉oṃ vajra - sattva samaya mānupālaya
〈不空〉唵 嚩日羅 薩怛嚩 三摩耶 麼努波攞耶
〈漢譯〉唵！金剛薩埵三昧耶！請保護我！

2 〈梵文〉
〈拼音〉vajra sattva - tvenopatiṣṭha
〈不空〉嚩日羅 薩怛嚩 怛尾怒波底瑟姹
〈漢譯〉請以金剛薩埵之本質示現予我！

3 〈梵文〉
〈拼音〉dṛḍho me bhava
〈不空〉捏哩濁 寐 婆嚩
〈漢譯〉請爲我堅固！

4
sutoṣyo me bhava
蘇都使庾 寐 婆嚩
請對我滿意！

5 〈梵文〉 𑖀𑖡𑖲𑖨𑖎𑖿𑖝𑖺 𑖦 𑖥𑖪 6 𑖭𑖲𑖢𑖺𑖬𑖿𑖧𑖺 𑖦 𑖥𑖪
　〈拼音〉anurakto　　me　bhava　　supoṣyo　me　bhava
　〈不空〉阿努囉羯都　寐　婆嚩　　蘇布使庚　寐　婆嚩
　〈漢譯〉請喜愛我！　　　　　　　請爲我而興盛！

7 〈梵文〉 𑖭𑖨𑖿𑖪 𑖭𑖰𑖟𑖿𑖠𑖰𑖽 𑖦 𑖢𑖿𑖨𑖧𑖓𑖿𑖓
　〈拼音〉sarva　siddhiṃ　me　prayaccha
　〈不空〉薩嚩　悉朕　寐　鉢囉也車
　〈漢譯〉請賜給我一切成就！

8 〈梵文〉 𑖭𑖨𑖿𑖪 𑖎𑖨𑖿𑖦𑖭𑖲 𑖓 𑖦 𑖓𑖰𑖝𑖿𑖝 𑖫𑖿𑖨𑖱𑖧𑖾 𑖎𑖳𑖨𑖲 𑖮𑖳𑖽
　〈拼音〉sarva　karmasu　ca　me　citta-　śriyaḥ　kuru　hūṃ
　〈不空〉薩嚩　羯摩素　者　寐　質多　室哩藥　矩嚕　吽
　〈漢譯〉且讓我心於一切業中榮耀！吽！

9 〈梵文〉 𑖮 𑖮 𑖮 𑖮 𑖮𑖺𑖾
　〈拼音〉ha　ha　ha　ha　hoḥ
　〈不空〉呵　呵　呵　呵　斛
　〈漢譯〉哈！哈！哈！哈！厚！

10 〈梵文〉 𑖥𑖐𑖪𑖽 𑖭𑖨𑖿𑖪 𑖝𑖧𑖘𑖐𑖝 𑖪𑖕𑖿𑖨 𑖦𑖳 𑖦 𑖦𑗜𑖗𑖿𑖓
　〈拼音〉bhagavaṃ　sarva　tathāgata　vajra　mā　me　muñca
　〈不空〉婆伽梵　薩嚩　怛他櫱多　嚩日囉　摩　弭　悶遮
　〈漢譯〉世尊！　一切如來金剛！　　　　　請勿捨棄我！

11 〈梵文〉 𑖪𑖕𑖿𑖨𑖱 𑖥𑖪 𑖦𑖮𑖯 𑖭𑖦𑖧 𑖭𑖝𑖿𑖪 𑖁𑖾
　〈拼音〉vajri　bhava　mahā-　samaya　sattva　āḥ
　〈不空〉嚩日哩　婆嚩　摩訶　三摩耶　薩怛嚩　噁
　〈漢譯〉請成爲金剛擁有者！大三昧耶薩埵！　　阿！

# 大悲咒

大悲咒又稱爲大悲心陀羅尼、千手千眼觀世音大悲心陀羅尼、千手千眼觀世音菩薩大身咒、廣大圓滿無礙大悲心陀羅尼。乃說示千手千眼觀世音菩薩內證功德之根本咒，不論顯密宗派均極重視持誦此咒。

依據《千手千眼觀世音菩薩廣大圓滿無礙大悲心陀羅尼經》所記載，此咒全文共有八十四句，誦此咒能得十五種善生，不受十五種惡死。而在《千眼千臂觀世音菩薩陀羅尼神咒經》卷上也說，若誦此咒一百零八遍者，則能消弭一切煩惱罪障，乃至五逆等重罪，清淨身口意三業。

此咒古來有多種譯本，其章句也隨之有異，如智通譯的《千眼千臂觀世音菩薩陀羅尼神咒經》及菩提流志譯的《千手千眼觀世音菩薩姥陀羅尼身經》皆爲九十四句；金剛智譯的《千手千眼觀自在菩薩廣大圓滿無礙大悲心陀羅尼咒本》則有一一三句；不空譯的《金剛頂瑜伽千手千眼觀自在菩薩修行儀軌經》卷下爲四十句；而同爲不空所譯的《千手千眼觀世音菩薩大悲心陀羅尼》則有八十二句。

茲將大悲咒梵字全文，寫成每列 16 字 x 每行 23 字，共 368 字如右頁，但第一個字與最後一字分別爲文章起始符號及文章結束符號。

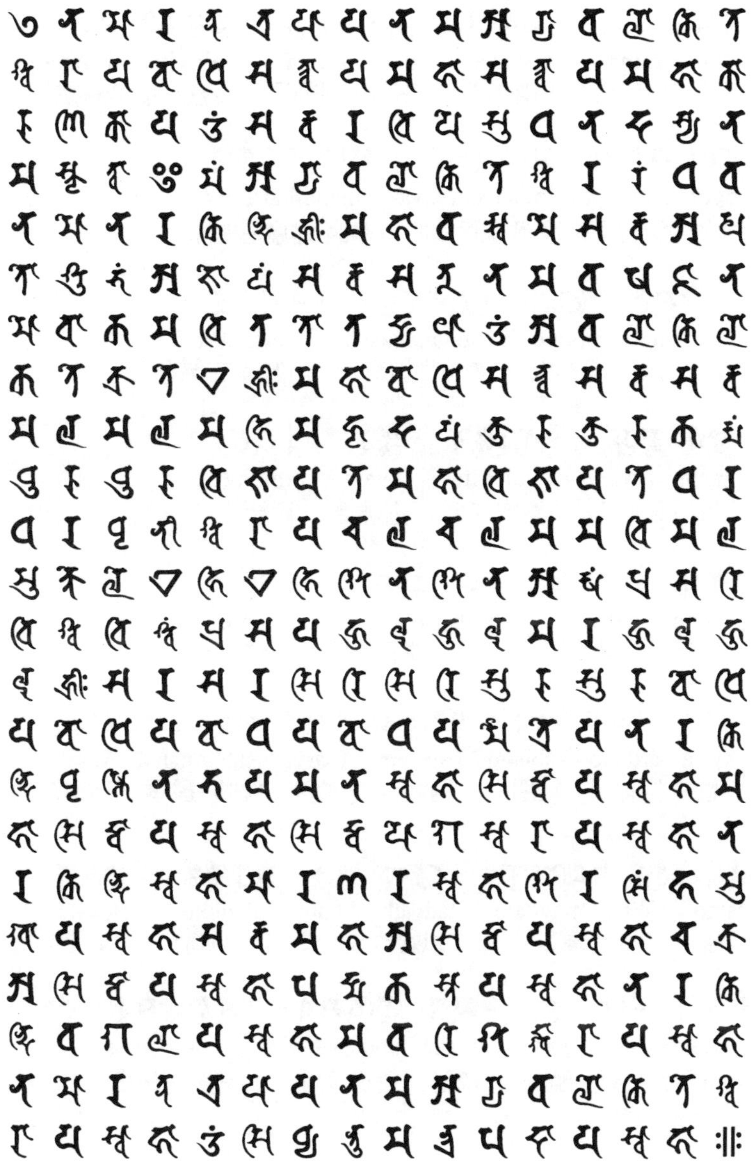

## ▼〈大悲咒〉梵文、羅馬拼音、漢文音譯對照

| 1 namo | ratna - | trayāya | 2 nama | āryā - | 3 valokite - | śvarāya |
|---|---|---|---|---|---|---|
| 南無 | 喝囉怛那 | 哆囉夜耶 | 南無 | 阿唎耶 | 婆盧羯帝 | 爍鉢囉耶 |

| 4 bodhi-sattvāya | 5 mahā-sattvāya | 6 mahā-kāruṇikāya |
|---|---|---|
| 菩提 薩埵婆耶 | 摩訶 薩埵婆耶 | 摩訶 迦盧尼迦耶 |

| 7 oṃ | 8 sarva - | raviye | 9 sudhanadasya | 10 namas - | kṛtvā |
|---|---|---|---|---|---|
| 唵 | 薩皤 | 囉罰曳 | 數怛那怛寫 | 南無悉 | 吉栗多 |

| imam | āryā - | 11 valokite - | śvara | raṃdhava |
|---|---|---|---|---|
| 伊蒙 | 阿唎耶 | 婆盧吉帝 | 室佛囉 | 楞馱婆 |

| 12 namo | narakindi | 13 hrīḥ | mahā - | vat - | svāme |
|---|---|---|---|---|---|
| 南無 | 那囉謹墀 | 醯利 | 摩訶 | 皤哆 | 沙咩 |

| 14 sarva - | arthato - | śubhaṃ | 15 ajeyaṃ | 16 sarva | sat | nama | vaṣaṭ |
|---|---|---|---|---|---|---|---|
| 薩婆 | 阿他豆 | 輸朋 | 阿逝孕 | 薩婆 | 薩哆 | 那摩 | 婆薩哆 |

| namo | vāka | 17 mavitato | 18 tadyathā | 19 oṃ | avaloki | 20 lokate |
|---|---|---|---|---|---|---|
| 南摩 | 婆伽 | 摩罰特豆 | 怛姪他 | 唵 | 阿婆盧醯 | 盧迦帝 |

| 21 krate | 22 e | hrīḥ | 23 mahā - | bodhisattva | 24 sarva | sarva |
|---|---|---|---|---|---|---|
| 迦羅帝 | 夷 | 醯唎 | 摩訶 | 菩提薩埵 | 薩婆 | 薩婆 |

25 mala mala 26 mahima hṛdayaṃ 27 kuru kuru karmaṃ
摩囉 摩囉 摩醯摩 醯唎馱孕 俱盧 俱盧 羯蒙

28 dhuru dhuru vijayate 29 mahā - vijayate 30 dhara dhara
度盧 度盧 罰闍耶帝 摩訶 罰闍耶帝 陀囉 陀囉

31 dhṛnī - 32 śvarāya 33 cala cala 34 mama vimala 35 muktele
地唎尼 室佛囉耶 遮囉 遮囉 麼麼 罰摩囉 穆帝隸

36 ehi ehi 37 śina śina 38 ārṣaṃ prasari 39 viśva viśvaṃ
伊醯 伊醯 室那 室那 阿囉參 佛囉舍利 罰沙 罰嗲

40 prasaya 41 hulu hulu mara 42 hulu hulu hrīḥ 43 sara sara
佛囉舍耶 呼盧 呼盧 摩囉 呼盧 呼盧 醯利 娑囉 娑囉

44 siri siri 45 suru suru 46 bodhiya bodhiya 47 bodhaya bodhaya
悉唎 悉唎 蘇嚧 蘇嚧 菩提夜 菩提夜 菩馱夜 菩馱夜

48 maitreya 49 narakindi 50 dhṛṣṇina 51 bhayamana 52 svāhā
彌帝唎夜 那囉謹墀 地利瑟尼那 波夜摩那 娑婆訶

53 siddhāya 54 svāhā 55 mahā- siddhāya 56 svāhā 57 siddha-yoge - 58 śvarāya
悉陀夜 娑婆訶 摩訶 悉陀夜 娑婆訶 悉陀 喻藝 室皤囉夜

59 svāhā 60 narakindi 61 svāhā 62 māraṇara 63 svāhā
娑婆訶 那囉謹墀 娑婆訶 摩囉那囉 娑婆訶

64 śira siṃha mukhāya 65 svāhā 66 sarva mahā - asiddhāya 67 svāhā
悉囉 僧阿 穆佉耶 娑婆訶 娑婆 摩訶 阿悉陀夜 娑婆訶

68 cakra - asiddhāya 69 svāhā 70 padma kastāya 71 svāhā
者吉囉 阿悉陀夜 娑婆訶 波陀摩 羯悉哆夜 娑婆訶

72 narakindi - vagalāya 73 svāhā 74 mavari śaṅkharāya 75 svāhā
那囉謹墀 皤伽囉耶 娑婆訶 摩婆利 勝羯囉夜 娑婆訶

76 namo ratna - trayāya 77 nama āryā - 78 valokite - 79 śvarāya
南無 喝囉怛那 哆囉夜耶 南無 阿利耶 婆羅吉帝 爍皤囉夜

80 svāhā 81 oṃ sidhyantu 82 mantra 83 padāya 84 svāhā
娑婆訶 唵 悉殿都 漫多囉 跋陀耶 娑婆訶

（有關大悲咒詳解，請參考拙作《大悲咒研究》）

# 第四章
# 梵字悉曇種子字

# 一、種子字的意義

種子字的梵文為 bīja，其本意即是植物的種子，後來佛教瑜伽行派有一「種子說」，密教中則有「種子字」的發展。瑜伽行派的「種子說」是指「思種子」，它有能生、能藏、帶業流轉的作用；而密教常取一悉曇字或藏字來代表一位本尊，這類字就稱為種子、種子字或種字。

密教「種子字」的概念，就類似在日常生活中，我們常有以一個字代表某一名稱的習慣，如所謂「老、莊」即指老子、莊子；而英文也有類似的情形，在年輕人的交談或書信往來中，常以名字的第一個字母代表一個人，如以 M 代表 Mary，以 T 代表 Tony 等。

佛、菩薩或天王的種子字，常取其梵文名的第一字，或取其咒語的第一字或其中重要的一字。這裡要提醒讀者注意，每一尊佛、菩薩或天王的種子字，不一定只有一個。如文殊菩薩、觀音菩薩就都各有好幾個種子字。此外，種子字也有取其意義或用其他方式決定種子字的情形。茲舉數例如下：

（一）取梵文名第一字：

藥師如來的梵文名是 bhaisaja-guru-tathagata，bhaisaja 是藥，guru 是師，tathagata 是如來；其第一字為 bhai，因此其種子字為（bhai）。又如毘沙門天王的梵文名是 vaiśravaṇa（vai 是多，śravaṇa 是聞），其第一字為 vai，因此其種子字為（vai）。

（二）取咒語內容第一字：

「大日如來」梵文是 vairocana tathāgāta，vairocana

是大日、光明遍照，tathāgāta 是如來，其胎藏界的咒語爲 [Siddham: a-vi-ra-hūṃ-khaṃ]（a-vi-ra-hūṃ-khaṃ），因此取其第一字的 a 爲種子字 [Siddham: a]（a），此字又可代表不生（anutpāda）。若取其梵文名字之第一字 vai，則與上述毘沙門天王同字。

（三）取梵文名中重要一字：

最近在台灣很流行的十一面觀音咒，其種子字爲 [Siddham: ka]（ka），是取其梵文名中 eka 的 ka。十一面觀音的梵名是 avalokiteśvara-ekadasa-mukha，avalokiteśvara 是觀自在，ekadasa 是十一，eka 是數字「一」的意思，dasa 是十，mukha 是面。

（四）取其意義：

準提佛母的梵文名是 cunde buddha-mātṛ，cundi 是準提，buddha 是佛，mātṛ 是母。其種子字爲佛母（buddha-mātṛ）的首字 [Siddham: bu]（bu）。

不過一尊佛、菩薩可有不同的種子字，同一種子字也可能代表多位佛、菩薩。例如 [Siddham: hrīḥ]（hrīḥ）就是阿彌陀佛、千手觀音、聖觀音等多位佛菩薩的種子字。而文殊菩薩的種子字有 [Siddham: maṃ]（maṃ）及 [Siddham: dhiḥ]（dhiḥ）等。

依梵文悉曇字的結構及發音法，每一悉曇種子字皆可單獨念出（發音），因此它與英文的單一字母稍有不同。現在多數的學者將種子字英譯時，皆採 seed syllable（種子音節），而非 seed alphabet（種子字母），就是因爲梵文悉曇字及藏文字母有這種特色。

在密教修法中，諸尊種子字，有非常重要的地位，其不但表徵諸尊內證心要與境界，也可視之爲諸佛菩薩本尊，又因其常取自於該本尊真言的首字或中字等，往往是真言的心髓，因此，在密教修法中，不但有書寫種子字的曼荼羅，稱之爲種子曼荼羅 (又稱爲法曼荼羅，屬四種曼荼羅之一)；也常將種子字當成真言唸誦。

此外，尚有依諸尊的種子而修習觀行的種子觀。在密教諸種子觀中，最基本、也最具代表性的，要屬𑖀(a，阿)字觀，此法門又稱爲阿字月輪觀、淨菩提心觀或一體速疾力三昧。

在梵字悉曇五十一字母中，阿𑖀字位列第一字，所以密教視爲眾聲之母、眾字之母，並認爲一切教法都是由阿字所生。因此，在《大日經》中，稱之爲「真言王」或「一切真言心」，可見對阿𑖀字的重視。而歷代以來，有關阿字觀的修法次第口訣與註疏，不下一百多種，也可見此法門傳弘之盛了。

總之，以梵文悉曇字形式展現的種子字，在密教修法中依其形、音、義衍生出諸多不同觀行法門，而由上述阿𑖀字觀在密法中的重要性，也可略窺種子字在密教修法中所佔的地位於一斑。

光明真言曼荼羅

# 二、諸尊種子字例

大日三尊（金剛界）

vaṃ
大日如來

stvaṃ
金剛薩埵

huṃ
降三世明王

大日三尊（胎藏界）

āḥ
大日如來

jña
般若菩薩

hāṃ+maṃ
不動明王

（金剛界）

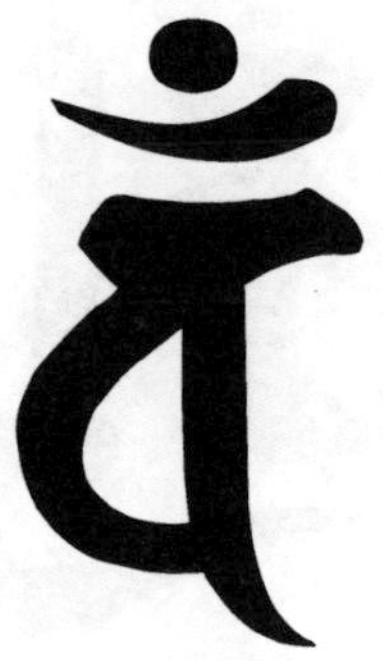

vaṃ
大日如來

hāṃ+māṃ
不動明王

hhūṃ
愛染明王

不動三尊

hāṃ+māṃ
不動明王

tra
矜迦羅童子

ṭ
制吒迦童子

愛染三尊

hhūṃ
愛染明王

si
蓮華部

ddhi
金剛部

毘沙門三尊

vai
毘沙門天

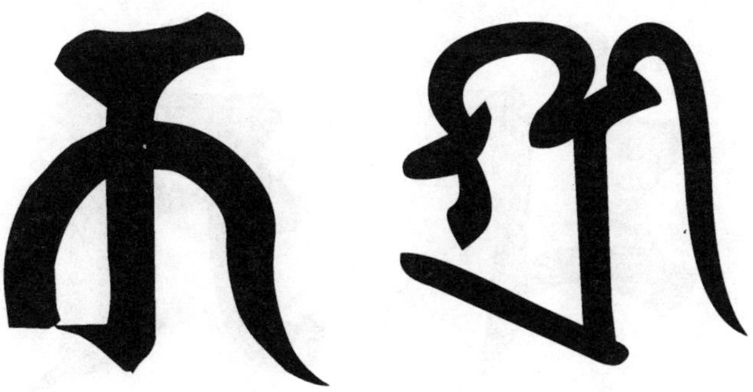

ka
善日童子

śrī
吉祥天

釋迦三尊

bhaṃ
釋迦如來

maṃ
文殊菩薩

aṃ
普賢菩薩

阿彌陀三尊

hrīḥ
阿彌陀如來

saḥ
勢至菩薩

sa
觀音菩薩

藥師三尊

bhai
藥師如來

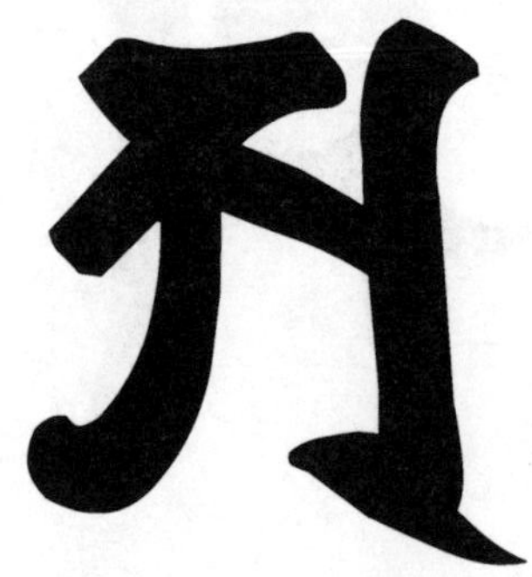

a
日光菩薩

ca
月光菩薩

千手三尊

hrīḥ
千手觀音

i
地藏菩薩

hāṃ
不動明王

八大觀音

si
聖觀音

hrīḥ
千手觀音

haṃ
馬頭觀音

ka
十一面觀音

mo
不空羂索觀音

hrīḥ
如意輪觀音

bu
准提觀音

sa
楊柳觀音

金剛界五佛

aḥ
不空成就

hrīḥ
阿彌陀

vaṃ
大日

hūṃ
阿閦

trāḥ
寶生

胎藏界五佛

aḥ
天鼓雷音

aṃ
無量壽

āḥ
大日

a
寶幢

ā
開縛華王

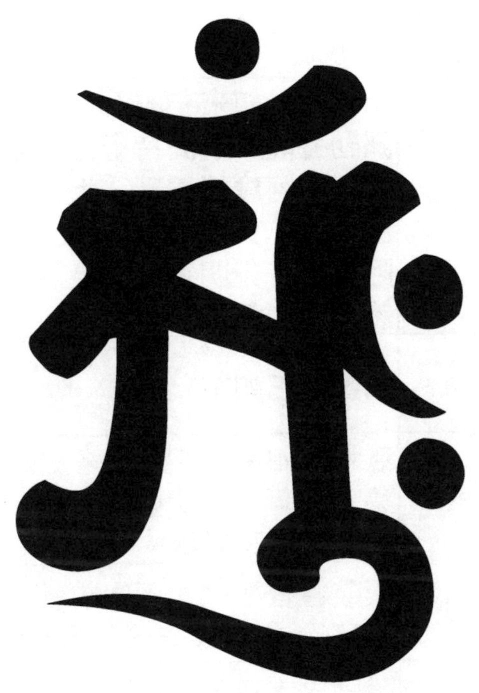

也有將「胎藏界五佛」五個種子字（āḥ）、（a）、（ā）、（aṃ）和（aḥ）寫成一字的情形，如右圖所示。它包含摩多點畫（母音符號）□（a）□（ā）□（aṃ）□:（aḥ）四者，同時將（a）字腳也變成如短音 u 摩多點畫□（u）的形狀，其實就是（ā）的異體字。

# 三、常見種子字表

| 種子字 | 羅馬拼音 | 諸　　尊 |
|---|---|---|
| 𑖀 | a | 胎藏大日如來、寶幢如來、多寶如來、彌勒菩薩、求聞持虛空藏菩薩、日光菩薩、阿摩提觀音、大元帥明王、深沙大將、日天、地天、火天、水天、阿修羅、光明真言、寶篋印陀羅尼、諸佛共通種子字 |
| 𑖁 | ā | 開敷華王如來 |
| 𑖀𑖽 | aṃ | 無量壽如來、普賢菩薩、文殊(一字)、藥上菩薩、一切如來智印、無垢淨光陀羅尼、華嚴經 |
| 𑖀𑖾 | aḥ | 天鼓雷音如來、不空成就如來、普賢菩薩(延命)、虛空藏菩薩、除蓋障菩薩 |
| 𑖁𑖾 | āḥ | 胎藏界大日如來(或作異體字　)、大佛頂尊、金剛鉤女菩薩、光明真言 |
|  | -- | 胎藏界五佛種子字 |
| 𑖂 | i | 地藏菩薩(延命地藏)、伊舍那天 |
| 𑖂 | i | 破勝地藏(六地藏之一) |

| 種子字 | 羅馬拼音 | 諸　　尊 |
|---|---|---|
|  | i | 讚龍地藏(六地藏之一) |
|  | ī | 護讚地藏(六地藏之一) |
|  | ī | 弁尼地藏(六地藏之一) |
|  | u | 優婆髻設尼童子、烏波難陀龍王 |
|  | ū | 金剛拳菩薩(為的異體字) |
|  | oṃ | 虛空藏菩薩、金剛華菩薩、金剛寶菩薩、無畏十力吼菩薩 |
|  | e | 一髻羅刹 |
|  | ai | 帝釋女 |
|  | ka | 十一面觀音、普賢菩薩、日光菩薩、大勇猛菩薩、如來悲菩薩、馬鳴菩薩 |
|  | ki | 緊那羅 |
|  | kṛ | 昴宿 |

| 種子字 | 羅馬拼音 | 諸　　尊 |
|---|---|---|
|  | ku | 俱摩羅天、鳩槃茶 |
|  | ke | 髻設尼童子、華齒羅剎(十羅剎女之一)、男女宮 |
|  | kau | 嬌末離 |
|  | kaṃ | 金剛業菩薩、金剛吼菩薩 |
|  | kra | 佛守護童子(不動三十六童子之一) |
|  | kha | 慢金剛 |
|  | khā | 馬頭觀音 |
|  | khaṃ | 大日如來(兩部不二)、空天 |
|  | ga | 佛眼佛母、塗香菩薩、迦樓羅 |
|  | gī | 金剛歌菩薩、歌天 |
|  | go | 金剛摧碎天、瞿曇仙 |

| 種子字 | 羅馬拼音 | 諸　　尊 |
|---|---|---|
|  | gaṃ | 香王菩薩、佛眼佛母 |
|  | gaḥ | 金剛塗香菩薩、聖天 |
|  | ghaṃ | 俱摩羅天 |
|  | ṇa | 持地菩薩 |
|  | ca | 月光菩薩、月天 |
|  | ci | 太山府君 |
|  | caṃ | 月天、乾闥婆 |
|  | ja | 王炎光佛堂(十二光佛之一)、矜迦羅童子 |
|  | ji | 如來舌菩薩 |
|  | je | 心宿 |
|  | jo | 十二宮、弓宿、蠍虫宮 |

| 種子字 | 羅馬拼音 | 諸　　尊 |
|---|---|---|
|  | jaṃ | 寶處菩薩、光網童子(文殊八大童子) |
|  | jaḥ | 力波羅蜜菩薩、金剛王菩薩 |
|  | jña | 般若菩薩、無盡意菩薩 |
|  | jra | 矜迦羅童子 |
|  | ṭ | 制吒迦童子 |
|  | ṭi | 冰迦羅天 |
|  | ṇaṃ | 制吒迦童子、掌惡童子(千手觀音二十八部眾之一) |
|  | ta | 梵天 |
|  | ti | 無礙光佛(十二光佛之一) |
|  | tu | 兜率天、荼吉尼 |
|  | taṃ | 多羅菩薩 |

| 種子字 | 羅馬拼音 | 諸　　尊 |
|---|---|---|
|  | tra | 多羅菩薩、矜迦羅童子 |
|  | trā | 毗俱胝菩薩 |
|  | tri | 大自在天 |
|  | traṃ | 金剛幢菩薩 |
|  | traḥ | 毗俱胝菩薩 |
|  | trāḥ | 寶生如來、虛空藏菩薩、寶波羅蜜菩薩、軍荼利明王、雨寶陀羅尼 |
|  | trāḥtrāḥ | 如意輪觀音 |
|  | da | 持世菩薩、檀波羅蜜菩薩、水月觀音、荼吉尼天 |
|  | daṃ | 如來牙菩薩、羅刹天 |
|  | dha | 燒香菩薩、陀羅尼菩薩 |
|  | dhā | 法雷音如來(七佛藥師之一) |

| 種子字 | 羅馬拼音 | 諸　　尊 |
|---|---|---|
| | dhī | 蓮華部使者 |
| | dhṛ | 持國天 |
| | dhaṃ | 文殊菩薩(五字、六字、八字)、金剛利菩薩 |
| | dhiḥ | 文殊菩薩、般若菩薩 |
| | dhvaṃ | 滅惡趣菩薩 |
| | na | 龍樹菩薩、水天、火天、難陀龍王 |
| | ni | 風天 |
| | nṛ | 羅刹 |
| | pa | 白處尊菩薩、守門天 |
| | pā | 他化自在天、張宿 |
| | pṛ | 賢護菩薩、地天、土曜 |

| 種子字 | 羅馬拼音 | 諸尊 |
|---|---|---|
| | pu | 鬼宿 |
| | paṃ | 白衣觀音 |
| | pra | 大隨求菩薩、無能勝明王、大梵天 |
| | phaṃ | 寶印菩薩 |
| | ba | 力波羅蜜菩薩 |
| | bu | 准提觀音 |
| | baṃ | 金剛璅菩薩、孔雀明王 |
| | bra | 梵天 |
| | bha | 二十八宿、室宿 |
| | bhṛ | 毗俱胝菩薩 |
| | bhai | 藥師如來、藥王菩薩 |

| 種子字 | 羅馬拼音 | 諸　　尊 |
|---|---|---|
| 𑖥𑖽 | bhaṃ | 釋迦如來 |
| 𑖥𑖾 | bhaḥ | 釋迦如來、毗羯羅大將(十二神將) |
| 𑖥𑖿𑖨𑖳𑖽 | bhrūṃ | 一字金輪佛頂、熾盛光佛頂、大勝金剛、寶篋印陀羅尼 |
| 𑖦 | ma | 孔雀明王、摩利支天、大黑天、大自在天、那羅延天 |
| 𑖦𑖯 | mā | 七母天 |
| 𑖦𑖰 | mi | 無量光菩薩、雙魚宮 |
| 𑖦𑖸 | me | 龍王 |
| 𑖦𑖹 | mai | 大梵天 |
| 𑖦𑖺 | mo | 不空羂索觀音 |
| 𑖦𑖽 | maṃ | 文殊菩薩(八字)、金剛因菩薩、大威德明王、摩利支天 |
| 𑖧 | ya | 帝釋天、夜叉、掌善童子(千手觀音二十八部眾之一) |

| 種子字 | 羅馬拼音 | 諸　　　尊 |
|---|---|---|
| | yu | 彌勒菩薩、孔雀明王、金毗羅 |
| | yaṃ | 燄摩天 |
| | ra | 施無畏菩薩、大吉祥菩薩、火天、羅剎 |
| | ru | 伊舍那天 |
| | rū | 法救護童子(不動三十六童子之一) |
| | re | 奎宿 |
| | ro | 九曜、北斗星、他化自在天 |
| | raṃ | 寶幢如來、金剛語菩薩、伐折羅大將 |
| | raḥ | 法救護童子(不動三十六童子之一)、秤量宮 |
| | la | 羅睺星 |
| | laṃ | 大白傘蓋佛頂 |

| 種子字 | 羅馬拼音 | 諸　　尊 |
|---|---|---|
| | va | 金剛薩埵、金剛藏菩薩、水天 |
| | vā | 風天、樂天 |
| | vi | 賢護菩薩、廣目天王、增長天王、、地天、乾闥婆 |
| | vī | 廣目天王、水天 |
| | vai | 毗沙門天王 |
| | vaṃ | 金剛界大日如來、法界虛空藏菩薩、五大虛空藏、大勝金剛、大元帥明王 |
| | śa | 帝釋天、土曜星 |
| | śī | 佛眼佛母、戒波羅蜜菩薩、最勝佛頂 |
| | śaṃ | 勝佛頂 |
| | śrī | 一字文殊、吉祥天 |
| | sa | 聖觀音、千手觀音、楊柳觀音、葉衣觀音、寂留明菩薩、豐財菩薩 |

| 種子字 | 羅馬拼音 | 諸尊 |
| --- | --- | --- |
| 𑖭𑖯 | sā | 無盡意菩薩、摩虎羅大將、法華經 |
| 𑖭𑖰 | si | 師子宮、翼宿 |
| 𑖭𑖱 | sī | 角宿 |
| 𑖭𑖲 | su | 妙見菩薩、辯才天、愛金剛、散脂大將 |
| 𑖭𑖺 | so | 月曜 |
| 𑖭𑖽 | saṃ | 阿彌陀佛、大勢至菩薩 |
| 𑖭𑖾 | saḥ | 大勢至菩薩、金剛喜菩薩 |
| 𑖭𑖿𑖎 | ska | 俱摩羅天 |
| 𑖭𑖿𑖪𑖯 | svā | 亢宿 |
| 𑖭𑖿𑖝𑖿𑖪𑖽 | stvaṃ | 金剛薩埵、五秘密菩薩 |
| 𑖮 | ha | 地藏菩薩、訶梨帝母 |

| 種子字 | 羅馬拼音 | 諸　　尊 |
|---|---|---|
| | hā | 觸金剛 |
| | hi | 緊那羅、護讚地藏 |
| | he | 計都星 |
| | haṃ | 天鼓雷音如來、馬頭觀音、金剛護菩薩 |
| | haḥ | 金剛笑菩薩、金剛夜叉 |
| | hāṃ | 不動明王 |
| | huṃ | 軍荼利明王、降三世明王、愛染明王 |
| | hūṃ | 阿閦佛、金剛薩埵、愛染明王、烏樞瑟摩明王、軍荼利明王、金剛夜叉明王、金剛手持金剛菩薩、金剛索菩薩、金鋼牙菩薩、金剛針菩薩、青面金剛、明王部共通種子字 |
| | hṛ | 訶梨帝母 |

| 種子字 | 羅馬拼音 | 諸　　尊 |
| --- | --- | --- |
|  | hrīḥ | 阿彌陀佛、千手觀音、如意輪觀音、法波羅蜜菩薩、金剛法菩薩、大威德明王 |
|  | hhūṃ | 愛染明王 |
|  | hāṃ+ māṃ | 不動明王 |
|  | kṣa | 忍波羅蜜菩薩、廣目天王、金剛牙菩薩 |

不動明王尊

# 第五章
# 諸尊種子字書寫手帖

# 一、恭寫諸尊種子字的要領

在密教修法中，諸尊種子字，有著非常重要的地位，其不但表徵諸尊內證心要，可視之爲諸佛菩薩本尊；又因種子字常取自該尊真言的首字、中字等，往往是真言的心髓，因此，在密教修法中，不但有依諸尊的種子字而修習觀行的種子觀，也常將種子字當成真言唸誦。

因此，當我們在書寫諸尊種子字時，就如同在修法、恭繪佛像、或抄寫經典時一般，需以恭敬、虔誠之心來書寫，方能獲得最殊勝的利益。以下僅列舉書寫諸尊種子字時，應注意的事項，方便讀者書寫時參考。

（1）首先，挑選適合自己的書寫用具，如筆、墨、紙等，良好的書寫用具，直接影響書寫品質。初學者，也可選擇全佛出版社出版之「諸佛菩薩種子字書寫手帖」來練習。

（2）將書寫的周遭環境，如桌面、四周清理整潔、舒適，將光線作適度調整等等，也可燃一點好香，使環境更具寧靜、安詳的氣氛。可從此刻起，至正式書寫前，藉由準備工作，一面收拾外境、一面收攝身心。

（3）潔淨穿著、端身正衣。

（4）洗手、漱口、清淨身心。

（5）將書寫的文具，整齊地安放在桌上，如：紙、毛筆、墨等。（除毛筆、朴筆之外，也可用一般自己擅長的筆來書寫）。

（6）安座。身心放輕鬆地坐好，上半身自然直豎，不挺胸也不彎腰駝背。可先靜默幾分鐘，以靜心調息。（有修習靜坐者可依靜坐要領統攝身心；修種子觀者，可先作觀）。

（7）禮敬：合掌三禮種子字，或是恭誦種子字三遍、二十一遍，乃至一〇八遍等（也可稱念該尊佛菩薩名號）；並思惟該種子字義。

（8）祈願：若是正式書寫，可於紙末寫下自己的心願，若是作練習，亦可合掌誠心祈願。

（9）書寫種子字：書寫時宜以歡喜虔敬、無相無執的心來書寫。

（10）迴向：書寫完畢宜將功德迴向給眾生與自身，速疾成就無上佛智，俾使書寫功德更加廣大圓滿。可合掌念誦：

願以此功德，普及於一切，

我等與眾生，皆共成佛道。

（11）圓滿結束。

（12）退座。

種子字書寫完後，可安置於佛堂上或清淨的地方，妥善保存。也可贈送給親朋好友，祈願他們一切吉祥、善願成就。若是已寫有種子字的練習用紙，或是寫壞、污損的紙，或礙於空間，實無法保存者，宜於淨處，以乾淨的容器，恭敬合掌將之燒去。

以下即按梵字悉曇字母的順序，依序列舉諸尊種子字作範例，示範其書寫筆順。但由於篇幅有限，只能選擇一些常見的主尊為例，讀者若對其他諸尊種子字有興趣，可以參考全佛出版社出版的「諸佛菩薩種子字書寫手帖」來作練習，內有較詳盡的收錄。

## 胎藏五佛

胎藏界大日如來 𑖁𑖾(āḥ)

## 開敷華王如來 𑖁(ā)

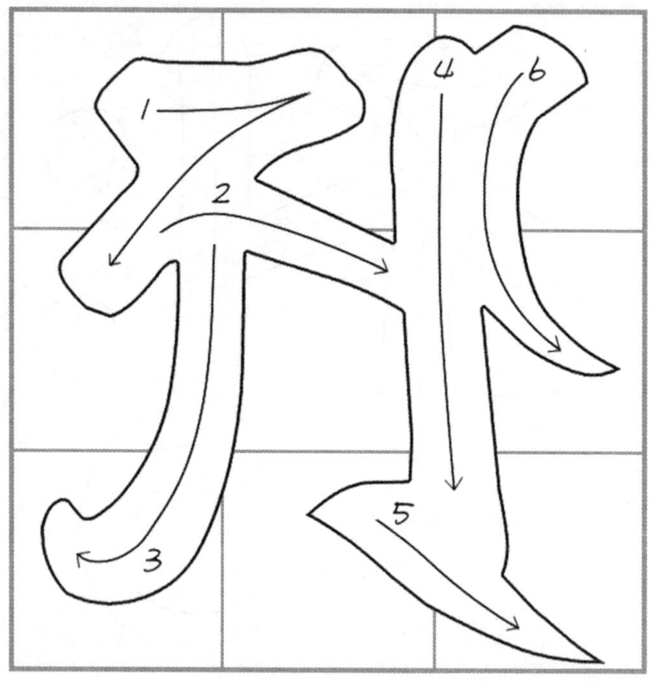

## 無量壽如來 𑖀𑖽(aṃ)

不空成就如來 𑖀𑖾(aḥ)

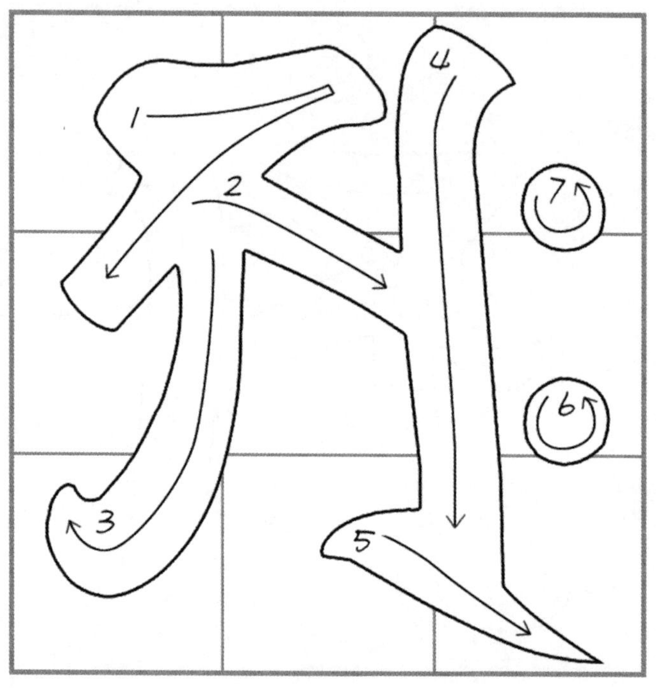

## 地藏菩薩 ꣿ(i)

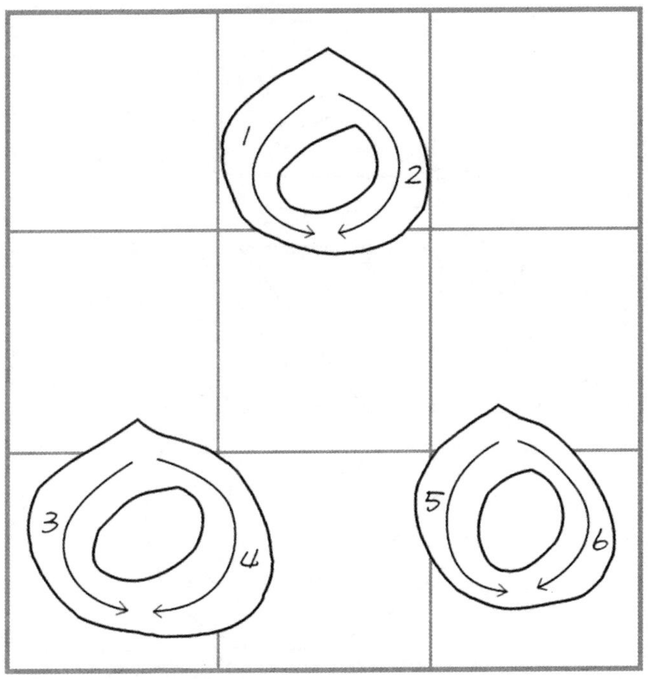

虛空藏菩薩 (oṃ)

馬頭觀音 𑖏𑖯（khā）

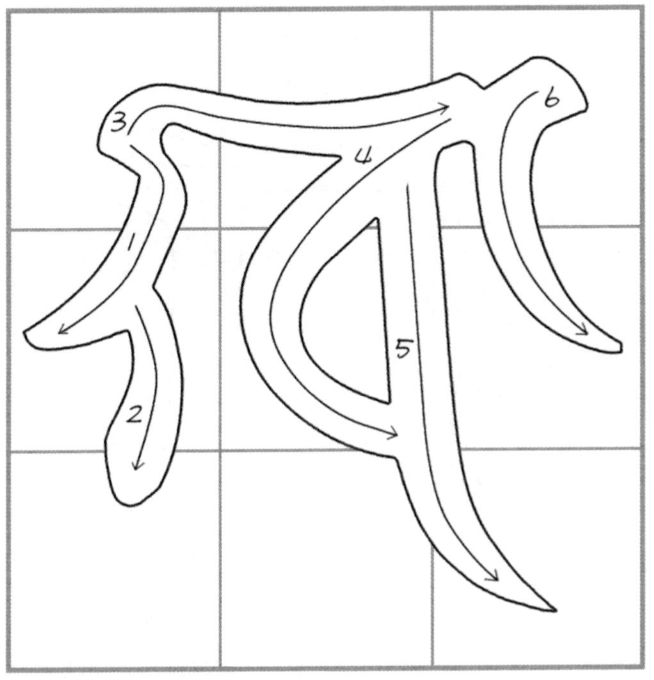

佛眼佛母 𑖐𑖽（gaṃ）

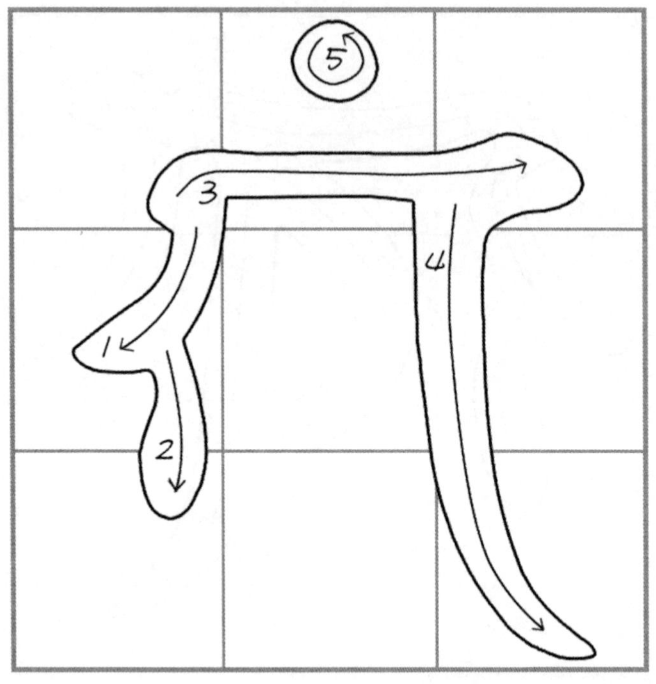

## 般若菩薩 (jña)

制吒迦童子 ꠋ(ṭ)

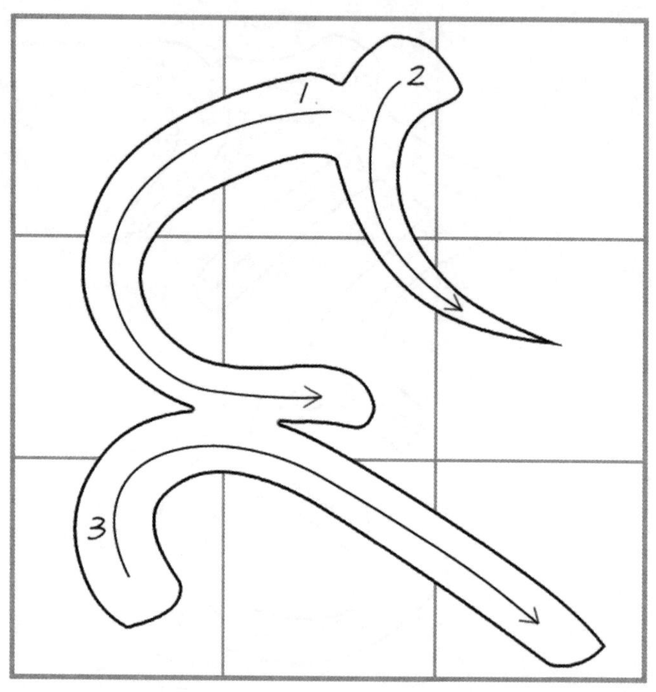

多羅菩薩 𑖝𑖽 (taṃ)

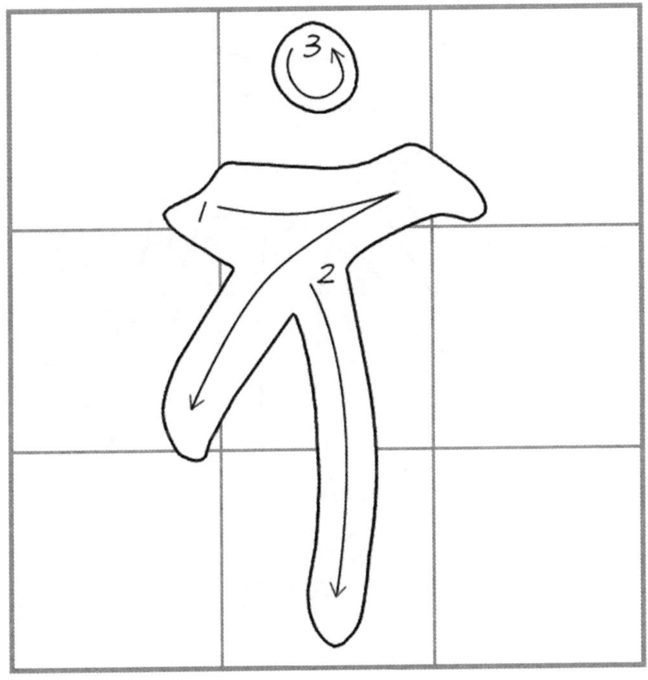

寶生如來 ꣹:(trāḥ)

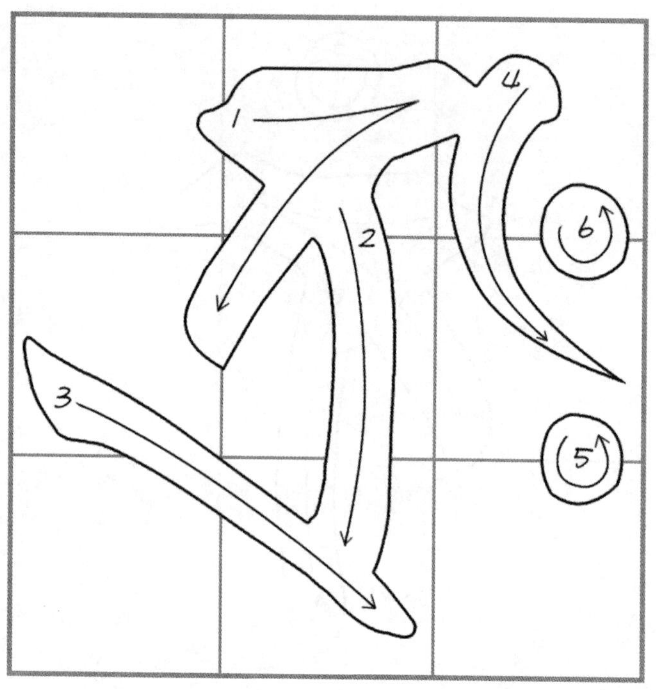

如來牙菩薩 𑖟𑖽(daṃ)

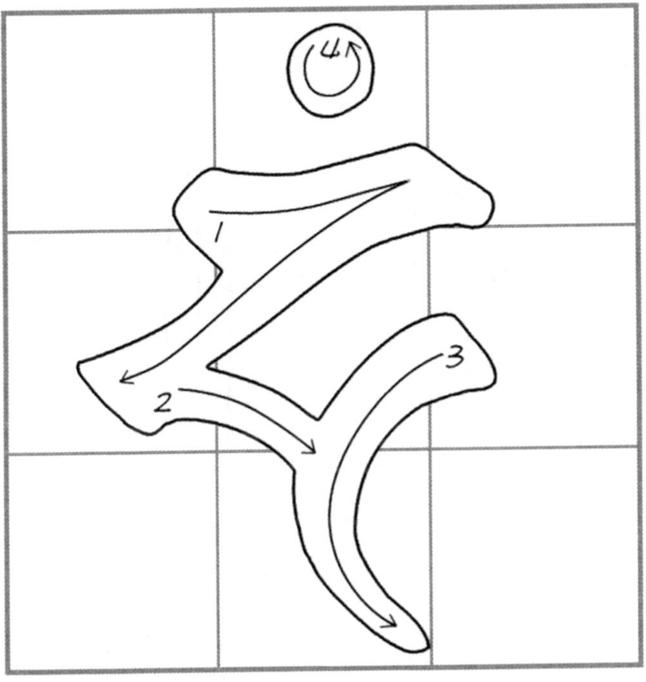

文殊菩薩(六字、五字) ḍ̇ (dhaṃ)

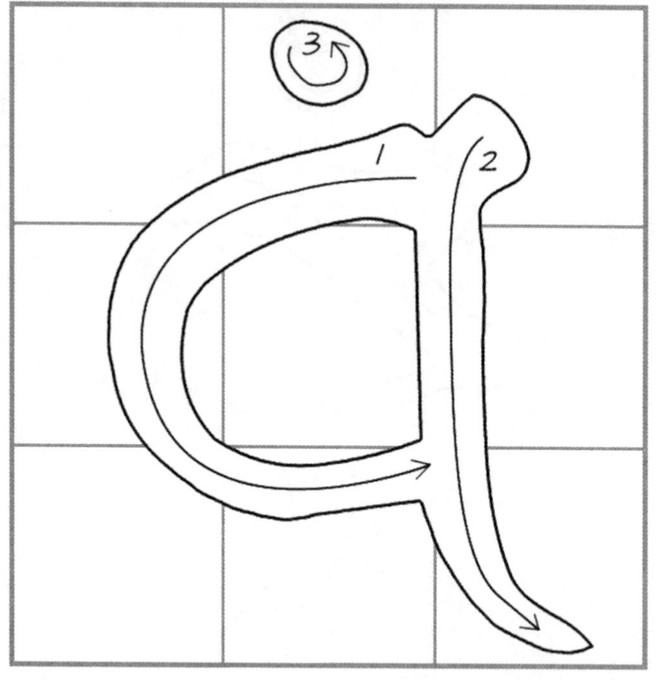

文殊菩薩 ধিঃ(dhiḥ)

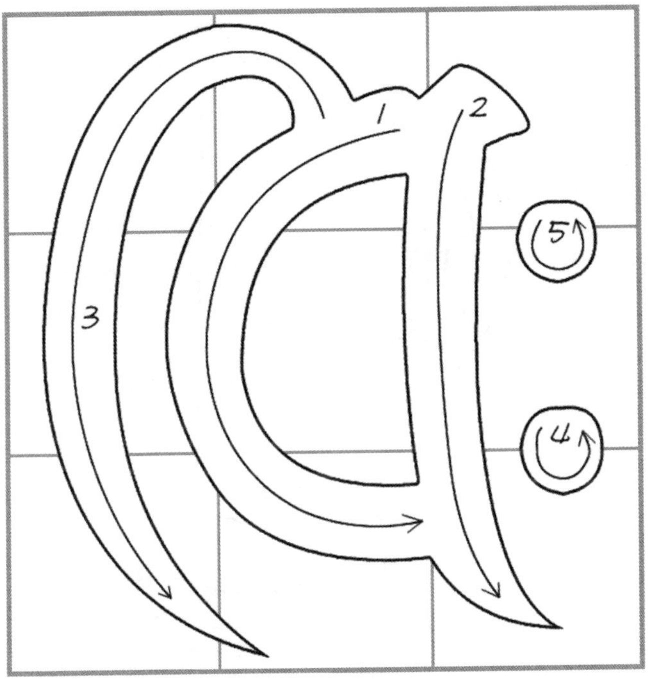

持國天 (dhṛ)

地天 𑖢𑖴(pṛ)

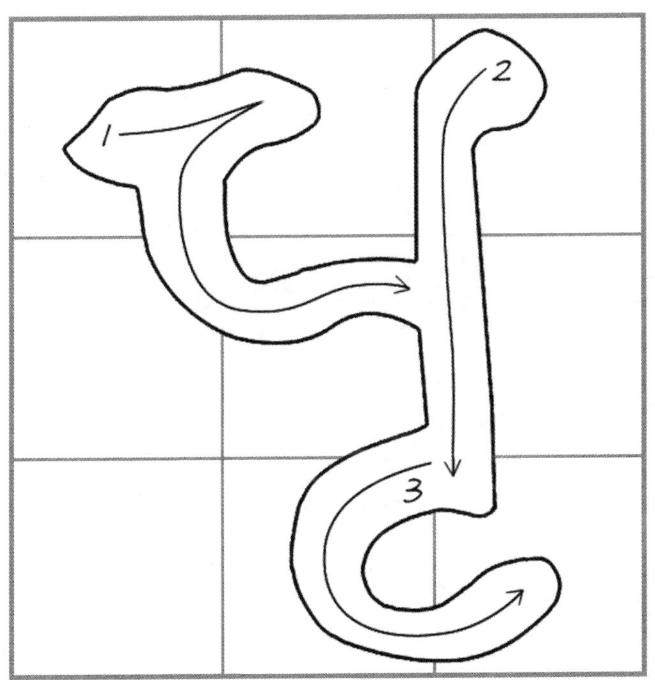

大隨求菩薩 ꣽ(pra)

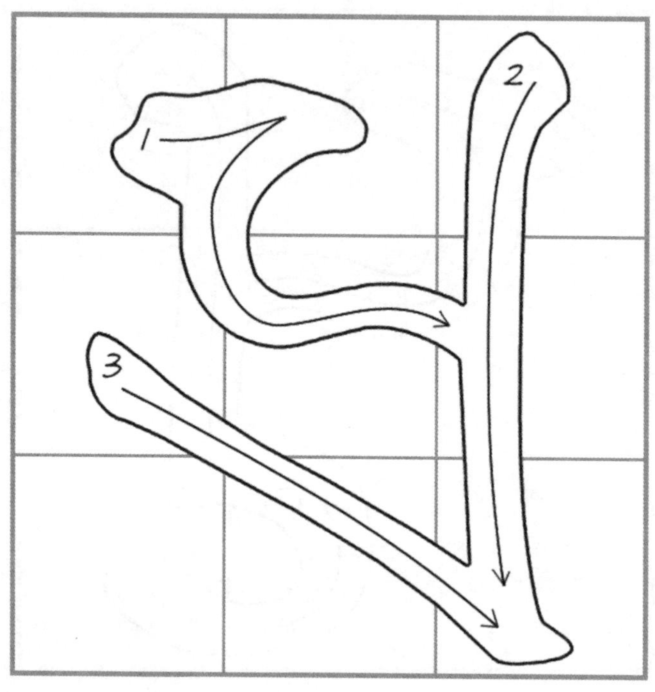

釋迦牟尼佛 𑖥𑖾(bhaḥ)

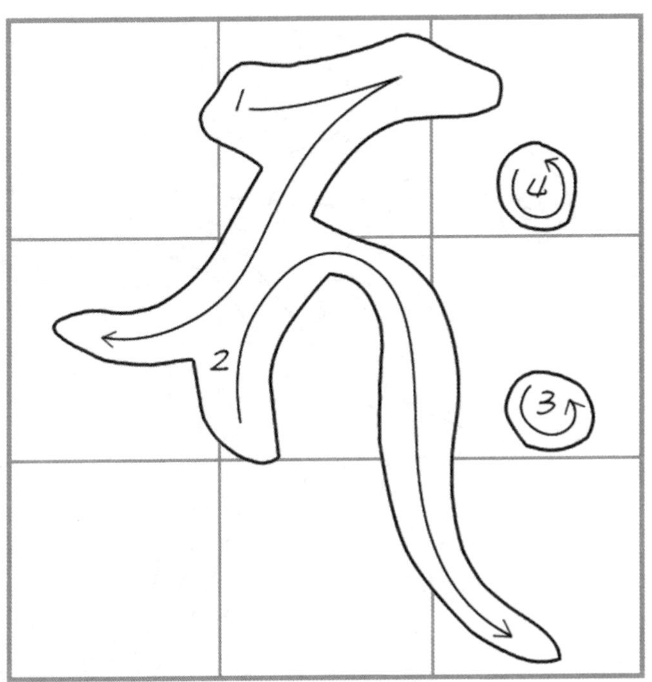

## 藥師琉璃光如來𑖥𑖹(bhai)

毗俱胝菩薩 (bhṛ)

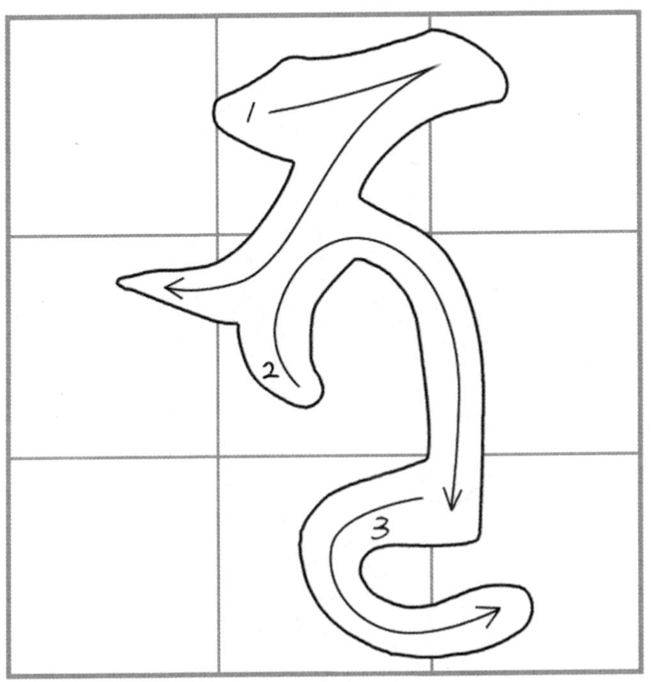

一字金輪佛頂 (bhrūṃ)

準提觀音 𑖤𑖲 (bu)

孔雀明王 𑖪𑖽 (baṃ)

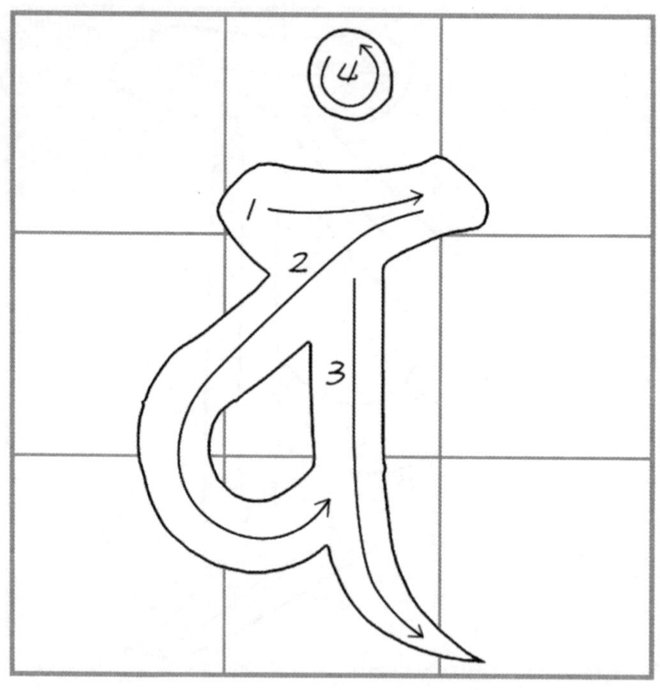

八字文殊菩薩 𑖦𑖽 (maṃ)

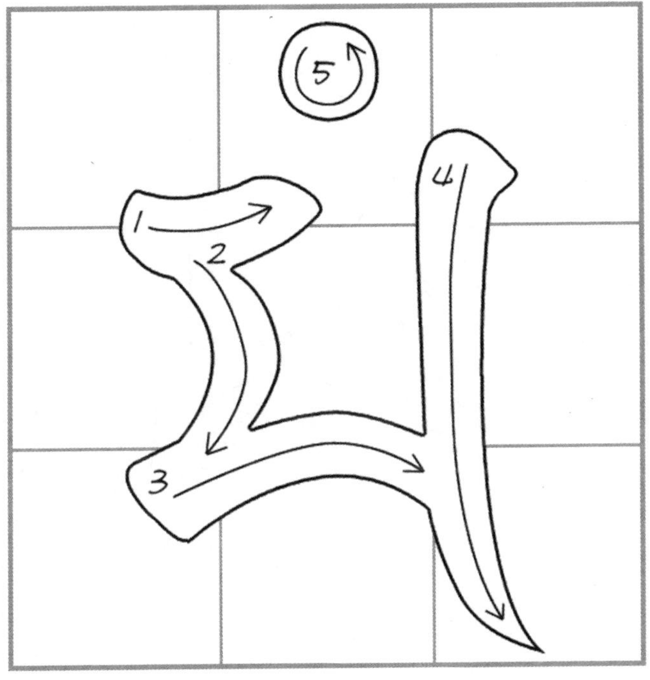

## 龍王 𑖦𑖸(me)

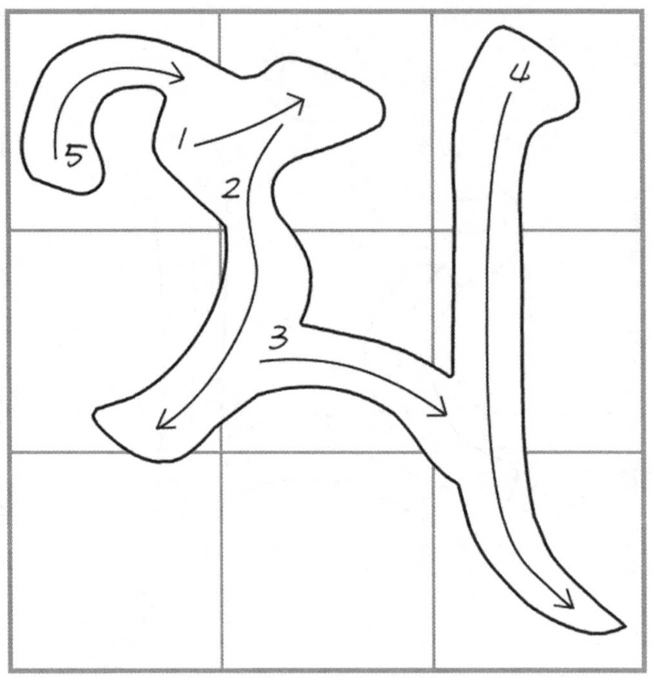

不空羂索觀音 𑖦𑖺(mo)

彌勒菩薩 ꣿ(yu)

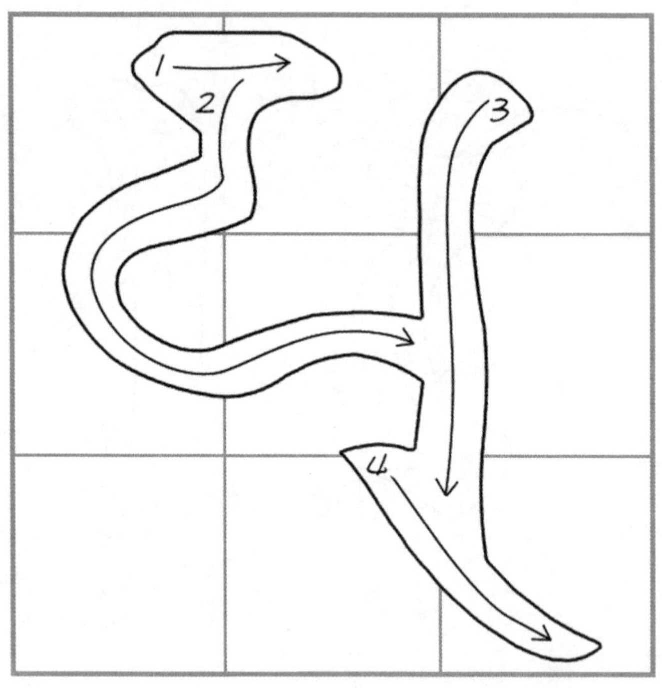

大白傘蓋佛頂 𑖩𑖽 (laṃ)

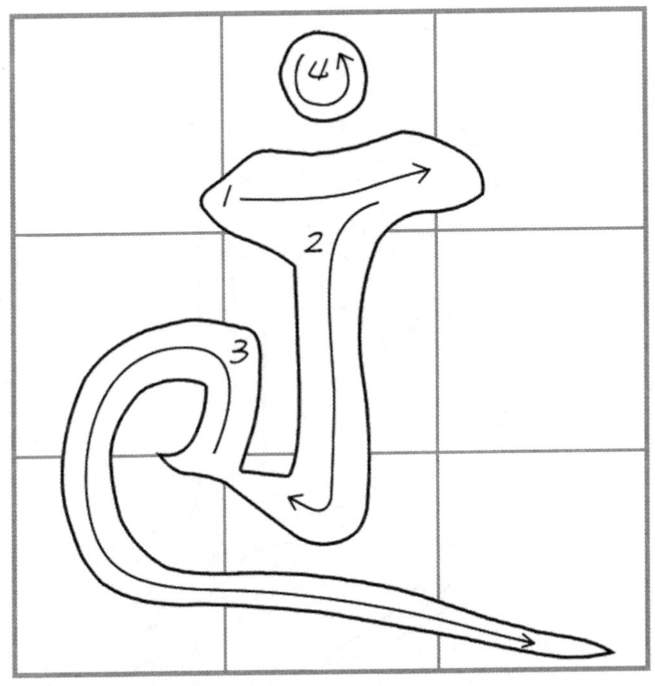

## 增長天 (vi)

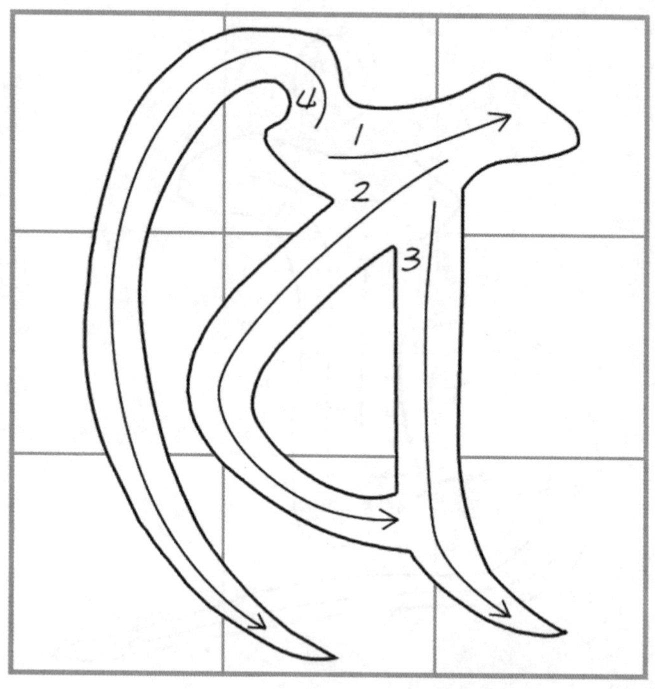

## 廣目天 (vī)

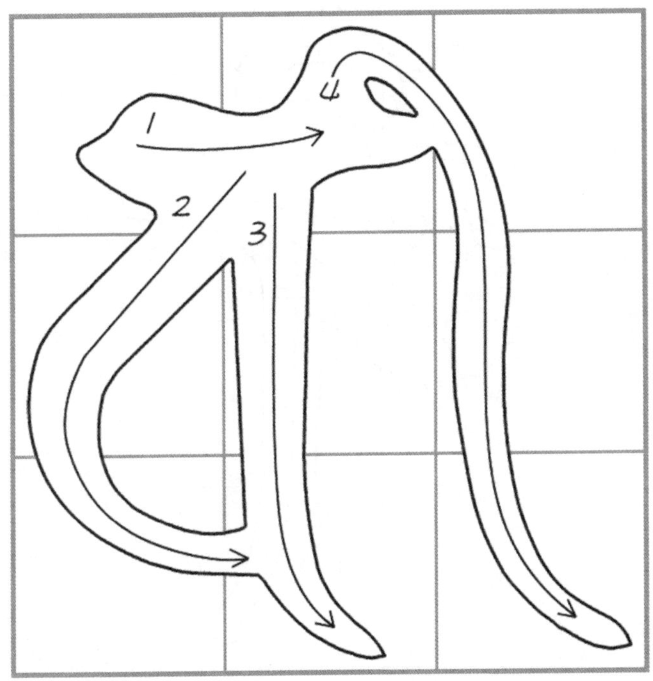

## 毗沙門天王 𑖪𑖹(vai)

金剛界大日如來 𑖪𑖽 (vaṃ)

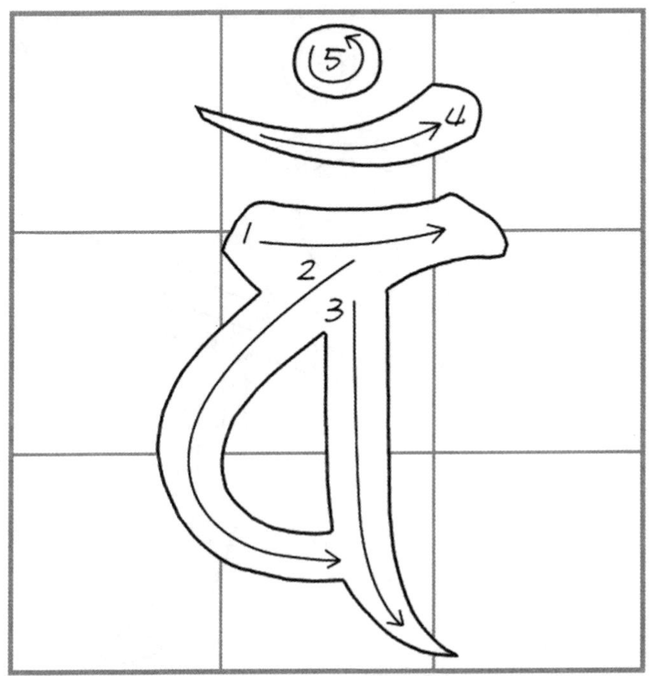

勝佛頂 (śaṃ)

一字文殊菩薩 श्री(śrī)

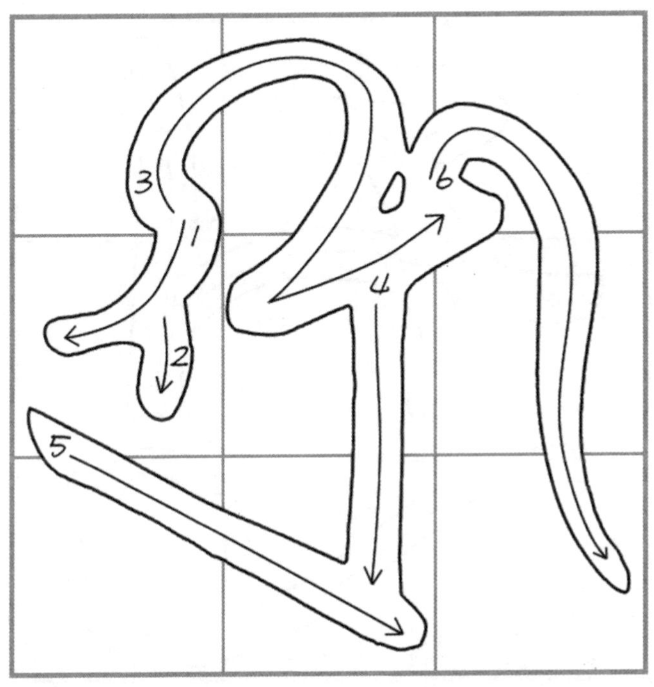

辯才天 𑖭𑖲(su)

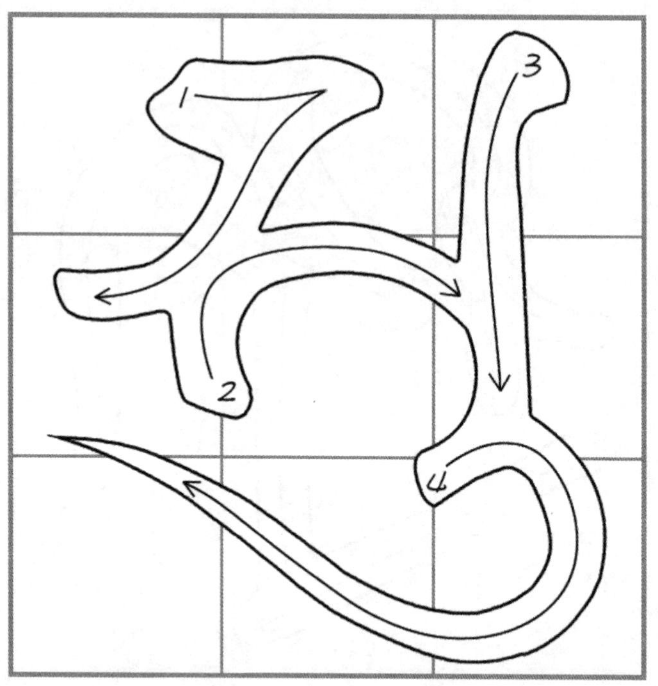

大勢至菩薩 𑖭𑖾(saḥ)

## 俱摩羅天 (ska)

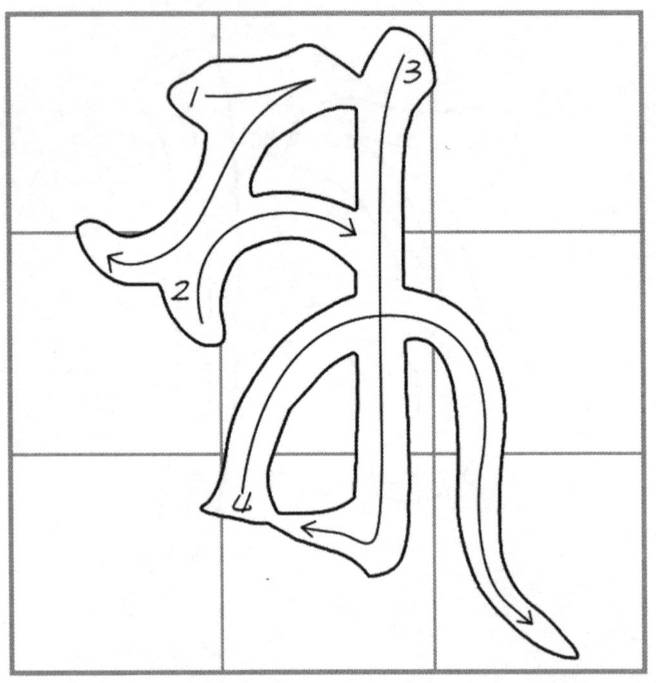

金剛薩埵 (stvaṃ)

天鼓雷音如來 𑖮𑖽(haṃ)

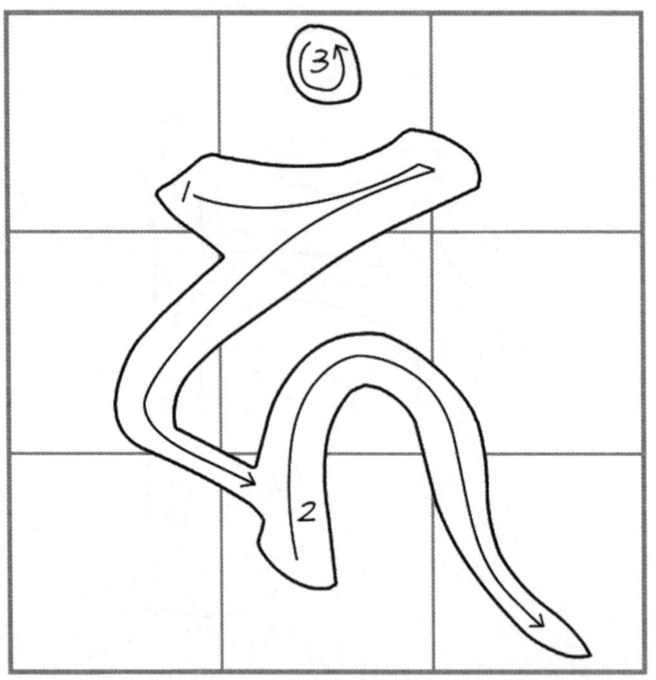

不動明王 𑖮𑖯𑖽(hāṃ)

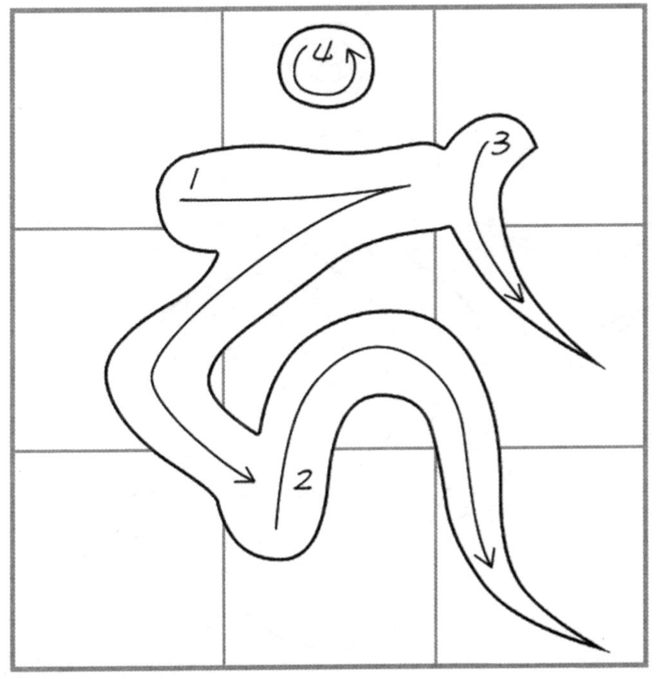

降三世明王 (huṃ)

阿閦佛 [Siddham glyph: hūṃ] (hūṃ)

阿彌陀佛 ཧྲཱིཿ(hrīḥ)

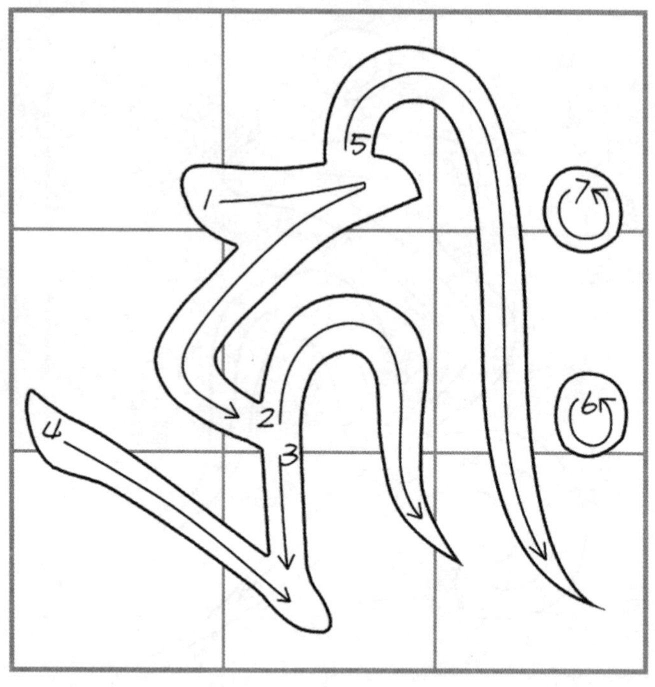

不動明王 (hāṃ+māṃ)

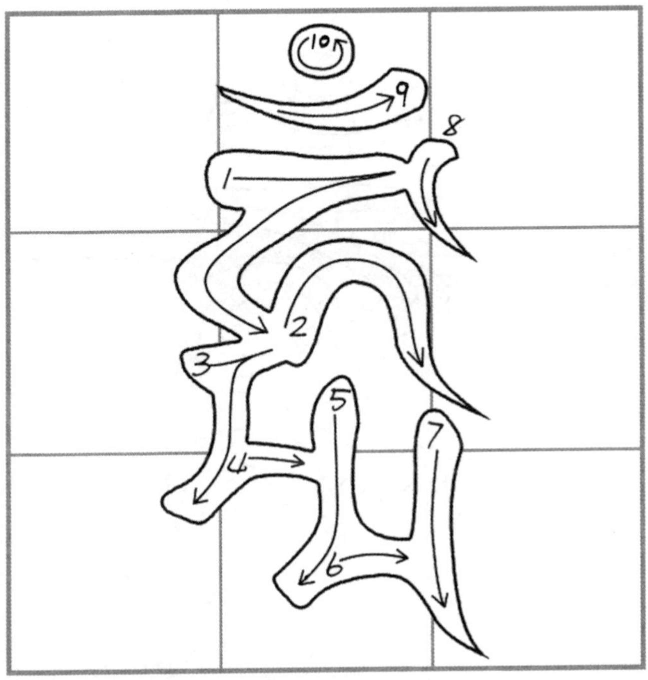

## 愛染明王 (hhūṃ)

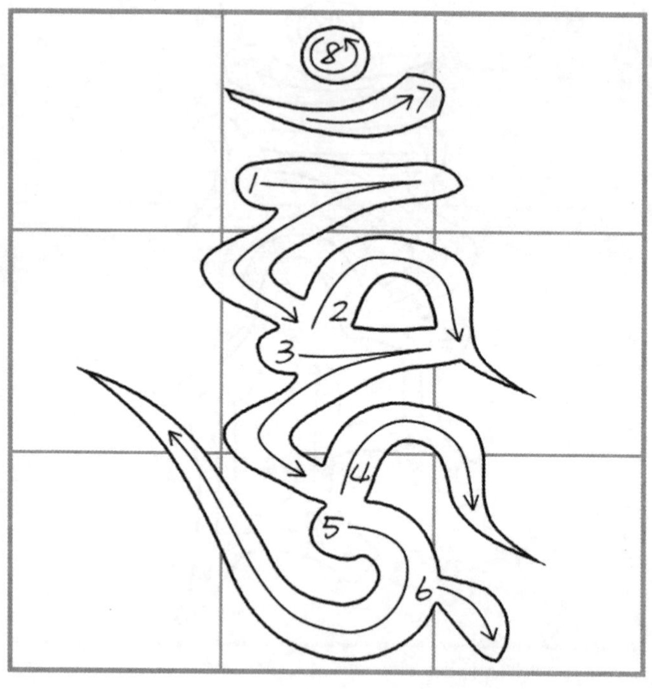

# 附　　錄

# 【附錄一】
# 梵文中常見書寫符號

悉曇字常見的書寫符號，有以下幾種：

1 𑖿、𑖿　去母音符號。使用時是寫在子音的下方，而該字加上去母音符號後即成爲所謂的半音(即不附母音的子音)。此符號與摩多點畫(母音符號)𑖳(ū)或另一種寫法的𑖳(ū)相似，所以容易被誤認爲 u。有關資料可參考本書第五章第二節關於半音的說明部份（p243）。

2 𑗁　文章起始的符號。是 i（𑖂）的省略。

3 𑗂　句點。是 ma（𑖦）的省略。

4 𑗃　段落結束的符號。是 da（𑖟）的省略。

5 𑗄、𑗅、𑗆　疊句（重複字）符號。是 cha（𑖔）的省略。

6 …、⁝　刪除符號。是 ṇa（𑖜）的省略。

7 𑗊、𑗋、𑗌　文章結束的符號。是 aṃ（𑖀𑖽）的省略。

8 ⁞⁞　文章結束的符號。是 aḥ（𑖀𑖾）的省略。

# 【附錄二】
# 經咒中「引、二合、三合及半音」的發音

漢文音譯的佛教經咒中，常可見到「引、二合、三合及半音」等以較小字形附在音譯字的下方。

筆者查閱《望月佛教大辭典》、《中華佛教百科全書》、《佛光大辭典》及《辭源》，這幾部辭書都未收錄「引、二合、三合、半音」的詞條。又請教了不少佛學及聲韻學的學者，大家都知道「引」要念長音，「二合、三合」要合起來念，但卻不清楚要怎麼念。如果「二合」是合起來念，那與「反切」有何不同？這也是多數人不明白的。

爲什麼學習梵文的教科書裡須要談這個問題，從以下的例子就可瞭解：棒球在台灣很流行，其好球英文叫 strike，台灣多半的球迷會跟著日本人的發音法唸作 sutoraiki，這是由於日文的每一子音後面一定要接母音的規則，在音譯外來語時必然得到的結果。反過來看，對只懂英文而不懂日文的人來說，聽到或見到 sutoraiki 一字時，是怎麼想也想不到它竟然就是英文的 strike，因爲 stri 與 sutorai 實在差太遠了。str 的三個子音連在一起的問題，即相當於本文所談的「三合」的例子。

漢文也是種子音（聲母）後面一定會接著母音（韻母）的文字，因此在音譯外文時，也有類似的無法回翻成外文的問題。如以漢字音譯英文的 trust 時，說成「托拉斯」，回翻成英文是 torasu 或 toras，將 tru 音譯成 tora，是個讓英美人士瞠目結舌的音譯。tr 或 st 的二個子音連在一起的問題，就是本文想談的「二合」的例子。

前賢在以漢字音譯梵文時，其實已經注意到這個子音連續的問題，而且提出極為妥善的解決方法。這種解決連續子音的音譯問題的方法，即為佛典咒語中常見的腳註「二合」或「三合」。

從梵文的角度看，「引」很容易瞭解，是個長音。而「二合、三合」從悉曇字的書寫法來說明會更清楚：二合是用兩個漢文音譯一個悉曇字，而三合是用三個漢文音譯一個悉曇字。若用現代羅馬拼音及悉曇字的書寫方式來說明，將更有助於讀者瞭解其用法，進而發出正確的音。茲分別說明如下：

## 引

「引」在現代梵文羅馬拼音裡，是發長音的意思。如，「婆」是 va，但「婆引」即是指發長音的 vā。在梵字悉曇中發長音的音有下列四種：

(1)、ā、ī、ū、ṝ。

(2)、單母音 e、o。

(3)、複合母音 ai、au。

(4)、很少用到的 ḹ。

悉曇字母中的 e 及 o 是獨立的母音字母，但 ā、ī、ū、ṝ，則可看成是由 a、i、u、ṛ 等加上長音符號，或採變化型而成的長音字母。

## 二合

「二合」用梵文羅馬拼音來解釋，可說是：「將一個子音接到另一個帶有母音的子音之前，如 sva 是 s + va」。它表示前一個漢文的羅馬拼音只有子音（如 s），而後一個漢文的羅馬拼音則是一個子音（v）加上母音（a）。

從悉曇字的角度來看：「二合」是用兩個漢文連在一起，來音譯一個悉曇字。漢文雖然有兩個字，但前一個漢文的對應悉曇字只有上部接續半體，而第二個漢文對應悉曇字爲下部接續半體，再加上母音符號（摩多點畫）。

梵文悉曇的單一子音字母，若不加上其他符號，會發出 a 的尾音，如[悉曇字]念作做 ka，但加上其他母音符號，會變成[悉曇字]（ki）、[悉曇字]（ke），乃至有氣無音的[悉曇字]或[悉曇字]（二者皆是 k）的所謂半音。

梵文悉曇字有將兩個或更多個子音字母連接在一起的方式，也就是日本學者所謂的「切繼」，以漢文來說是「接續」的意思。依此方式可將「兩個」或「更多個」悉曇字母連在一起，寫成「一個」悉曇字。

爲了要將「沒有 a 音在後的子音，接到另一個帶有母音的子音而形成的單一悉曇字」音譯成漢文，前輩學者發展出「二合」來表示這種情形。

換句話說，「二合」是用「兩個」漢文音譯「一個」悉曇字。因此在還原「二合」的「兩個」音譯漢文成悉曇字時，只寫成「一個」悉曇字。又因爲兩個漢文要連在一起念，無怪乎前賢說：「二合者，二字相和，一時急呼。」。

一個容易與「二合」混淆的是「反切」。簡單地說，反切是漢文以前沒有注音符號時的注音方法，原則上是取第一字的聲母，再取第二字的韻母，再將此二者連在一起發音。由此可見「反切」的兩個漢文，合起來只發一個音。以「娑婆」之「反切」爲例，會發成「ㄙ加ㄛ」的「ㄙㄛ」。「反切」的第二漢文之聲母（子音）不發音，「二合」的第二漢字之聲母（子音）要發音，這是兩者的不同之處。

茲舉「娑婆」與「鉢羅」這兩個佛經中常見的字爲例，詳細說明漢文音譯的情形：

1. 娑　　婆：梵文是 sava。「娑婆（無二合）」的對應梵文是 sava，表示此字是由帶母音的𑖭（sa）與帶母音的𑖪（va）所組成。悉曇字寫成𑖭（sa）與𑖪（va）「兩個」字。

娑婆二合、引：梵文是 svā。「娑婆二合、引」的對應梵文是 svā，表示前一漢文只有子音，沒有母音，亦即 s；而後一漢文則帶有母音，又因爲有「引」表示長音，因此對應梵文爲 vā，二者合起來寫成「一個」悉曇字𑖭𑖿𑖪𑖯（svā）。

2. 鉢　　羅：梵文是 para。「鉢羅（無二合）」的對應梵文是 para，表示此字是由帶母音的 pa 與帶母音的 ra 組成，悉曇字寫成𑖢（pa）與𑖨（ra）「兩個」字。

鉢羅二合：梵文是 pra。「鉢羅二合」的對應梵文是 pra，二合表示前一漢字只取子音，後一漢字則取子音加母音。亦即第一字母 p 後沒有母音，第二字母 ra 則帶母音，兩者合起來寫成「一個」悉曇字𑖢𑖿𑖨（pra）。

由上例可看出，漢文在音譯 svā 這個「單一」悉曇字時，因為沒有單一漢文文字相當於此一悉曇字的發音，於是發展出「娑婆二合」的方式，以二個漢文合起來的「二合」，來共同表示此字是 sva，再用「引」表示它是長音的 svā。若是沒有「二合」的「娑婆」，其對應梵文將會是 sa 及 va「兩個」悉曇字。

總之，「二合」的發音方法正如《佛說陀羅尼集經》卷二的〈大輪金剛陀羅尼〉(T18.901.p803b)中所說：「注『二合』處，其上一字必須半音，與其下字合音讀之..(下略)。」用拼音的方式來解釋，意思就是第一字取子音，第二字取子音加母音。

## 三　合

「三合」在漢文有三個字，但對應悉曇字只寫成一個字。換句話說，「三合」是用「三個」漢文去音譯「一個」悉曇字。以英文 strike 為例，str 是三個子音連在一起，以漢文音譯這種字的情形就必須創造出「三合」的用法。

與「二合」同理，「三合」的意思是：「將二個子音（在 strike 中，即 s 與 t）接到另一個帶有母音（i）的子音（r）之前。」表示前兩個漢文的拼音只取子音，而後一個漢文的拼音則是一個子音加上母音。

在《大正藏》所收經咒中，三合的例子並不多，一個例子如：《佛說陀羅尼集經》卷十一的〈大梵摩天法印咒〉(T18.901.p877c)中的「悉彌哩三合」，其對應的梵文羅馬拼音是 smri，smr 即為三合之一例。

總而言之，「三合」代表取第一及第二漢文的聲母（子音），再與第三漢文的「聲母（子音）加韻母（母音）」合起來一起發音。

## 半音

上面說的「二合」與「三合」最後帶有母音，這裡要談的「半音」則是去除母音，保留子音的意思。這種情況與英文單字裡以子音結尾的字，如 cat, pin, hold 裡的 t、n、ld 類似。

同前「二合」所引，在《佛說陀羅尼集經》卷二的〈大輪金剛陀羅尼〉(T18.901.p803b)提到：「注『半音』處，必須片音。」文中所說的「片音」，用現代話來說，就是只發子音的聲音，而後面不接母音。如英文 hot 中的 t 即是。

不過每個梵文悉曇子音字母都是預設加上母音 a 音，也就是說，單獨不帶母音的子音在梵文悉曇基本字母中是不存在的。那麼悉曇字要表達單獨子音時要怎麼辦？其方法有兩種：一是做爲接續的前一個字母；另一是加上去母音符號。茲分別說明如下：

**（1）、做爲接續的前一個字母：**

「接續」是將子音字母分爲上下兩種接續半體，再加上一個母音。如𑖢𑖿𑖨（pra）是𑖢（pa）的上半部接續半體，加上𑖨（ra）的下半部接續半體，成爲𑖢𑖿𑖨（pra）；𑖕𑖿𑖗（jña）是𑖕（ja）的上半部接續半體，加上𑖗（ña）的下半部接續半體，成爲𑖕𑖿𑖗

（jña）。此二字合起來爲（prajña），在佛典中多譯成「般若」。

這樣的接續方法只能應用在字尾是母音的情況，若字尾是子音的情況就無法表示。於是有第二種方式，即去母音符號（或）。

（2）、加上去母音符號（或）

「去母音符號」是針對字尾是子音的情況。當子音字母加上「去母音符號」（或），就是去除母音 a 成爲半音，如（k）是 ka 的完整字形加上去母音符號而念 k。不過，常見的 k 的半音字的寫法，也有去掉原字的第一筆再加上「去母音符號」，即（k）字，常見的寫法是以（ka）字去掉第一筆的字形，加上「去母音符號」，成爲（k）。

在梵文的羅馬拼音裏，半音只要直接寫成對應的子音字母即可；但在悉曇字裏，必須在悉曇字的下方加上去母音符號成。不過，這個符號與母音（ū）的摩多點劃或相似，因此往往被認錯。如 phaṭ（泮吒，咒語結尾的常用語之一）會被錯認爲 phaṭu 的情況，可能就與此有關。

在這裡筆者要指出一個現象：中國人在抄寫經咒時，往往只抄寫本文；而一些腳註或附註如「引、二合、三合及半音」等，在抄寫的過程中往往被省略。因此後人閱讀抄寫本時，可能因爲不知道原始譯本中有「引、二合、三合及半音」之註，而用普通的讀法去念此經和咒。如是輾轉交互影響，後來人所讀的咒與原始譯本常有相當差異。「引」只有長短之別，不念長音差異尚不大。

但忽略了「二合」，就可能造成很大的出入。如前面所舉的例子，將 pra（鉢羅二合，𑖢𑖿𑖨）的一個悉曇字念成 para（鉢羅，𑖢𑖨）的二個悉曇字，則讀音和意義都有很大的差別。

基於上述的理由，因此筆者建議：新的學習者儘量使用梵文的羅馬拼音來學習咒語。因為使用羅馬拼音，漢文音譯裡「引、二合、三合及半音」等等問題就不存在。它是人人都能輕易學會，比音譯漢文好用的工具。

此外，順帶一提的是，在經咒中常見有將梵音翻成有口邊的漢字，如：哩、囉、嚧等字，對此等加口邊的字的發音，在《佛說智炬陀羅尼經》的〈護眾生咒〉(T21.1397.p913c)中，有相當清楚的說明：「『囉』依羅字，本音而轉舌呼之；咒內有口邊，作『魯、梨、履、盧、邏』者，皆倣此。」也就是說，囉、嚧等有多加口邊的字，其與無口邊的羅、盧等發音的差異在於有口邊的囉、嚧等字發音時須捲舌。其發音也即與五類音中所謂的反舌音相同。

# 【附錄三】
# 音檔收錄內容解說

梵字悉曇十八章正確發音

本書特聘印度學者穆克紀教授（Prof. Dr. Biswadeb Mukherjee）錄製「悉曇十八章」及範例咒語正確發音。請用手機掃描二維碼 QR Code（右圖），或搜尋「簡易學梵字」，點閱全佛文化 YouTube 頻道，搭配音檔學習！以下說明音檔的收錄原則：

(1) 悉曇第一章，全部 408 字皆收錄。本章是悉曇十八章中最重要的一章，內容有悉曇字母音與子音之間相互組合變化的最基本原則，一般以悉曇字書寫的經咒中，約八成以上的字會出自本章。

(2) 自悉曇第二章起，每章皆選擇前幾行作發音示範。

(3) 悉曇第八章至第十四章，每章亦只選擇收錄幾列作示範。但因此部份是上加「r」字的字型，這種悉曇字雖符合悉曇字書寫原則，卻幾乎無法單獨的唸出來，不過若在每一字之前，加上另一悉曇字，例如加上 a，則每一字皆能正確發音。因此，在作發音例時，我們在每一個字之前皆加上 a 字，例如 rka 前面加上 a 唸成 arka，rkya 前面加上 a 唸成 arkya。

(4) 第十五章雖然不是上加「r」字的字型，而是鼻音（ṅa, ña,ṇa,na,ma）加上子音再加母音的練習，但為了發音方便，也如同 (3) 一樣，於每字前面加上 a。

(5) 第十八章中的梵字，有些能單獨發音，有些則不能，而前三行正好不能單獨發音，因此每字前面同樣加上 a 字以作為發音示範。

(6) 真言咒語皆唸誦示範。

# 全佛文化圖書出版目錄

## 佛教小百科系列

- □ 佛菩薩的圖像解說1-總論•佛部 320
- □ 佛菩薩的圖像解說2-菩薩部•觀音部•明王部 280
- □ 密教曼荼羅圖典1-總論•別尊•西藏 240
- □ 密教曼荼羅圖典2-胎藏界上 300
- □ 密教曼荼羅圖典2-胎藏界中 350
- □ 密教曼荼羅圖典2-胎藏界下 420
- □ 密教曼荼羅圖典3-金剛界上 260
- □ 密教曼荼羅圖典3-金剛界下 260
- □ 佛教的真言咒語 330
- □ 天龍八部 350
- □ 觀音寶典 320
- □ 財寶本尊與財神 350
- □ 消災增福本尊 320
- □ 長壽延命本尊* 330
- □ 智慧才辯本尊 290
- □ 令具威德懷愛本尊* 320
- □ 佛教的手印 290
- □ 密教的修法手印-上 350
- □ 密教的修法手印-下 390
- □ 簡易學梵字(基礎篇)* 300
- □ 簡易學梵字(進階篇)* 350
- □ 佛教的法器 290
- □ 佛教的持物 330
- □ 佛教的塔婆 290
- □ 中國的佛塔-上 240
- □ 中國的佛塔-下 240
- □ 西藏著名的寺院與佛塔 330
- □ 佛教的動物-上 220
- □ 佛教的動物-下 220
- □ 佛教的植物-上 220
- □ 佛教的植物-下 220
- □ 佛教的蓮花 260
- □ 佛教的香與香器 280
- □ 佛教的神通 290
- □ 神通的原理與修持 280
- □ 神通感應錄 250
- □ 佛教的念珠 220
- □ 佛教的宗派 295
- □ 佛教的重要經典 290
- □ 佛教的重要名詞解說 380
- □ 佛教的節慶 260
- □ 佛教的護法神 320
- □ 佛教的宇宙觀 260
- □ 佛教的精靈鬼怪 280
- □ 密宗重要名詞解說 290
- □ 禪宗的重要名詞解說-上 360
- □ 禪宗的重要名詞解說-下 290
- □ 佛教的聖地-印度篇 200

## 佛菩薩經典系列

- □ 阿彌陀佛經典 350
- □ 藥師佛•阿閦佛經典 220
- □ 普賢菩薩經典* 260
- □ 文殊菩薩經典 260
- □ 觀音菩薩經典 220
- □ 地藏菩薩經典 260
- □ 彌勒菩薩•常啼菩薩經典 250
- □ 維摩詰菩薩經典 250
- □ 虛空藏菩薩經典 350
- □ 無盡意菩薩•無所有菩薩經典 260

## 佛法常行經典系列

- □ 妙法蓮華經 260
- □ 悲華經 260
- □ 大乘本生心地觀經•勝鬘經•如來藏經 200

| | | | |
|---|---|---|---|
| ☐ 小品般若波羅密經 | 220 | ☐ 解深密經・大乘密嚴經 | 200 |
| ☐ 金光明經・金光明最勝王經 | 280 | ☐ 大日經* | 300 |
| ☐ 楞伽經・入楞伽經 | 360 | ☐ 金剛頂經・金剛頂瑜伽念誦經 | 200 |
| ☐ 楞嚴經 | 200 | | |

## 三昧禪法經典系列

| | | | |
|---|---|---|---|
| ☐ 念佛三昧經典 | 260 | ☐ 寶如來三昧經典 | 250 |
| ☐ 般舟三昧經典 | 220 | ☐ 如來智印三昧經典 | 180 |
| ☐ 觀佛三昧經典 | 220 | ☐ 法華三昧經典 | 260 |
| ☐ 如幻三昧經典 | 250 | ☐ 坐禪三昧經典 | 250 |
| ☐ 月燈三昧經典(三昧王經典) | 260 | ☐ 修行道地經典 | 250 |

## 修行道地經典系列

| | | | |
|---|---|---|---|
| ☐ 大方廣佛華嚴經(10冊) | 1600 | ☐ 中阿含經(8冊) | 1200 |
| ☐ 長阿含經(4冊) | 600 | ☐ 雜阿含經(8冊) | 1200 |
| ☐ 增一阿含經(7冊) | 1050 | | |

## 佛經修持法系列

| | | | |
|---|---|---|---|
| ☐ 如何修持心經 | 200 | ☐ 如何修持阿閦佛國經 | 200 |
| ☐ 如何修持金剛經 | 260 | ☐ 如何修持華嚴經 | 290 |
| ☐ 如何修持阿彌陀經 | 200 | ☐ 如何修持圓覺經 | 220 |
| ☐ 如何修持藥師經-附CD | 280 | ☐ 如何修持法華經 | 220 |
| ☐ 如何修持大悲心陀羅尼經 | 220 | ☐ 如何修持楞嚴經 | 220 |

## 守護佛菩薩系列

| | | | |
|---|---|---|---|
| ☐ 釋迦牟尼佛-人間守護主 | 240 | ☐ 地藏菩薩-大願守護主 | 250 |
| ☐ 阿彌陀佛-平安吉祥 | 240 | ☐ 彌勒菩薩-慈心喜樂守護主 | 220 |
| ☐ 藥師佛-消災延壽(附CD) | 260 | ☐ 大勢至菩薩-大力守護主 | 220 |
| ☐ 大日如來-密教之主 | 250 | ☐ 準提菩薩-滿願守護主(附CD) | 260 |
| ☐ 觀音菩薩-大悲守護主(附CD) | 280 | ☐ 不動明王-除障守護主 | 220 |
| ☐ 文殊菩薩-智慧之主(附CD) | 280 | ☐ 虛空藏菩薩-福德大智守護(附CD) | 260 |
| ☐ 普賢菩薩-廣大行願守護主 | 250 | ☐ 毘沙門天王-護世財寶之主(附CD) | 280 |

## 輕鬆學佛法系列

| | | | |
|---|---|---|---|
| ☐ 遇見佛陀-影響百億人的生命導師 | 200 | ☐ 佛陀的第一堂課-四聖諦與八正道 | 200 |
| ☐ 如何成為佛陀的學生-皈依與受戒 | 200 | ☐ 業力與因果-佛陀教你如何掌握自己的命運 | 220 |

## 洪老師禪座教室系列

- □ 靜坐-長春.長樂.長效的人生 200
- □ 放鬆(附CD) 250
- □ 妙定功-超越身心最佳功法(附CD) 260
- □ 妙定功VCD 295
- □ 睡夢-輕鬆入眠•夢中自在(附CD) 240
- □ 沒有敵者-強化身心免疫力的修鍊法(附CD) 280
- □ 夢瑜伽-夢中作主.夢中變身 260
- □ 如何培養定力-集中心靈的能量 200

## 禪生活系列

- □ 坐禪的原理與方法-坐禪之道 280
- □ 以禪養生-呼吸健康法 200
- □ 內觀禪法-生活中的禪道 290
- □ 禪宗的傳承與參禪方法-禪的世界 260
- □ 禪的開悟境界-禪心與禪機 240
- □ 禪宗奇才的千古絕唱-永嘉禪師的頓悟 260
- □ 禪師的生死藝術-生死禪 240
- □ 禪師的開悟故事-開悟禪 260
- □ 女禪師的開悟故事(上)-女人禪 220
- □ 女禪師的開悟故事(下)-女人禪 260
- □ 以禪療心-十六種禪心療法 260

## 密乘寶海系列

- □ 現觀中脈實相成就-開啟中脈實修秘法 290
- □ 智慧成就拙火瑜伽 330
- □ 蓮師大圓滿教授講記-藏密寧瑪派最高解脫法門 220
- □ 密宗的源流-密法內在傳承的密意 240
- □ 恒河大手印-傾瓶之灌的帝洛巴恒河大手印 240
- □ 岡波巴大手印-大手印導引顯明本體四瑜伽 390
- □ 大白傘蓋佛母-息災護佑行法(附CD) 295
- □ 密宗修行要旨-總攝密法的根本要義 430
- □ 密宗成佛心要-今生即身成佛的必備書 240
- □ 無死-超越生與死的無死瑜伽 200
- □ 孔雀明王行法-摧伏毒害煩惱 260
- □ 月輪觀•阿字觀-密教觀想法的重要基礎 350
- □ 穢積金剛-滅除一切不淨障礙 290
- □ 五輪塔觀-密教建立佛身的根本大法 290
- □ 密法總持-密意成就金法總集 650
- □ 密勒日巴大手印-雪山空谷的歌聲，開啟生命智慧之心 480

## 其他系列

- □ 入佛之門-佛法在現代的應用智慧 350
- □ 普賢法身之旅-2004美東弘法紀行 450
- □ 神通-佛教神通學大觀 590
- □ 認識日本佛教 360
- □ 華嚴經的女性成就者 480
- □ 準提法彙 200
- □ 地藏菩薩本願經與修持法 320
- □ 仁波切我有問題-一本關於空的見地、禪修與問答集 240
- □ 萬法唯心造-金剛經筆記 230
- □ 菩薩商主與卓越企業家 280
- □ 禪師的手段 280
- □ 覺貓悟語 280
- □ 蓮花生大士祈請文集 280

## 女佛陀系列

- □ 七優曇華-明末清初的女性禪師(上) 580
- □ 七優曇華-明末清初的女性禪師(下) 400

## 禪觀寶海系列

- □ 禪觀秘要 1200
- □ 通明禪禪觀-迅速證得六種神通與三種明達智慧的方法 290
- □ 首楞嚴三昧-降伏諸魔的大悲勇健三昧 420

## 高階禪觀系列

- □ 念佛三昧-迅速匯集諸佛功德的法門 290
- □ 十種遍一切處禪觀-調練心念出生廣大威力的禪法 280
- □ 四諦十六行禪觀-佛陀初轉法輪的殊勝法門 350
- □ 三三昧禪觀-證入空、無相、無願三解脫門的禪法 260
- □ 大悲如幻三昧禪觀-修行一切菩薩三昧的根本 380
- □ 圓覺經二十五輪三昧禪觀-二十五種如來圓覺境界的禪法 400

## 虹彩光音系列

- □ 現觀中脈 250
- □ 草庵歌 250
- □ 阿彌陀佛心詩 250
- □ 觀世音·時空越 250
- □ 妙定功法 250
- □ 蓮師大圓滿 260
- □ 冥想·地球和平 心詩 280

## 佛家經論導讀叢書系列

- □ 雜阿含經導讀-修訂版 450
- □ 異部宗論導讀 240
- □ 大乘成業論導讀 240
- □ 解深密經導讀 320
- □ 阿彌陀經導讀 320
- □ 唯識三十頌導讀-修訂版 520
- □ 唯識二十論導讀 300
- □ 小品般若經論對讀-上 400
- □ 小品般若經論對讀-下 420
- □ 金剛經導讀* 270
- □ 心經導讀 160
- □ 中論導讀-上 420
- □ 中論導讀-下 380
- □ 楞伽經導讀 400
- □ 法華經導讀-上 220
- □ 法華經導讀-下 240
- □ 十地經導讀 350
- □ 大般涅槃經導讀-上 280
- □ 大般涅槃經導讀-下 280
- □ 維摩詰經導讀 220
- □ 菩提道次第略論導讀 450
- □ 密續部總建立廣釋 280
- □ 四法寶鬘導讀 200
- □ 因明入正理論導讀-上 240
- □ 因明入正理論導讀-下 200

## 大中觀系列

- □ 四重緣起深般若-增訂版 420
- □ 心經內義與究竟義-印度四大論師釋《心經》 350
- □ 聖入無分別總持經對堪及研究 390
- □ 《入楞伽經》梵本新譯 320
- □ 《寶性論》梵本新譯 320
- □ 如來藏論集 330
- □ 如來藏二諦見 360
- □ 聖妙吉祥真實名經梵本校譯 390
- □ 聖妙吉祥真實名經釋論三種 390
- □ 《辨中邊論釋》校疏 400

## 離言叢書系列

| 書名 | 定價 | 書名 | 定價 |
|---|---|---|---|
| ☐ 解深密經密意 | 390 | ☐ 無邊莊嚴會密意 | 190 |
| ☐ 如來藏經密意 | 300 | ☐ 勝鬘師子吼經密意 | 340 |
| ☐ 文殊師利二經密意 | 420 | ☐ 龍樹二論密意 | 260 |
| ☐ 菩提心釋密意 | 230 | ☐ 大乘密嚴經密意 | 360 |
| ☐ 龍樹讚歌集密意 | 490 | ☐ 大圓滿直指教授密意 | 290 |
| ☐ 智光莊嚴經密意 | 420 | ☐ 圓覺經密意 | 280 |
| ☐ 藏密甯瑪派禪修密意 | 240 | | |

## 談錫永作品系列

| 書名 | 定價 | 書名 | 定價 |
|---|---|---|---|
| ☐ 閒話密宗 | 200 | ☐ 佛家名相 | 220 |
| ☐ 西藏密宗占卜法-妙吉祥占卜法(含卡牌、文殊咒字骰子套組) | 790 | ☐ 密宗名相 | 220 |
| | | ☐ 佛家宗派 | 220 |
| ☐ 細說輪迴生死書-上 | 200 | ☐ 佛家經論-見修法鬘 | 180 |
| ☐ 細說輪迴生死書-下 | 200 | ☐ 生與死的禪法 | 260 |
| ☐ 西藏密宗百問-修訂版 | 210 | ☐ 細說如來藏 | 280 |
| ☐ 觀世音與大悲咒-修訂版 | 190 | ☐ 如來藏三談 | 300 |

## 甯瑪派叢書-見部系列

| 書名 | 定價 | 書名 | 定價 |
|---|---|---|---|
| ☐ 九乘次第論集 | 380 | ☐ 無修佛道 | 360 |
| ☐ 甯瑪派四部宗義釋 | 480 | ☐ 幻化網秘密藏續釋-光明藏 | 560 |
| ☐ 辨法法性論及釋論兩種 | 480 | ☐ 善說顯現喜宴-甯瑪派大圓滿教法 | 650 |
| ☐ 決定寶燈 | 480 | ☐ 勝利天鼓雷音-金剛乘教法史 | 1040 |

## 甯瑪派叢書-修部系列

| 書名 | 定價 | 書名 | 定價 |
|---|---|---|---|
| ☐ 大圓滿心性休息導引 | 395 | ☐ 幻化網秘密藏續 | 480 |
| ☐ 大圓滿前行及讚頌 | 380 | ☐ 六中有自解脫導引 | 520 |

## 幸福地球系列

| 書名 | 定價 | 書名 | 定價 |
|---|---|---|---|
| ☐ 不丹的幸福密碼11-11-11 不丹人心目中的仁王，國家幸福力的創造者:四世國王 | 1111 | ☐ 雷龍之吼-不丹王國生存奮鬥史 | 450 |
| ☐ 幸福是什麼？- 不丹總理吉美・廷禮國家與個人幸福26講 | 380 | ☐ 地球企業家之道-地球企業家的核心、願景與實踐 | 480 |
| ☐ 冥想・地球和平 | 380 | ☐ 和解 | 250 |

全套購書85折、單冊購書9折
（郵購請加郵資100元，滿千免運）
全佛文化事業有限公司
訂購專線:886-2-2913-2199
傳真專線:886-2-2913-3693

匯款帳號：3199-717-004240
合作金庫銀行大坪林分行
戶名：全佛文化事業有限公司
全佛文化網路書店
www.buddhall.com

※本書目資訊與定價可能因書本重版再刷而異動；書籍流動量大亦有缺書可能，購書歡迎洽詢出版社。

佛教小百科21

# 簡易學梵字（進階篇）

作　　者　林光明
主　　編　洪啟嵩
執行編輯　劉詠沛、莊慕嫺
封面設計　張育甄
出　　版　全佛文化事業有限公司
訂購專線：(02)2913-2199
傳真專線：(02)2913-3693
發行專線：(02)2219-0898
匯款帳號：3199717004240 合作金庫銀行大坪林分行
戶　　名：全佛文化事業有限公司
E-mail：buddhall@ms7.hinet.net
http://www.buddhall.com
門　　市　新北市新店區民權路88-3號8樓
門市專線：(02)2219-8189
行銷代理　紅螞蟻圖書有限公司
台北市內湖區舊宗路二段121巷19號（紅螞蟻資訊大樓）
電話：(02)2795-3656
傳真：(02)2795-4100

初　　版　2000年11月
二版一刷　2021年11月
定　　價　新台幣350元
I S B N　978-626-95127-0-6(平裝)


國家圖書館出版品預行編目資料

簡易學梵字.進階篇 / 林光明作.
-- 二版. -- 新北市：
全佛文化事業有限公司, 2021.11
面；　公分. -- (佛教小百科；21)
ISBN 978-626-95127-0-6(平裝)

1.梵文
803.4091　　110015143

Published by BuddhAll Cultural Enterprise Co.,Ltd.

BuddhAll

All is Buddha.